Kunstfehler

Die Münchner Autorin A.R. Klier hat ihre ersten Gehversuche schon zu Schulzeiten gemacht: Insgesamt drei Mal nahm sie am KWA-Schülerliteraturwettbewerb teil und wurde 2012 für die Kurzgeschichte *Einsame Familie* mit dem ersten Preis ausgezeichnet.

Seither hat A.R. Klier sich den Medizinkrimis der *Fehler*-Reihe rund um die Assistenzärzte Frederik Hendriksson und Niklas Thorsen gewidmet, die bereits fünf Einzelbände umfasst. Weitere *Fehler*-Krimis sind in Arbeit.

Mit der *Bühnenfieber*-Reihe bleibt A.R. Klier ihrer Liebe zur Medizin weiterhin treu, sodass das Theater-Drama eine weitere, spannende Note bekommt. Mit Hauptfigur Christian Rückert ist bisher 1 Band veröffentlicht, weitere Teile sind in Vorbereitung.

Mehr über die Autorin unter:
www.ar-klier.com
www.facebook.com/AutorinAndreaKlier/
www.instagram.com/a_r_klier

A.R. Klier

Kunstfehler

*Bibliografische Information der Deutschen National-
bibliothek:*
*Die Deutsche Nationalbibliothek verzeichnet diese
Publikation in der Deutschen Nationalbibliografie,
detaillierte bibliografische Daten sind im Internet
über http://dnb.dnb.de abrufbar.*

Autorenfoto: Tobias Fischer
Umschlaggestaltung: Bernhard Klier

Herstellung und Verlag:
BoD – Books on Demand, Norderstedt

ISBN: 978-3-7562-1226-2

Befreit atmete Niklas Thorsen durch und führte seine Stute Malika aus dem Stallgebäude. Die ganze Woche über hatte er zahlreiche Termine in Hamburg wahrgenommen, sodass ihm diese Auszeit auf dem Gestüt der Hendrikssons gerade recht kam.

»Ich hatte dich schon vermisst und befürchtet, dass du gar nicht mehr hierher zurückfindest«, stichelte sein bester Freund Frederik hinter ihm und saß auf. »Immerhin habe ich dich seit gut einer Woche nicht mehr auf dem Hof gesehen.«

»Überraschenderweise konnte sich zumindest das Auto an den Weg erinnern«, schmunzelte Niklas und schwang sich ebenfalls in den Sattel. »Nehmen wir die große Runde oder hast du noch etwas vor?«

»Mein Nachmittag gehört ganz dir.« Frederik lachte fröhlich und ritt neben Niklas zum Weg, der sie einmal um das gesamte Gestüt herumführen würde. »Aber jetzt erzähl mal, wie lief es denn bei dir? Wie war die Rückkehr in die Klinik?«

»Es war wirklich seltsam, wieder dort zu sein und zu wissen, dass Hanson und dein Vater nicht mehr ihr Unwesen treiben. Eine Klinik ohne die beiden war bisher nicht vorstellbar«, berichtete Niklas. »Viel Zeit zum Nachdenken hatte ich ohnehin nicht, ich wurde ja von meinen Oberarztkollegen durch eine Art Boot-Camp gejagt. Dutzende Operationen am Simulator, dazu permanente Wissensabfragen und Fallbeispiele. Daran musste ich mich erst gewöhnen, aber soweit lief alles gut. Die letzten Wissensgebiete werden am Montag und am Dienstag noch abgeprüft, bevor ich am Mittwoch in den regulären Dienst zurückkehren darf.«

»Das ist ein gewaltiger Schritt nach vorn«, staunte Frederik und nickte anerkennend. »Und merkst du psychisch, dass dich das alles irgendwie ... also deine Rückkehr...?«

»Ich war letzte Woche zwei Mal bei meiner Psychologin, die diese Wiedereingliederung ja auch schon sehr gut vorbereitet hat.« Niklas lächelte. »Ich denke gerade in ruhigen Momenten schon viel an letztes Jahr und was da alles passiert ist. Aber ich schaffe es inzwischen, die Erinnerungen nach solchen Momenten zurück in ihre Kisten zu packen.«

»Das freut mich sehr für dich.« Frederik seufzte. »Ich wünschte, ich würde mich solchen Meilensteinen auch endlich nähern. Stattdessen gebe ich meinen Therapeuten nur immer wieder den Laufpass.«

»Es ist bei mir auch nicht alles auf dem richtigen Weg«, wandte Niklas ernst ein. »Ja, ich kann endlich in meinen Beruf zurückkehren, das war aber nie mein eigentliches Trauma. Unsere Tiefgarage, in der auf mich geschossen wurde, das ist mein Knackpunkt, an dem ich bis heute immer noch scheitere. Meine Psychologin und Freja haben mich im Rahmen der Therapie immer wieder dorthin begleitet, aber ...« Er brach kopfschüttelnd ab. »Du kennst die Geschichte längst.«

»So geht es mir mit der Klinik oder sämtlichen Themen, die meinen Erzeuger betreffen«, bemerkte Frederik mit belegter Stimme. »Nur hast du inzwischen jemanden gefunden, von dem du dir helfen lassen kannst. Dieser jemand fehlt mir immer noch – sowohl was den Therapeuten als auch die Partnerin angeht.«

»Wie meinst du das?« Irritiert hob Niklas eine Augenbraue.

»Caroline erwartet, dass ich funktioniere«, erklärte Frederik nach einigem Nachdenken. »Und sie hat kein großes Verständnis dafür, dass ich meine Therapien nicht abschließe und nicht längst wieder arbeiten gehe. Ihre Argumentation ist immer die gleiche: *Ich mache ja auch mit meiner Ausbildung weiter, obwohl der Amoklauf letztes Jahr passiert ist.*«

»Schwieriger Vergleich.« Mitfühlend musterte Niklas seinen besten Freund.

»Carolina hätte mich verstanden und mir geholfen, anstatt immer wieder zu sticheln und zu fordern. Aber mein Erzeuger hat sie ja unbedingt erschießen lassen müssen.« Verbittert schüttelte Frederik den Kopf. »Sie fehlt mir sehr, Niklas, und je mehr Zeit ich mit Caroline verbringe desto deutlicher werden die Unterschiede zwischen ihnen. Und diese Unterschiede gefallen mir immer weniger.«

»Und was willst du tun? Wirst du dich von ihr trennen?«, wollte Niklas sehr direkt wissen.

»Ich bleibe meinen Mustern irgendwie treu.« Frederik lachte freudlos auf. »Mein Onkel in München ist wieder genesen und hat mich eingeladen, ihn zu besuchen. So gesehen renne ich vor meinen Problemen mal wieder weg und hoffe, dass sich einige von selbst lösen.«

Niklas blieb stumm und ließ stattdessen den Blick über die Felder und Wiesen schweifen.

»Ich weiß nicht, wie lange ich bei Onkel Karl bleibe«, fuhr Frederik schließlich fort, bevor die Stille zwischen ihnen erdrückend wurde. »Mein letzter Besuch bei ihm hat mir auch psychisch wahnsinnig gutgetan und er ist schon letztes Jahr zu einer Art Vaterfigur für mich geworden.«

»Ich verstehe dich gut.« Niklas räusperte sich. »Und ich wünsche dir sehr, dass du das findest, was du suchst. Egal ob mit Therapeuten oder deinem Onkel.«

Frederik lächelte andeutungsweise. »Es ist ein Aufenthalt auf Zeit, Niklas. So sehr ich meine Aufenthalte bei Onkel Karl in München genieße, so sehr vermisse ich gleichzeitig Hamburg. Hier ist meine Heimat, hier sind meine Freunde, hier lebt meine Familie. Ich kann und will das dauerhaft nicht aufgeben.«

»Dieses Bekenntnis beruhigt mich.« Niklas lachte erleichtert auf. »Hättest du das nicht zu Beginn des Themas sagen können? Oder wolltest du mich so erschrecken?«

»Natürlich nicht«, beteuerte Frederik mit Schalk in den Augen. »Mein Zug geht Montagmorgen, vielleicht wollen wir uns morgen noch zu einem Abschiedsessen treffen?«

»Da wird sich Freja bestimmt freuen«, war sich Niklas sicher. »Und sie hat morgen frei, das passt also hervorragend.«

»Dann ist es abgemacht.« Frederik lächelte. »Wollen wir noch ein vorerst letztes Wettrennen machen? Wer zuerst am Hof ist?«

Außer Atem und annähernd gleichzeitig erreichten die Freunde wieder den Innenhof des Gestüts. Unterwegs hatten sie abwechselnd die Nase vorn gehabt, doch mit dem Unentschieden konnten sie gut leben.

»Wollen wir dann morgen essen gehen oder uns bei euch treffen?«, fragte Frederik und saß ab. Rasch lockerte er den Sattelgurt seines Wallachs und griff dann wieder nach den Zügeln.

»Ich frage Freja, wie es ihr lieber ist. Im Moment geht es ihr aber recht gut, da sollten beide Varianten möglich sein.« Niklas führte Malika zum Reitplatz, um sie nach der Anstrengung eben noch etwas abtrocknen zu lassen. »Und du hast heute schon Besuch, was?« Mit der freien Hand deutete er zum Parkplatz vor dem Haupthaus.

»Besuch ja, aber er ist nicht abgesprochen.« Frederik seufzte. »Ich habe ihr gestern gesagt, dass ich mich heute Nachmittag mit dir treffe und ich frühestens abends Zeit habe. Was ist daran nicht zu verstehen?«

»Caroline hat sich von einem *Nein* noch nie sonderlich abschrecken lassen«, gab Niklas zu bedenken. »Oder ihr Abend beginnt schon gegen fünfzehn Uhr.« Interessiert hob er eine Augenbraue, als Caroline auf den Reitplatz zu gestapft kam.

»Was soll das, Frederik?«, rief sie wütend. »Erst sagst du, dass du ab Montag auf unbestimmte Zeit in München bist, und dann nimmst du dir an unserem vorerst letzten gemeinsamen Wochenende nicht einmal richtig Zeit für mich? Das ist nicht fair!«

Malika wieherte unruhig, sodass Niklas ihr über den Hals streichelte und sich einige Schritte entfernte.

»Ich fange schon einmal mit der Fellpflege an«, stellte Niklas fest und verließ den Reitplatz. »Da müssen wir beide ja nicht unnötig zuhören, mhm?«

Als Antwort stupste ihn die Stute gegen die Schulter.

»So sehe ich das auch.« Niklas schmunzelte und tauschte als erstes das Zaumzeug gegen ein Halfter, dann hob er den Sattel von Malikas Rücken.

»Du bist egoistisch, Frederik!«

Selbst hier im Stall war Caroline Stimme deutlich zu hören, sodass Niklas unfreiwillig Ohrenzeuge dieser Unterhaltung wurde.

»Du weißt, dass ich ab übernächster Woche Prüfungen schreibe und die Wochenenden zum Lernen nutzen muss. Aber wir wollten uns doch noch zwei schöne gemeinsame Tage machen ...«

Erneut war Frederiks Antwort nicht zu verstehen, aber das störte Niklas nicht. Eigentlich wollte er gar nicht zuhören. Seufzend bückte er sich nach dem Putzkasten und nahm einen Striegel heraus.

»Nein, das hast du eben nicht gesagt! Du hast nur gesagt, dass du für ein paar Tage nach München fährst und deinen Onkel besuchst. Und jetzt weißt du noch nicht einmal, wann du zurückfährst? Frederik, was soll das? Ich meine, ich bin doch deine Freundin und ...«

Niklas schüttelte den Kopf. Das war noch nie eine Beziehung auf Augenhöhe gewesen, so sehr er sich etwas anderes für seinen besten Freund gewünscht hätte. Und so wie ihn Caroline behandelte, war das für keinen von beiden gesund.

Warum ließ sich das Frederik überhaupt gefallen?

Warum hatte er sich nicht längst von Caroline getrennt?

War es die Angst vor dem Alleinsein, die ihn an dieser Beziehung festhalten ließ?

Dass Frederik Caroline wirklich liebte, bezweifelte Niklas immer mehr. Eine Phase der Verliebtheit, die hatte es letzten Sommer mit Sicherheit gegeben, aber aus dieser Schwärmerei war nie mehr geworden, auch wenn sich Frederik etwas anderes einzureden versuchte.

»Geh! Und lass mich zufrieden!«, rief Frederik wütend und riss Niklas damit aus seinen Gedanken. »Nein, du gehst sofort! Ich will dich heute nicht mehr sehen!«

Das waren unerwartet deutliche Worte, doch sie waren mehr als nötig in Niklas' Augen.

Hufgeklapper näherte sich, als Frederik Hector die Stallgasse entlangführte und vor dessen Box zum Stehen brachte.

»Wir sind morgen Abend definitiv nur zu Dritt«, stellte Frederik mit bebender Stimme fest und hob den Sattel von Hectors Rücken. »So lasse ich nicht mit mir umspringen.«

Stumm nickte Niklas und tauschte Striegel gegen Hufkratzer. »Ihr geht ja nicht erst seit gestern so miteinander um. Warum haltet ihr noch an dieser Beziehung fest?«, wollte er nachdenklich wissen.

»Ich habe keine Ahnung.« Frederik seufzte schwer. »Vielleicht, weil sie mich anfangs an Caro erinnert hat. Vielleicht, weil ich Angst habe, mich von ihr zu trennen. Oder weil ich nicht allein sein will. Wahrscheinlich ist es eine Mischung aus verschiedenen Gründen.«

Kapitel 2

»Sehr verehrte Fahrgäste. Aufgrund einer Weichenstörung verzögert sich unsere Weiterfahrt um unbestimmte Zeit.«

Die Durchsage ließ nicht nur Frederiks Stimmung weiter sinken. Im Bahnhof Hannover hatte der ICE schon eine gute halbe Stunde gestanden, damit ein Triebkopfschaden notdürftig repariert werden konnte. Und jetzt kurz vor Nürnberg die nächste Störung.

»Ob wir heute noch ankommen?«, mutmaßte ein Mitreisender schräg gegenüber und tippte hektisch auf seinem Laptop herum. »Meine Termine kann ich schon mal verschieben.«

Stumm schickte Frederik eine Nachricht an seinen Onkel, dass er sich weiter verspätete und mit einer neuen Ankunftszeit melden würde. Weitere fluchende Mitreisende ließen Frederik schmunzeln, während er sich tiefer in den Sitz kuschelte und die Augen schloss.

Der gestrige Abend mit Freja und Niklas kam ihm wieder in den Sinn und ließ sein Lächeln unweigerlich breiter werden. Sie hatten gemeinsam gekocht, auf dem Balkon gegessen und den Sonnenuntergang genossen.

»Der Ausblick wird mir echt fehlen«, bemerkte Freja etwas wehmütig. »Aber wir sind langsam aus dieser Wohnung herausgewachsen. Es wird Zeit für ein neues Kapitel.«

»Ende Juni ziehen wir um. Mir graust es jetzt schon da-

*vor. Sind wir nicht letztes Jahr im Zeugenschutzpro-
gramm oft genug umgezogen?« Theatralisch verzog
Niklas das Gesicht.*

*»Immerhin bleibt ihr in der Gegend und habt beide wei-
terhin kurze Wege zur Arbeit.« Frederik lächelte und
trank einen Schluck Schorle. »Und ich glaube, das Baby
wird euer Leben mehr auf den Kopf stellen als dieser
Umzug.«*

*»Das könnte auch für dein Leben gelten«, schmunzelte
Freja. »Du bist nicht nur Niklas' bester Freund, sondern
gehörst schon seit Jahren zu unserer Familie. Deswegen würden wir uns sehr freuen, wenn du der Patenonkel für unser Baby wirst.«*

*Überrascht riss Frederik die Augen auf. »Ihr ... was ...
ich ... Patenonkel?«, stammelte er und schloss Niklas in
die Arme. »Das ist ein Wunsch, den ich euch nie ab-
schlagen könnte. Natürlich werde ich Patenonkel, es ist
mir eine große Ehre.«*

Patenonkel. Auch jetzt strahlte Frederik allein bei dem
Gedanken daran. Natürlich übernahm er damit auch
Verantwortung, aber das machte er gern für Freja und
Niklas.

Mit einem Ruck setzte sich der ICE wieder in Bewegung und sorgte für allgemeines Aufatmen im Groß-
raumwagen.

»Vielleicht kommen wir doch noch heute an«, bemerkte Frederik zu seinem Mitreisenden schräg gegenüber und schmunzelte.

Gut zwei Stunden später rollte der ICE endlich auf den
Münchner Hauptbahnhof zu und vollführte schau-
kelnd den nächsten Gleiswechsel. Endlich tauchte der

Bahnsteig neben dem Zug auf und ließ die genervten Reisenden erleichtert aufatmen. Gut acht Stunden waren sie unterwegs gewesen, vor allem die Weichenstörung vor Nürnberg hatte sie lange aufgehalten.

»Gute Weiterreise«, wünschte ihm der Geschäftsreisende vom Sitz schräg gegenüber und schob sich im Gedränge bereits zum Ausgang.

Frederik ließ sich etwas mehr Zeit, solange der Zug noch nicht zum Stillstand gekommen war. Kurz tippte er eine weitere Nachricht an seinen Onkel, schnappte sich Rucksack und Reisetasche und folgte dann seinen Mitreisenden zum Ausgang. Das Dröhnen der Züge in der großen Ankunftshalle des Münchner Hauptbahnhofs drang an sein Ohr, gefolgt vom Stimmengewirr der Menschen auf dem Bahnsteig.

»Na endlich«, ächzte Frederik beim Verlassen des Waggons und ließ sofort den Blick schweifen, denn sein Onkel hatte ihn direkt am Gleis abholen wollen.

»Frederik!« Winkend kam Karl von Gerblung auf seinen Neffen zu gelaufen und schloss ihn in die Arme. »Schön, dich wiederzusehen.«

»Ich bin auch froh, dich zu sehen.« Frederik lächelte.

»Es tut gut, dich in diesem Zustand zu erleben.«

»So geht es mir auch. Komm, lass uns erstmal zum Auto gehen, da können wir uns besser unterhalten als hier.« Sein Onkel nahm Frederik am Oberarm und führte ihn zu einem der Seitenausgänge. Von dort waren es keine zwei Minuten Fußmarsch zu seinem Auto, das er in einer Seitenstraße geparkt hatte.

»Dann hat die Bahn also beinahe unser Wiedersehen verhindert?« Karl von Gerblung schmunzelte und parkte rückwärts aus. »Das sieht denen ähnlich ...«

»Wäre ich mal besser geflogen.« Frederik schüttelte den Kopf. »Ich hatte das Ticket ja schon im Warenkorb und mich dann aus nicht mehr nachvollziehbaren Gründen für den Zug entschieden … Na ja, für die Rückreise weiß ich es dann besser.« Er lehnte den Kopf gegen die Nackenstütze. »Ist ja Gott sei Dank noch etwas Zeit bis dahin.«

»Eben. Jetzt komm erst einmal richtig an und dann sehen wir weiter.« Sein Onkel warf ihm an der Ampel einen Seitenblick zu. »Oder hast du schon konkrete Pläne, wann du zurück in Hamburg sein möchtest? Zum Beispiel ein Date mit deiner hübschen Freundin?«

»Caroline?« Frederik schüttelte den Kopf. »Sie hat gerade Prüfungszeit, da lasse ich sie besser in Ruhe.«

»Du hattest so etwas ja schon in unseren letzten Telefonaten angedeutet, aber so direkt … was ist los zwischen euch?«, fragte Karl nachdenklich und beschleunigte das Fahrzeug wieder. »Vor einigen Wochen warst du noch voller Hoffnung und Euphorie für eure Beziehung. Ist etwas vorgefallen?«

Frederik schüttelte seufzend den Kopf. »Es ist kompliziert«, murmelte er ausweichend und starrte aus dem Seitenfenster.

Sein Onkel verstand ihn auch ohne weitere Worte und wechselte prompt das Thema. »Wir bleiben erst einmal in der Stadt und fahren dann morgen auf den Hof. Ich denke, du bist heute genug gesessen, oder?«

Dankbar nickte Frederik. »Ein Spaziergang wäre noch schön, damit ich zumindest noch ein bisschen Bewegung bekomme.«

»Wir können uns ja Abendessen von deinem Lieblingsrestaurant holen, dann kombinieren wir das Essen mit einem Spaziergang«, schlug Karl vor und lehnte sich entspannt im Sitz zurück. »Oder wir essen gleich im Restaurant, wie es dir lieber ist.«

»Ich war für diesen Tag genug unter Mitmenschen, da gefällt es mir auf deiner Terrasse deutlich besser.« Frederik lächelte andeutungsweise.

Der Spaziergang und das Abendessen verliefen weitestgehend schweigend, doch das störte Frederik kaum. Mit seinem Onkel musste er nicht permanent reden, um sich aufgehoben zu fühlen. Karl schien ihn oftmals ohne große Worte zu verstehen.

»Wie geht es dir inzwischen körperlich und psychisch? Dieser eine Abend in Hamburg war ja ganz schön heftig …«, wollte Frederik nachdenklich wissen und betrachtete den Whiskey in seinem Glas. Eine Art Tradition, die er und Onkel Karl letztes Jahr so etabliert hatten.

»Körperlich bin ich so weit wiederhergestellt, da haben die Ärzte in Hamburg und die Therapeuten in der Reha-Klinik hier im Umland gute Arbeit geleistet. Nichtsdestotrotz merke ich, dass ich noch längst nicht wieder so leistungsstark bin wie vor diesem Ereignis.« Karl schwenkte das Glas in seiner rechten Hand.

»Du warst ja auch schwerverletzt.« Frederik schluckte.

»Und nach den ersten Worten der Ärzte hatten wir alle große Sorge, dass … na ja, dass wir uns von dir verabschieden müssen. Gott sei Dank hast du dich zurückgekämpft.«

»Manches liegt nicht in unseren Händen, Frederik. Aber scheinbar hat dort oben jemand entschieden, dass meine Zeit noch nicht gekommen ist.«

»Wie kannst du auf einen Gott vertrauen, der zugelassen hat, dass dich dein eigener Bruder beinahe erschießt?«, fragte Frederik nach einigem Nachdenken.

»Ich glaube nicht daran, dass Gott verantwortlich ist für unsere Taten oder die unserer Mitmenschen«, stellte Karl klar. »Er passt auf uns alle auf, aber für oder gegen unsere Handlungen entscheiden wir uns selbst.«

»Mhm.« Frederik trank einen Schluck aus seinem Glas und ließ den Whiskey langsam seine Kehle hinabrinnen. »Dann hilft dir also dein Glaube, mit diesen Ereignissen fertig zu werden?«

»Nicht einmal im Ansatz.« Karl lachte auf. »Das habe ich meinem Therapeuten überlassen, mich aus diesem Schicksalsschlag wieder herauszuführen. Es ist ja nicht nur der Verrat meines Bruders und seine unglaublichen Taten. Es geht ja auch um eine Frau, die ich sehr geliebt habe.«

»Du wirkst, als hättest du mit diesen Themen halbwegs abgeschlossen«, bemerkte Frederik erstaunt.

»Halbwegs trifft es am besten«, bestätigte sein Onkel. »Ich habe so gut es geht damit abgeschlossen und gelernt, damit umzugehen. Seit drei Wochen bin ich in einer Therapiepause, um zu testen, inwieweit ich mit alldem wieder allein klarkomme. In einigen Wochen werde ich erneut zu meinem Psychologen gehen und Bilanz ziehen.«

»Das klingt alles so … einfach.« Frederik seufzte. »Du und Niklas, ihr kommt beide irgendwie mit diesem ganzen Mist und euren Therapeuten klar und lebt eure Leben weiter. Und ich … ich stecke irgendwie fest. Ich breche eine Therapie nach der anderen ab, weil mir

die ganzen Psychologen, Psychotherapeuten, Trauma-
therapeuten und Psychiater dermaßen auf den Keks
gehen, das kann ich dir gar nicht sagen. Wie soll mir so
jemand helfen, der nicht einmal im Ansatz nachvollzie-
hen kann, was mir passiert ist? Nicht jeder wird von
seinem eigenen Vater so … verraten.«

»Gib dir Zeit, Frederik. Manche können früher über so
ein Trauma sprechen, andere erst später. Und vielleicht hast du auch noch nicht den richtigen Therapeuten gefunden, der dir wirklich weiterhilft.«

»Zeit …« Frederik schnaubte. »Zeit heilt viele Wunden,
das hat man mir auch schon nach Carolinas Tod gesagt. Und was ist daraus geworden? Diese Wunden
sind vernarbt und chronisch entzündet. Nichts ist ver-
heilt, es ist einfach nur schlimmer geworden.«

»Um bei deiner Medizin-Metapher zu bleiben: du hast
deine Wunden auch ignoriert und nicht fachgerecht
behandelt. Du bist einer der Patienten, die fünf Verbandswechsel ignorieren und sich wundern, warum
sich eine Entzündung gebildet hat. Und dann lassen sie
ihren Arzt nicht an sich heran, damit dieser die Wunden ordentlich versorgt.«

Frederik schluckte und starrte angestrengt in sein
Glas. »Ich weiß, dass du Recht hast, aber … ich kann
mich nicht bewegen. Ich bin einer der Patienten, den
du nur unter Vollnarkose behandeln könntest. Und
Psychotherapie unter Vollnarkose ist ein bisher nicht
bekanntes Konzept.« Er lachte freudlos auf.

»Ein Stück weit erinnert mich diese Aussage gerade an
unsere Gespräche letztes Jahr, nur ging es da um Caroline und Carolina.« Onkel Karl beugte sich vor und
stützte die Unterarme auf die Oberschenkel. »Zu der

Zeit warst du dir sehr sicher, dass du nie auf Caroline zugehen und die Vergangenheit hinter dir lassen könntest. Und doch führt ihr beiden jetzt eine feste Beziehung. Auch da musstest du diesen einen Punkt überwinden, …«

»Auf Caroline wurde geschossen, das hat mich sämtliche Hürden recht schnell überwinden lassen«, unterbrach Frederik seinen Onkel. »Das ist jedoch keine Lösung, die ich noch einmal anstrebe.« Er trank das Glas in einem Zug aus und atmete dann tief durch. »Im Grunde ist das alles die Schuld meines … Erzeugers. Also nicht nur, was den Transplantationsskandal angeht, sondern vor allem mich und mein eigenes Leben. Er hat Carolina erschießen lassen, weil sie ihm schon vor Jahren auf die Schliche gekommen war. Er hat mir die Liebe meines Lebens genommen. Er hat viel Grundvertrauen unwiderruflich zerstört. Dazu hatte er kein Recht …« In Frederiks Augen sammelten sich Tränen. »Es ist mein Leben, da hatte er nichts mitzureden. Es ist einfach so verdammt unfair.«

Kapitel 3

Mit einem nervösen Lächeln auf den Lippen betrachtete sich Niklas Thorsen am Mittwochmorgen im Spiegel der Personalumkleide. Nach über einem Dreivierteljahr Pause trug er endlich wieder seinen Arztkittel, das fühlte sich ungewohnt und großartig zugleich an. Andeutungsweise nickte er, tastete die Kitteltaschen ab und schloss dann den Spind.

»Auf geht's«, murmelte er, wie um sich selbst Mut zuzusprechen. »Es ist Zeit für den Neuanfang. Nicht mehr davonrennen, sondern endlich wieder das tun, was du liebst.« Er straffte die Schultern und verließ die Umkleide in Richtung des kleinen Hörsaals, wo die wöchentlichen Fallbesprechungen mit dem Chefarzt stattfanden.

»Niklas, hey!« Maximilian Vollmer schloss rasch zu ihm auf. »Ich freue mich, dich hier in der Klinik wiederzusehen. Wie geht's dir denn inzwischen? Hast du dich von der Lungenembolie komplett erholt?«

»Mir geht es so weit wieder gut.« Niklas öffnete die Tür zum Vorlesungssaal und ließ seinem Kollegen den Vortritt. »Und ich bin froh, dass ich endlich zurückkehren konnte.«

Doktor Vollmer musterte Niklas kurz stirnrunzelnd, behielt seine nächste Frage jedoch für sich. »Dort drüben sind noch Plätze frei«, stellte er stattdessen fest und ging voran.

»Was sich während meiner unfreiwilligen Pause auf Station alles verändert?«, wollte Niklas gedankenverloren wissen. »Im Simulationslabor habe ich nur einige Andeutungen gehört, aber das war äußerst vage …«

»Nun ja …« Vollmer setzte sich und verschränkte die Arme. »Nach dem Transplantationsskandal wurde ja in allen chirurgischen Abteilungen ganz schön aussortiert und die Lücken inzwischen mit neuen Kollegen gefüllt. Dabei sind wir ja noch recht glimpflich davongekommen mit nur zwei Entlassungen. Bei den Neuro- und Allgemeinchirurgen wurde über die Hälfte der Belegschaft ausgetauscht.«

»Das ist ganz schön heftig«, gab Niklas zu und setzte sich neben seinen Kollegen.

»Der ganze Skandal war ganz schön heftig.« Maximilian Vollmers Blick ging zur Tür, wo Professor Schneider gerade erschienen war. »Allein wenn man sich mal überlegt, dass da ja auch mehrere Ärzte-Familien beteiligt waren … Schau dir nur mal die Hendrikssons an, da möchte ich mit niemandem tauschen.«

»Mhm …« Niklas stand auf, weil der Chefarzt auf ihn zu gelaufen kam. »Guten Morgen, Professor Schneider«, grüßte er höflich.

»Doktor Thorsen.« Professor Schneider lächelte. »Ich freue mich, dass Sie das Simulatortraining so hervorragend abgeschlossen haben. Deswegen lasse ich Sie sofort auch für den OP-Betrieb zu, wo Sie Doktor Jürgen für die nächsten beiden Wochen begleiten werden. Er wird sicherstellen, dass Sie auch am Patienten fehlerfrei arbeiten. Nach einer entsprechend positiven Beurteilung dürfen Sie in zwei Wochen wieder selbstständig operieren, wie Sie es vor Ihrer Pause gewohnt waren«, erklärte Professor Schneider. »Und dann sehen wir gemeinsam zu, dass wir Sie wieder auf den Weg zur Facharztprüfung bringen. Haben Sie für den Anfang noch Fragen?«

Niklas schüttelte den Kopf und versuchte, seine Enttäuschung zu verbergen. Obwohl ihm insgeheim klar gewesen war, dass er zumindest am Anfang keine OP-Erlaubnis bekommen würde, erschienen ihm zwei Wochen schon recht lang. Gleichzeitig ließ allein das Wort *Facharztprüfung* sein Herz einen freudigen Satz machen. Das war tatsächlich ein großer Meilenstein, den er letztes Jahr erreicht hätte, wenn der ganze Skandal nicht passiert wäre. Egal, das war vergangen und er konnte nach vorne sehen. Darauf kam es an, beruflich wie privat.

»Alles klar.« Schon wandte sich der Chefarzt um und ging nach vorne zum Pult. »Guten Morgen zusammen«, begrüßte er die zahlreichen Unfallchirurgen. »Bevor wir mit der Fallbesprechung beginnen, möchte ich Niklas Thorsen nach langer Pause zurück in unserer Runde begrüßen. Ich wünsche Ihnen einen guten Einstieg, Doktor Thorsen, und ich hoffe, die Kollegen nehmen Sie wieder gut in das Team auf.« Der Chefarzt ging zur ersten Reihe und nahm dort Platz.

Zweiundvierzig Patienten schwirrten Niklas nach der Fallbesprechung und Visite mit ihren Diagnosen und Behandlungsplänen durch den Kopf, als er schließlich Oberarzt Christian Jürgen gegenübertrat, um sich zu dessen Operationen abzustimmen.

»Doktor Thorsen, lange nicht mehr gesehen.« Christian Jürgen musterte Niklas demonstrativ von oben bis unten. »Professor Schneider hat mich schon über mein zweifelhaftes Vergnügen mit Ihnen informiert. Der OP-Plan heute ist randvoll und ich kann einen zweiten Assistenzarzt gut gebrauchen.«

»Okay.« Niklas verschränkte die Arme hinter dem Rücken. »Haben Sie weitere Informationen für mich? Wann beginnt der erste Eingriff? Soll ich Patienten vorbereiten oder macht das Ihr anderer Assistenzarzt?«

»Heute übernimmt Doktor Lucas die Vorbereitungen, ab morgen werden Sie beide sich damit abwechseln. So wünscht es zumindest der Chefarzt, mir ist das ja egal, solange der Patient pünktlich im OP ist.« Doktor Jürgen verdrehte die Augen. »Wie dem auch sei … Operation Nummer eins heute ist eine Hüft-TEP bei einer achtundsechzigjährigen Patientin. Wie gehen Sie den Eingriff an? Welche Prothese soll ich einsetzen?«

»Angesichts des Alters der Patientin empfehle ich eine zementierte Endoprothese«, antwortete Niklas, ohne groß nachzudenken, denn mit diesen Themen hatte er sich in der letzten Woche erst ausgiebig beschäftigt.

»Gute Wahl, scheinbar haben Sie während Ihrer Pause nicht alles vergessen.« Christian Jürgen wandte sich zum Gehen, Niklas folgte ihm zur OP-Schleuse.

Stumm hatten sich die beiden Ärzte Funktionskleidung angezogen und waren zum Operationssaal gelaufen.

»So, Thorsen«, ergriff Doktor Jürgen wieder das Wort und nahm eine der Bleiwesten vom Bügel. »Ich möchte, dass Sie mich Schritt für Schritt durch den Eingriff führen. Ihre Worte bewegen meine Hände. Und meine Hände mögen es überhaupt nicht, Fehler zu machen. Haben Sie mich verstanden?«

»Klar und deutlich.« Niklas schlüpfte ebenfalls in eine bereithängende Bleiweste.

»Oh, hallo, Doktor Jürgen!« Eine junge Frau kam aus dem OP-Saal und stellte sich gleich an das Waschbecken, um sich steril zu waschen. »Ich habe alles vorbereitet, Sie können direkt beginnen.« Sie sah über ihre Schulter zu Niklas. »Und wer sind Sie? Ich glaube, wir sind uns bisher noch nicht begegnet.«

»Das ist Doktor Thorsen, er wird mich die nächsten beiden Wochen bei meinen Eingriffen begleiten.« Doktor Jürgen gab Niklas keine Chance, selbst zu antworten. »Er wird mich heute durch die einzelnen Schritte der Operation führen. Das heißt für Sie, Doktor Lucas, dass Sie abseits von eigenen Fragen nichts sagen, damit ich Doktor Thorsens Wissen abprüfen kann.«

»Okay.« Die junge Ärztin nickte und trocknete sich Hände und Unterarme ab.

Wortlos schloss Niklas die Klettverschlüsse der Weste und stellte sich an das zweite Waschbecken. Weitere Konversation war unerwünscht, das gab Christian Jürgen den Assistenzärzten mit seinem Auftreten unmissverständlich zu verstehen.

Drei Operationen beschäftigten die Unfallchirurgen bis zu einer kurzen Mittagspause im Aufenthaltsraum des OP-Bereichs. Kaum hatten sie Platz genommen wurde Marina Lucas in die Notaufnahme gerufen, sodass Niklas allein bei Doktor Jürgen blieb.

»Es lief besser als vermutet«, stellte der Oberarzt fest und trank einen Schluck Kaffee. »Angesichts der Länge Ihrer Abwesenheit haben sich meine Erwartungen jedoch stark in Grenzen gehalten. Mal sehen, wie Sie sich bei den nächsten Fällen anstellen. Dann wird sich zeigen, ob das eben nur eine Eintagsfliege war.«

»Ich weiß, dass Sie nicht gerade erfreut darüber sind, mich für die nächsten beiden Wochen am Hals zu haben. Das müssen Sie aber mit Professor Schneider klären und nicht mit mir.« Niklas wich dem arroganten Blick seines Kollegen nicht aus.

»Ich kann nicht sagen, dass ich mich besonders über Ihre Rückkehr gefreut habe nach allem, was Sie und Hendriksson Junior angerichtet haben«, gab ihm Doktor Jürgen recht. »Und dass ich Sie auch noch babysitten soll, schmeckt mir in der Tat überhaupt nicht, aber das ist nicht mein Problem, Thorsen. Von uns beiden sitze ich am längeren Hebel.«

»Moment … was Frederik und ich angerichtet haben?«, wollte Niklas irritiert wissen. »Wie meinen Sie das?«

»Sie wissen genau, worauf ich hinauswill. Wegen Ihnen beiden wurde dutzenden Kollegen in der gesamten chirurgischen Klinik gekündigt. Und jetzt spazieren Sie herein, als wäre überhaupt nichts gewesen. Haben Sie denn gar kein schlechtes Gewissen?«, fragte Doktor Jürgen in scharfem Tonfall.

»Warum sollte ich ein schlechtes Gewissen haben?«, fragte Niklas mit gerunzelter Stirn. »Die Kollegen wurden entlassen, weil sie am Transplantationsskandal beteiligt waren. Das hat doch nichts mit mir zu tun.«

»Ich verstehe.« Christian Jürgen schüttelte den Kopf und trank seine Tasse aus. »Wir sehen uns in zehn Minuten in OP fünf, Thorsen. Seien Sie pünktlich.«

Die feindselige Art von Christian Jürgen beschäftigte Niklas auch in seinen Sitzungen bei Psychologin Alexandra Weber, die seine Rückkehr in die Klinik therapeutisch begleitete.

»Ich weiß einfach nicht, was sein Problem ist«, seufzte Niklas frustriert und raufte sich die zerzausten Haare. »Und ich weiß nicht, warum ich mich überhaupt über diesen Idioten aufrege. An sich sollte es mir egal sein, was er mir unterstellt.«

»Sie empfinden seine Vorwürfe als ungerechtfertigt und unfair«, stellte die Psychologin fest. »Wie fühlen Sie sich während dieser Konfrontationen, wenn Doktor Jürgen direkt vor Ihnen steht?«

»Wie ich mich dabei fühle?« Niklas hob eine Augenbraue. »Darüber haben wir doch schon bei den letzten drei Terminen gesprochen. Ich kann Ihnen nichts Neues dazu sagen.«

»Ich möchte Ihnen helfen, dass Sie diese Gespräche nicht mehr so angreifen, wie sie es derzeit tun«, erklärte die Psychologin geduldig. »Wir haben beim letzten Mal schon erste Übungen dazu gemacht. Deswegen möchte ich wissen, ob sich Ihre Gefühle während oder nach diesen Konfrontationen verändert haben.«

Unwillig schob Niklas die Unterlippe vor und dachte angestrengt nach. »Wenn ich Doktor Jürgen schon sehe, werde ich wütend, aber daran muss ich nicht unbedingt etwas ändern. Aber wenn er wieder mit diesem Transplantationsthema anfängt und was Frederik oder ich alles angerichtet hätten … Da fühle ich mich wie gelähmt und kann nichts machen.«

»Wenn Sie sich in diese Situation zurückfühlen, gibt es weitere Empfindungen?«, führte ihn die Psychologin behutsam zum nächsten Schritt. »Sind es Ihre Muskeln, die gelähmt sind? Oder Ihre Gedanken? Beschreiben Sie mir diese Lähmung.«

»Meine Gedanken schalten sofort auf Rot«, gab Niklas zu. »Ich bin stinksauer, wenn man mir so etwas Haltloses vorwirft.« Er seufzte und schloss die Augen, um sich besser an das letzte Gespräch dieser Art zurückerinnern zu können. »Und meine Hände und Arme verkrampfen sich. Als würde ich mich darauf vorbereiten, diesem Arsch das selbstgefällige Grinsen aus dem Gesicht zu prügeln.«

Mehrmals hatte die Psychologin Niklas in diese Gesprächssituation zurückversetzt und mit ihm geübt, diese Starre anhand von Atemübungen und gezielten Muskelentspannungen aufzuheben.

»Mal sehen, ob ich mich daran erinnere, wenn ich Doktor Jürgen wieder gegenüberstehe.« Niklas blieb skeptisch, was die Wirksamkeit dieser Übungen anging. Doch er wollte dem Ganzen eine Chance geben.

»Versuchen Sie es. Mit jeder Übung wird es ein bisschen einfacher.« Alexandra Weber lächelte aufmunternd und warf dann einen kurzen Blick auf ihre Notizen der letzten Sitzungen. »Ich möchte noch einmal bei Ihren Gefühlen zum Transplantationsskandal im Allgemeinen einhaken.«

»Darüber haben wir doch erst letzte Woche gesprochen.« Irritiert runzelte Niklas die Stirn. »Haben Ihnen
meine Antworten nicht gefallen oder wollen Sie nur
gern meine alten Hits hören?«

»Doktor Thorsen, ich mache das nicht, um Sie zu quä-
len oder weil es mir Spaß macht, Sie leiden zu sehen.«
Psychologin Weber beugte sich leicht vor. »Ich glaube,
dass wir den Boden noch nicht erreicht haben. Wir
kratzen immer noch an den darüberliegenden Schichten.«

»Na schön …« Frustriert schüttelte Niklas den Kopf.
»Eigentlich möchte ich diesen ganzen Skandal einfach
nur abschließen und nicht mehr darüber diskutieren.
Können wir die verbliebenen Gefühlsschichten nicht
einfach unberührt lassen?«

»Da müssen Sie sich entscheiden, Doktor Thorsen.«
Die Psychologin schmunzelte. »Entweder vermeiden
wir diese Gefühlsschichten oder wir schließen das
Thema ein für alle Mal ordentlich ab.«

»Mhm …« Unwillen zeigte sich in Niklas' Gesichtszü-
gen, doch davon ließ sich Psychologin Weber nicht ir-
ritieren. »Auch wenn ich den Sinn noch nicht ganz
sehe, versuchen wir es«, gab er seufzend nach.

»Welche Erinnerungen oder Gefühle tauchen auf,
wenn Sie an den Transplantationsskandal denken?«
Diese Frage bekam Niklas seit Therapiebeginn nicht
zum ersten Mal zu hören und doch wusste er jedes
Mal keine spontane Antwort darauf.

Auch heute rutschte er erst unruhig hin und her und
dachte lange nach, bevor er wieder das Wort ergriff.

»Ich fühle mich vor allem schuldig«, überlegte er laut.
»Schuldig den Patienten gegenüber, die von Professor

Hendriksson und seinen Schergen zu Organspendern gemacht worden sind. Es sind dadurch hunderte Familien zerstört worden, was man hätte verhindern können, wenn vorher mal jemand den Mund aufgemacht hätte. Frederik und ich hätten früher etwas sagen müssen, sobald sich unser Verdacht konkretisiert hat. Wir hätten Menschenleben retten können.« Resigniert schüttelte er den Kopf.

Stumm wartete die Psychologin ab, ob er weitersprechen wollte. »Fühlen Sie noch etwas anderes als Schuld?«, fragte sie schließlich.

»Wut.« Das Wort war über Niklas' Lippen gekommen, bevor er darüber nachgedacht hatte. »Ich bin wütend auf Frederiks Vater und auf das, was er allen angetan hat. Damit meine ich nicht nur die Patienten, sondern Frederik, mich und unsere Familien. Er wollte uns verdammt nochmal umbringen lassen! Beinahe wäre ihm das sogar gelungen«, redete sich Niklas in Rage. Als hätte sich endlich das Schleusentor geöffnet, das seine Gefühle so lange zurückgehalten hatte. »Ich meine, was hat er sich nur dabei gedacht? Ein Arschloch war er irgendwie schon immer, aber dass er so weit gehen würde hätte ich ihm nie zugetraut. Allein der Gedanke, dass er vor Jahren Frederiks Verlobte einfach ermorden hat lassen, ist so absurd und scheußlich zugleich. Und dann zögert er nicht, Frederik und mir Hinrichtungskommandos auf den Hals zu hetzen. Was verdammt nochmal geht in so jemandem vor?« Niklas atmete heftig und krallte seine Finger in die Armlehnen des Stuhls. »Und warum zum Teufel hat er sich erschießen lassen? Weil er letzten Endes doch nicht genug Rückgrat hatte, sich den Konsequenzen seiner

Handlungen und Entscheidungen vor Gericht zu stellen? Was war sein Plan? Warum hat er es auf dieses Ende ankommen lassen?«

»Sie sind wütend, weil Maximilian Hendriksson Ihnen keine Antworten mehr geben kann?«

»Ja, das auch.« Niklas schüttelte energisch den Kopf. »Aber das ist es nicht allein. Diese eine Person hat so viele Leben zerstört. Frederik hätte schon seit Jahren glücklich verheiratet sein und längst eine Familie haben können. Freja und ich … uns wäre so viel erspart geblieben wie das Zeugenschutzprogramm mit all seinen unschönen Begleiterscheinungen. Wir alle hätten einfach glücklich sein können mit unseren langweiligen Leben, ohne finstere Erinnerungen und ohne Albträume. Es …« Seine Stimme brach. »Manchmal wünschte ich, wir hätten uns nie eingemischt und einfach nur unseren verdammten Job gemacht.«

»Sie haben viele Leben gerettet, Doktor Thorsen, indem Sie und Frederik nicht weggesehen haben. Das war sehr mutig und für Sie beide mit großen Gefahren verbunden, aber Sie haben das Richtige getan.« Alexandra Weber sah ihn eindringlich an.

»Mhm …« Niklas seufzte. »Von der Argumentation her weiß ich das ja auch, aber … es ist immer noch nicht so recht angekommen. Es fühlt sich einfach falsch an, verstehen Sie? Das klingt total verquer …«

»Geben Sie sich die Zeit, Doktor Thorsen. Die Rückkehr in die Klinik hat emotional wieder einiges verändert, aber Sie sind heute einen großen Schritt vorangekommen«, bestärkte ihn die Psychologin.

»Mhm.« Wenig begeistert hob Niklas eine Augenbraue. »Und was bringt mir das? Die Albträume holen mich genauso sicher wieder ein wie Doktor Jürgen am Montag auf dem Weg zur Visite. Ich kann beiden nicht entkommen. Und bei beiden fühle ich mich absolut machtlos, egal wie oft ich darüber spreche.«

»Für Ihre nächste Begegnung mit diesem einen Kollegen haben wir ja die Übungen gemacht, die Sie jederzeit auch zu Hause machen können. Natürlich werden wir bei einem unserer nächsten Termine noch einmal nachfassen müssen, aber da sind Sie heute einen großen Schritt in die richtige Richtung gegangen.« Die Psychologin las noch einmal in ihren Notizen der letzten Therapieeinheit. »Haben eigentlich Ihre OP-Erlaubnis erhalten? Damit sollten Sie ja ein ganzes Stück von Doktor Jürgen wegkommen.«

»Professor Schneider wollte heute erst noch mit Doktor Jürgen sprechen. Das Ergebnis dieser Beratungen wird er mir am Montag zu Beginn der Schicht mitteilen«, berichtete Niklas und verschränkte die Arme. »Fachlich habe ich mich ganz gut geschlagen, denke ich. Ich bin schließlich nicht unvorbereitet in den aktiven Dienst zurückgekehrt.«

Zufrieden nickte Alexandra Weber. »Sie machen in allen Bereichen große Schritte nach vorn, Doktor Thorsen. Und Sie nähern sich den Zielen, die Sie sich zu Jahresbeginn gesteckt haben. Da dürfen Sie stolz auf sich sein.«

Kapitel 5

»Es wird schon alles gut gegangen sein«, versuchte Maximilian Vollmer, Niklas zu beruhigen. »Du kennst doch Christian. Wenn ihm etwas nicht passt, hätte er dir das längst gesagt.«

»Du meinst, außer dass ich überhaupt in die Klinik zurückgekehrt bin?« Nervös schüttelte Niklas den Kopf und trommelte mit den Fingerspitzen auf seinem Oberschenkel herum.

»Das hat er gesagt?« Doktor Vollmer schüttelte den Kopf. »So meint er das bestimmt nicht.«

»Lass es gut sein, Max.« Niklas verschränkte die Arme und rutschte tiefer in den unbequemen Sitz des Vorlesungssaals. Zwei Oberärzte stritten seit einigen Minuten über das weitere Vorgehen bei einem Patienten, sodass sein kleines Gespräch mit Maximilian nicht weiter aufgefallen war.

»Meine Herren? Wir besprechen das später«, schritt schließlich Professor Schneider ein. »Der OP-Tag beginnt in einer halben Stunde und wir müssen die Visite noch durchführen.«

»So geht es natürlich auch«, schmunzelte Niklas, stand auf und folgte den zahlreichen Unfallchirurgen gemeinsam mit Maximilian Vollmer zurück zur Station, wo Professor Schneider die Chefarztvisite in Rekordzeit beendete. Etwas anderes war ihm angesichts der fortgeschrittenen Uhrzeit auch nicht übriggeblieben.

»Doktor Thorsen? Kommen Sie bitte«, bat er Niklas nach Verlassen des letzten Patientenzimmers und ging mit ihm zum Raum für Angehörigengespräche neben dem Arztzimmer der Station.

»Ja?«, fragte Niklas nervös und vergrub seine Hände tief in den Kitteltaschen.

»Ich habe Ihre ersten beiden Arbeitswochen ausführlich mit Doktor Jürgen durchgesprochen«, erklärte der Chefarzt knapp. »Um es kurz zu machen, Sie haben sich wie schon in der Simulator-Vorbereitung sehr gut geschlagen, sodass wir Sie ab sofort wieder Ihrem Ausbildungsstand entsprechend behandeln. Das bedeutet unter anderem, dass Sie wieder selbstständig operieren dürfen und gemeinsam mit den Assistenzärzten Notaufnahme und Schockraum betreuen, ohne dass ein weiterer Kollege erforderlich ist. Also alles so, wie vor Ihrer Zwangspause.«

Augenblicklich breitete sich ein Lächeln auf Niklas' Gesicht aus. Da war sie wieder. Seine berufliche Freiheit. Zudem hob die Aussicht, vorerst nicht mehr gemeinsam mit Christian Jürgen operieren zu müssen, seine Laune schlagartig.

»Ab morgen werden Sie für terminierte Operationen eingeplant, heute dürfen Sie schon bei Bedarf Notfallpatienten operieren«, fügte Professor Schneider hinzu. »Viel Erfolg bei der Schicht und bringen Sie den Antrag für die Anmeldung zur Facharztprüfung möglichst bald mit, damit wir ihn weiterleiten können.«

»Das mache ich gleich morgen«, versicherte Niklas und machte auf den Weg in die Notaufnahme, um die dortigen neuen Kollegen richtig kennenzulernen und sich ein Bild über die Notfallpatienten zu machen.

Das Wartezimmer der chirurgischen Nothilfe war bereits gegen neun Uhr morgens völlig überfüllt, zudem standen vier Tragen des Rettungsdienstes im Flur. Die Patienten und Rettungsassistenten warteten ungeduldig auf die Aufnahme.

»Wir können nicht zaubern«, schimpfte eine der Aufnahmeschwestern, nachdem schon wieder ein Patient aus dem Wartezimmer vor ihr stand.

»Doktor Thorsen? Bitte sagen Sie, dass Sie hier mit angreifen. Wir ertrinken gerade in Patienten.« Assistenzärztin Marina Lucas kam auf Niklas zu gelaufen.

»Wo brauchen Sie mich?«, fragte Niklas. »Was ist mit den Rettungsdienst-Patienten? Welcher Arzt macht die Übergaben?«

»Doktor Thomas ist dabei, aber er kann sich auch nicht zerteilen.« Marina Lucas machte einen Schritt zur Seite und ließ einen Pfleger mit Patientenliege vorbei. »Ich habe eine Unterschenkelfraktur, die inzwischen geröntgt worden ist. Können Sie den Patienten übernehmen?«

»Klar.« Niklas folgte ihr in das Arztzimmer und ließ sich die Röntgenbilder zeigen.

»Das ist der rechte Unterschenkel von Oliver Knappe, dreiundzwanzig. Er ist wohl im Fußballtraining unglücklich mit einem Mitspieler zusammengestoßen«, erklärte die Assistenzärztin. »Wir haben ihn so weit wie möglich immobilisiert und mit Schmerzmitteln versorgt, jetzt braucht er das Aufklärungsgespräch für die weitere Behandlung.«

»Unglücklich zusammengestoßen«, wiederholte Niklas kopfschüttelnd. »Es gehört einiges dazu, um sowohl das Schien- als auch das Wadenbein zu brechen.«

»Profifußballer« Gleichgültig zuckte Marina Lucas mit den Schultern und druckte Niklas eines der Röntgenbilder für die Besprechung mit dem Patienten aus.

»Ein Profi also, fantastisch. Dann haben wir also zusätzlich das Vergnügen mit seinem Mannschaftsarzt.« Niklas griff zur Computermaus und vergrößerte die Bruchstelle. »Bringen Sie mich zu Herrn Knappe und reservieren Sie dann einen OP?«

»Klar«, versicherte die Assistenzärztin und lief voran zur Notfallbox, in der Oliver Knappe bereits lautstark nach Ärzten und Schmerzmitteln verlangte.

»Herr Knappe, ich habe Doktor Thorsen mitgebracht, unseren diensthabenden Unfallchirurgen«, stellte Doktor Lucas Niklas vor. »Wir haben uns Ihre Röntgenbilder angesehen.«

»Das ist ja klasse. Noch lieber wäre mir was gegen die Schmerzen. Das ist ja nicht zum Aushalten!«, fauchte der Fußballer.

»Natürlich, Herr Knappe«, versicherte Niklas und zog nach einem Blick auf das Notarztprotokoll rasch ein Schmerzmittel in der Spritze auf, mit der er das Medikament seinem Patienten direkt in den Venenverweilkatheter in der Armbeuge verabreichen konnte. »Die Wirkung sollte gleich eintreten.«

Oliver Knappe nickte andeutungsweise und lehnte sich deutlich friedfertiger als zuvor zurück.

»Was ist denn jetzt mit meinem Bein?«, wollte der junge Mann angespannt wissen. »Unser Mannschaftsarzt, Doktor Jeske, hat auf dem Platz nur gemeint, dass … also, dass da was gebrochen ist …«

»Das ist richtig.« Niklas zog den Ausdruck aus seiner Kitteltasche. » Sie haben sich sowohl das Schien- als auch das Wadenbein gebrochen«, erklärte er und zeigte auf das Röntgenbild. »Um eine Operation kommen wir nicht herum. Der Bruch muss ausgerichtet und stabilisiert werden.«

Der Fußballer starrte ihn an und musste die Diagnose offensichtlich erst einmal sacken lassen. »Werde ich wieder spielen können? Ich habe doch gerade erst den Sprung in die erste Mannschaft geschafft, morgen ist das Pokalspiel gegen die Bayern! Wie soll das denn weitergehen? Ich kann doch nicht kurz vor so einem wichtigen Spiel ausfallen …«

»Ihnen steht eine Spielpause von mehreren Wochen bevor. Aber mit einer geeigneten Rehabilitation ist eine Rückkehr in die Mannschaft nicht unwahrscheinlich«, gab Niklas eine vorsichtige Prognose ab. »Zunächst aber müssen wir Sie operieren.«

»Wann?« Oliver Knappe schluckte schwer und sah zwischen den beiden Ärzten hin und her.

»Noch heute.« Niklas sah zur Assistenzärztin. »Bereiten Sie alles für die OP vor und rufen Sie mich an, wenn die OP-Zeit feststeht.« Er wandte sich zum Gehen. »Wir sehen uns später, Herr Knappe.«

»Warten Sie«, bat der Fußballer. »Können Sie Doktor Jeske, dem Mannschaftsarzt, Bescheid geben? Er wollte zwar gleich nachkommen, aber wenn Sie mich vorher schon in den OP schieben …«

»Natürlich«, versicherte Niklas und sah zu Marina Lucas. »Meine Kollegin wird sich darum kümmern.«

»Äh, Doktor Thorsen?« Marina Lucas eilte Niklas hinterher, sobald sie sich die Telefonnummer des Mannschaftsarztes notiert hatte. »Darf ich assistieren?«

»Wem sind Sie zugeteilt?«, wollte Niklas wissen, denn er kannte die üblichen Probleme hinter solch harmlosen Fragen zu gut. Ganz so einfach konnten sich die jungen Assistenzärzte ihre Operationen dann doch nicht aussuchen. Vorher mussten sie immer Rücksprache mit dem erfahrenen Unfallchirurgen halten, der gerade für sie zuständig war.

»Doktor Mattais.« Ertappt sah Doktor Lucas zu Boden. »Er operiert gerade, aber ich könnte ihn fragen, ob ich mit Ihnen in den OP darf ...«

»Dann sprechen Sie das mit Doktor Mattais ab. Wenn er nichts dagegen hat und die Notaufnahme ohne Ihre Anwesenheit weiter besetzt ist, dürfen Sie mir assistieren.« Niklas dachte kurz nach. »Und informieren Sie bitte Doktor Jeske.«

Marina Lucas sah auf das Klemmbrett in ihren Händen. »Was soll ich ihm denn sagen?«, wollte sie unsicher wissen. »Ich ... ich weiß nicht ...«

»Halten Sie sich an die Fakten. Erklären Sie ihm die Diagnose und dass die Fraktur operativ versorgt werden muss. Falls er vor der OP hier vor Ort ist kann ich gerne mit ihm sprechen«, erklärte Niklas. »Alles weitere besprechen wir nach der Operation.«

»Mhm ... können Sie das nicht übernehmen?« Doktor Lucas versuchte es mit unschuldigem Augenaufschlag, doch da hatte sie bei Niklas schlechte Karten. »Ich ...«

»Sie führen seit Beginn Ihrer ärztlichen Ausbildung Gespräche mit Patienten und Angehörigen, da sollte ein externer Kollege überhaupt kein Problem darstellen.« Niklas schüttelte den Kopf und wandte sich um.

Klar gab es angenehmere Aufgaben als solche Gespräche, aber man konnte es sich nicht immer aussuchen.

In seiner Anfangszeit hatte er sich seine Arbeit auch nicht aussuchen können, warum sollte es Marina Lucas anders ergehen? Und ein Anruf war nun wirklich keine unlösbare Aufgabe.

Bis zur Mittagszeit hatten es Niklas und seine Kollegen geschafft, den Patientenstau etwas abzubauen, sodass sich die nächsten Notfallpatienten zumindest nicht mehr im Flur aufreihten, sondern direkt in Notfallkabinen gebracht werden konnten.
»Doktor Jeske ist jetzt bei Herrn Knappe und möchte Sie sprechen«, rief Marina Lucas im Vorbeigehen und verschwand in der nächsten Notfallkabine.
»Da hat er sich aber ganz schön Zeit gelassen«, murmelte Niklas, ohne den Blick von den Röntgenbildern eines anderen Patienten zu wenden, den er vor einer halben Stunde vom Rettungsdienst übernommen hatte. »Doktor Weber? Den Bruch können Sie einfach im Gips ruhigstellen, da müssen wir keine weiteren Maßnahmen ergreifen«, erklärte Niklas einer anderen Assistenzärztin und stand wieder auf.

Die Notfallkabine mit Oliver Knappe musste Niklas nicht lange suchen, denn dessen Stimme war bis auf den Flur klar und deutlich zu hören.
»Herr Knappe.« Niklas schloss die Tür hinter sich. »Was ist los?«
»Ich habe dieser Schwester schon vier Mal gesagt, dass ich Schmerzen habe!«, jammerte der Patient und sah anklagend zu dem Mann neben sich. »Und sie will Ihnen jedes Mal Bescheid geben, nur gibt mir niemand etwas gegen die Schmerzen. Was ist das hier für ein

Saftladen? So können Sie doch nicht mit Patienten umgehen, verdammt nochmal!«

»Bitte beruhigen Sie sich, Herr Knappe.« Niklas nahm eine Ampulle Schmerzmittel aus der Schublade und zog sie in einer Spritze auf. »Es tut mir leid, dass Sie warten mussten, aber wir sind überfüllt und unterbesetzt.«

»Das ist mir scheißegal«, fluchte Oliver Knappe und atmete angespannt aus, als Niklas ihm das Medikament direkt in die Vene verabreichte. »Wollten Sie mich nicht längst operiert haben? Haben Sie mich überhaupt zur OP angemeldet oder ist das auch irgendwo verloren gegangen?«

»Sie sind der nächste auf dem OP-Plan«, versicherte Niklas. »Bisher war kein Operationssaal frei. Das ist eine Klinik der Maximalversorgung, da müssen wir Unfallchirurgen immer wieder hintenanstehen.«

»Das ist trotzdem keine Entschuldigung dafür, dass Oliver mit seinen Schmerzen alleingelassen wird«, meldete sich der Mann neben Oliver Knappe zum ersten Mal zu Wort. »Ich bin Doktor Jeske, Ihre Kollegin hat mich angerufen.«

»Doktor Thorsen.« Niklas musterte seinen Patienten, der deutlich entspannter wirkte als zuvor. »Wirken die Medikamente?«, fragte er dennoch.

»Endlich.« Erleichtert schloss Oliver Knappe die Augen.

»Für wie viel Uhr ist die OP geplant?«, wollte Doktor Jeske wissen. »Wie werden Sie vorgehen? Wo sind Olivers Röntgenaufnahmen?«

»Wir können in gut einer Stunde mit den Vorbereitungen beginnen, der Saal ist in neunzig Minuten frei.«

Niklas straffte die Schultern. »Die Röntgenaufnahmen kann ich Ihnen gern im Stationszimmer zeigen. Und angesichts der Verletzung empfehle ich, Marknägel einzusetzen.«

Doktor Jeske nickte ansatzweise. »Operieren Sie, Doktor Thorsen? Oder welcher Ihrer Kollegen übernimmt den Fall?«

»Im Moment ist kein anderer Unfallchirurg frei, deswegen werde ich den Eingriff vornehmen.« Niklas wandte sich zum Gehen. »Möchten Sie Röntgenbilder nun sehen oder nicht?«

»Ich bin gleich wieder bei dir.« Doktor Jeske berührte seinen Patienten kurz an der Schulter und folgte Niklas dann auf den Flur. »Sie sind noch kein Facharzt, Doktor Thorsen, sondern Assistenzarzt. Haben Sie diesen Eingriff schon einmal durchgeführt? Wird die Operation von einem erfahrenen Kollegen begleitet?«

Niklas schüttelte den Kopf. »Ich werde meine Facharztprüfung in diesen Tagen ablegen und führe diese Operation schon seit Jahren erfolgreich durch. Deswegen wird bei der OP auch kein erfahrener Kollege anwesend sein, denn das ist nicht erforderlich.« Er rief die Röntgenbilder mit wenigen Klicks auf und projizierte sie auf den Wandbildschirm. »Wir haben saubere Bruchkanten, der Bruch ist nicht verschoben. Ich rechne mit einer OP-Dauer von dreißig Minuten.«

»Ist es möglich, dass Professor Schneider den Eingriff übernimmt? Oliver ist einer unserer wichtigsten Nachwuchsspieler«, hakte Doktor Jeske erneut nach. »Er verdient die beste Behandlung.«

Niklas atmete tief durch und ballte die linke Hand in seiner Kitteltasche zur Faust. »Wir haben freie Arztwahl und natürlich dürfen Sie einen anderen Chirurgen verlangen. Professor Schneider ist heute und morgen komplett ausgebucht, er wird Herrn Knappe nicht zeitnah operieren können. Gleiches gilt für unsere Oberärzte, die allesamt in Notoperationen beschäftigt sind. Die erste Operationschance für Ihren Schützling bin ich in einer halben Stunde und ich kann Ihnen nur versichern, dass ich diesen Eingriff ausgezeichnet beherrsche.« Er wich dem prüfenden Blick des Mannschaftsarztes nicht aus.

»Kümmern Sie sich gut um Oliver. Der Verein braucht ihn und Oliver steht eine ganz große Karriere bevor. Diese Verletzung darf das alles nicht beenden.« Daniel Jeske deutete zu den Röntgenbildern. »Mit dem Vorgehen bin ich einverstanden, setzen Sie Marknägel ein.«

Andeutungsweise nickte Niklas und fischte das klingelnde Telefon aus seiner Tasche. »Thorsen?«, meldete er sich und entfernte sich zwei Schritte von Doktor Jeske. »Okay, dann lasse ich ihn gleich zur Vorbereitung bringen. Danke.« Er legte auf. »Der Saal wird früher frei als erwartet, wir können Herrn Knappe direkt vorbereiten.«

»Endlich geht etwas vorwärts.« Doktor Jeske ließ Niklas stehen und lief zurück zu seinem Patienten, während Niklas alles weitere für die bevorstehende Operation in die Wege leitete.

In der Personalumkleide stieß Niklas dann auch noch mit Christian Jürgen zusammen, der seine Stimmung nicht unbedingt steigerte.

»Sie operieren, Thorsen?« Doktor Jürgen schloss den

Spind auf und musterte Niklas demonstrativ. »Womit haben Sie es zu tun?«

»Doppelte Unterschenkelfraktur, ein simpler Eingriff.« Niklas hängte seinen Kittel ordentlich auf den Bügel und zog sich dann ein steifes, blaues OP-Hemd über.

»Wer assistiert Ihnen? Halt warten Sie, bestimmt Doktor Lucas, oder?« Der Oberarzt schmunzelte, als Niklas seine Vermutung mit einem Kopfnicken bestätigte. »Sie ist da sehr eifrig und bezirzt alle männlichen Kollegen über ihr, ob sie ihnen assistieren darf.«

»Ich verstehe.« Niklas wechselte von den Turnschuhen zu Gummischlappen und schloss dann den Spind ab.

»Man sieht sich.« Doktor Jürgen verließ die Umkleide und schenkte Niklas so noch einen Moment der Stille, um sich zu sammeln und alles Nebensächliche auszublenden.

Gleich begann er den ersten Eingriff, für den er komplett allein verantwortlich war. Kein Kollege würde ihm auf die Finger sehen oder im Notfall eingreifen. Jetzt musste er selbst für alle Eventualitäten und Komplikationen gewappnet sein. Das Sicherheitsnetz, das ihn für zwei Wochen begleitet hatte, war nun weg. Einerseits war das endlich wieder die gewohnte Arbeitssituation, die er nach seiner Pause so herbeigesehnt hatte. Andererseits hegte er leise Zweifel, ob er der Herausforderung tatsächlich gewachsen war oder ob er sich nicht selbst überschätzte.

»Ah, Doktor Thorsen, Sie sind da.« Marina Lucas trat an das zweite Waschbecken im OP-Vorraum heran. »Es ist alles vorbereitet, Sie können sofort anfangen.«

Niklas nickte gedankenverloren und trocknete sich die Hände ab. Im OP-Saal half ihm ein Pfleger in Kittel und Handschuhe, Marina Lucas tat es ihm gleich.

»Wie gehen wir vor? Welche Behandlungsmöglichkeiten haben wir?«, fragte Niklas und trat an den Operationstisch heran.

»Marknagel, Platten oder ein externer Fixateur?«, zählte die Assistenzärztin in fragendem Unterton auf.

»Ist das eine Frage oder Feststellung?« Niklas bewegte seine Schultern und lockerte mit wenigen Bewegungen seine Nackenmuskulatur.

»Eine Feststellung?«

Da war er wieder, dieser fragende Unterton.

Niklas hasste das an Assistenzärzten, wenngleich er wusste, dass er in seinem ersten Jahr auch nicht immer anders gewesen war.

Man konnte nicht alles wissen. Noch dazu, wenn man zu wenig Schlaf bekam, dutzende Schichten hintereinander schob und permanent die wichtigsten Fakten zu allen Patienten auf Station parat haben sollte.

Dennoch war es in seinen Augen nötig, nicht zu nachsichtig mit den jungen Assistenzärzten umzugehen.

Er hatte selbst durch die harte Schule gehen müssen und geschadet hatte es ihm wahrlich nicht.

»Hören Sie mit diesem fragenden Tonfall auf.« Niklas atmete tief durch. »Wenn Sie am Patienten sind, gibt es nur Feststellungen. Sie können und dürfen sich keine Unsicherheiten erlauben.« Er schloss die Augen für einen Moment und konzentrierte sich wieder auf seine eigentliche Mission. Jeder Patient hatte das Recht auf seine ungeteilte Aufmerksamkeit und seine bestmögliche Arbeit. Um das Verhalten seiner Assistentin konnte er sich nach der OP immer noch kümmern.

Nur Perfektion ist gut genug, pflegte Professor Schneider immer zu predigen. *Wer nicht dazu nicht imstande ist, wird nicht lange in der Unfallchirurgie bleiben.*

Eingeschüchtert sah ihn Marina Lucas an. »Sie können die Brüche mithilfe von Platten, Marknägeln oder einem externen Fixateur versorgen«, versuchte sie es mit festerer Stimme. »Welche Variante wenden Sie an?«

»Wir werden Marknägel einsetzen.« Niklas streckte fordernd die rechte Hand aus. »Skalpell.«

Sofort drang die Kühle des Metalls durch seinen Handschuh und zauberte Niklas ein Lächeln auf das Gesicht. Ja, hier war er richtig. Endlich stand er wieder auf der richtigen Seite des OP-Tisches und hielt das Skalpell anstelle von Haken oder Saugern in seinen Händen.

»Waren Sie bei so einem Eingriff schon einmal dabei, Doktor Lucas?«, wollte Niklas wissen und setzte den ersten Schnitt knapp unterhalb des rechten Knies. Schon spreizte er die Wunde und eröffnete den Markraum.

Zufrieden betrachtete Niklas das postoperative Röntgenbild. Der Bruch war gut ausgerichtet und beide Marknägel an Ort und Stelle.

Oliver Knappe wurde von einem Pfleger in den Aufwachraum gebracht, während Marina Lucas Niklas in die Vorbereitung folgte. Aufatmend ließ sich Niklas kühles Wasser über die Unterarme und Hände rinnen, seifte sich ein und spülte seine Arme erneut ab.

»Das lief recht ordentlich«, bemerkte Niklas mit einem

Lächeln. »Versuchen Sie aber daran zu arbeiten, sich Ihre Unsicherheit nicht so sehr anmerken zu lassen. Das gilt vor allem, wenn Sie vor Patienten oder deren Angehörigen stehen. Sie können weiß Gott nicht alles wissen, aber Sie dürfen sich das dem Patienten gegenüber nicht anmerken lassen.«

»Und wenn ich eine Frage habe?«, wollte Marina Lucas zaghaft wissen und starrte auf ihre Hände unter dem Wasserstrahl.

»Dann fragen Sie natürlich. Sie sind schließlich hier, um zu lernen«, meinte Niklas. »Aber wenn ich eine Frage zu Behandlungsmöglichkeiten an Sie richte, müssen Sie das mit mehr Selbstbewusstsein vortragen. Vermeiden Sie diesen fragenden Unterton. Der hat hier im Krankenhaus keinen Platz!«

Marina Lucas zuckte zusammen. »Ich versuche es.«

»Versuchen allein reicht nicht«, blieb Niklas unbarmherzig. »Sie müssen … Ach, Sie wissen, worauf ich hinaus möchte.« Er trocknete sich die Hände und Unterarme ab. »Und jetzt schauen Sie, wie es in der Notaufnahme zugeht. Wir sehen uns später bei der Schichtübergabe.«

Maximilian Vollmer brachte Niklas einen weiteren Notfallpatienten mit gebrochenem Bein aus der Notaufnahme, sodass Niklas gleich im OP-Bereich blieb und erst zur Schichtübergabe auf die Station zurückkehrte.

»Da sind Sie ja, Doktor Thorsen.« Mannschaftsarzt Daniel Jeske fing Niklas noch vor dem Arztzimmer auf dem Flur ab und musterte ihn durchdringend. »Wie ist die OP gelaufen? Warum klagt Oliver immer noch über starke Schmerzen? Und warum gibt ihm Ihre Kollegin einfach kein Schmerzmittel?«

Niklas unterdrückte ein Seufzen. »Ich sehe ihn mir sofort an«, versicherte er, holte sich das Verlaufsprotokoll und folgte Doktor Jeske zum Patientenzimmer.

»Herr Knappe?«, fragte Niklas mit ruhiger Stimme und trat an das Bett heran. »Wie fühlen Sie sich?«

Sein Patient zuckte mit den Schultern. »Ich habe immer noch starke Schmerzen«, erklärte er heiser und räusperte sich.

»Ich lasse Ihnen zur Nacht eine weitere Infusion bringen«, versprach Niklas und machte eine Notiz in der Krankenakte. »Geben Sie der Nachtschwester frühzeitig Bescheid, dann können wir die Schmerzen in den Griff kriegen. Aber morgen sollte es Ihnen deutlich bessergehen.«

Oliver Knappe nickte. »Danke, Doktor Thorsen.«

»Schlafen Sie sich aus, wir sehen uns morgen in der Früh zur Visite.« Niklas wandte sich zum Gehen, doch wieder hielt ihn Doktor Jeske auf.

»Wie ist die OP verlaufen?«, wollte der Mannschaftsarzt kritisch wissen.

»Es gab keine Komplikationen.« Niklas sah auf die Uhr. Noch fünf Minuten bis zur Schichtübergabe. »Weitere Fragen können wir gern morgen besprechen, aber ich habe gleich Übergabe mit den Kollegen der nachfolgenden Schicht.«

Das Ablösegespräch mit dem Nachtdienst war rasch erledigt, sodass sich Niklas auf den Heimweg machte. Die langen Flure waren um acht Uhr abends menschenleer. Besucher waren längst nach Hause gegan-

gen und das Personal entweder bei der Schichtübergabe oder auf der abendlichen Runde durch die Patientenzimmer. Ein normaler Abend, an dem die große
Klinik langsam zu Ruhe kam, bevor mit Tagesanbruch
der ganze Trubel von vorn begann.
Niklas seufzte leise und warf einen Blick über seine
Schulter, doch er war allein auf dem Flur. Seine
Schritte hallten von den kahlen Wänden wider, gleichzeitig setzte sich ein ungutes Gefühl in seiner Magengegend fest.
Mit heftig pochendem Herzen warf Niklas einen weiteren Blick über die Schulter. Niemand zu sehen, aber
was hatte er denn erwartet?
Unwillkürlich beschleunigte sich auch seine Atmung
und Niklas widerstand nur mit Mühe dem Drang, zum
Parkplatz zu rennen. Stattdessen beschleunigte er
seine Schritte nur leicht und sah sich weiterhin aufmerksam um. Es war geradezu lächerlich, hinter jeder
Tür und jeder Abzweigung einen Angreifer zu erwarten, doch Niklas konnte einfach nicht aus seiner Haut.
Durch die Therapie war sein Verfolgungswahn deutlich
besser geworden, aber er kämpfte damit noch immer.
Und er hasste es, wenn er diesen Kampf verlor. Zwar
versuchte er jedes Mal, das Wegrennen möglichst
lange hinauszuzögern, so konnte er zumindest von
sich behaupten, es versucht zu haben. Das half nicht
sonderlich und Niklas verachtete sich selbst für diese
Schwäche, etwas ändern konnte er abseits der Therapie jedoch nur bedingt. Dieses Trauma mit all seinen
Folgen brauchte Zeit, um zu heilen.
Keuchend stieß Niklas die Tür zum Parkplatz auf und
ließ das Gebäude im Laufschritt hinter sich. Endlich

erreichte er das Auto, setzte sich schwungvoll auf den Fahrersitz und verriegelte die Türen mit einem Knopfdruck.

Mit dem Kopf gegen die Nackenstütze gelehnt atmete er bewusst langsam ein und aus, während sich sein Herzschlag wieder beruhigte.

Wann würde er dieses Trauma endlich überwinden?

Wann konnte er sein normales Leben weiterführen?

Wann blieb er von diesen Panikattacken endlich verschont?

Wann war er nicht mehr von der Psychologin abhängig, sondern kam mit seinen Problemen endlich wieder alleine klar?

Beinahe ein Jahr dauerte dieser Albtraum nun schon an und es war kein richtiges Ende in Sicht.

Und wenn es ihm schon so ging, wie war das dann für Frederik? Sein bester Freund musste noch mit ganz anderen Schicksalsschlägen und Erlebnissen klarkommen als er selbst.

Langsam hob Niklas die rechte Hand und drückte auf den Startknopf, sodass das Auto zum Leben erwachte und er endlich seinen Heimweg antreten konnte.

»Ich bin wieder da«, rief Niklas halblaut und schloss die Wohnungstür hinter sich. »Schatz?«

Gähnend zog er Jacke und Schuhe aus, seinen Rucksack ließ er ebenfalls an der Garderobe stehen.

»Na du?« Freja tauchte in der Tür zum Wohnzimmer auf und musterte ihn müde. »Wie war dein Tag?« Sie kam langsam näher und schloss ihn dann in die Arme.

»Lang und anstrengend, aber auch sehr befriedigend.« Er neigte den Kopf und gab seiner Freundin einen zärtlichen Begrüßungskuss. »Ich durfte endlich wieder allein operieren, Professor Schneider hat meinen Sonderstatus heute Morgen aufgehoben. Damit werde ich endlich wieder normal behandelt, so wie im letzten Jahr, bevor der ganze Mist passiert ist.«

»Das ist ja klasse«, freute sich Freja und küsste ihn erneut. »Ein weiterer Schritt Richtung Normalität.« Sanft streichelte sie mit der rechten Hand über Niklas' Wange. »Wie geht es dir damit?«

»Sehr viel besser als mit Christian im OP.« Niklas unterdrückte das nächste Gähnen. »Sei mir nicht böse, aber ich gehe direkt ins Bett. Morgen habe ich die kürzere Schicht, danach haben wir viel Zeit zum Reden.«

»Ich habe nur auf dich gewartet, mein Tagessoll ist auch mehr als erfüllt.« Freja fuhr sich mit der freien Hand durch die blonden Locken, die sie zum ersten Mal seit Jahren wieder wachsen ließ. Noch hatten ihre Haare eine unpraktische Zwischenlänge, doch in wenigen Wochen sollte ein Friseur daraus einen hübschen Bob schneiden können.

»Geht es dir gut?«, fragte Niklas nachdenklich auf dem Weg ins Badezimmer. »Was sagt der Blubbs zu deinem aktuellen Pensum?«

»Es ist immer noch das gleiche Spiel. Im Theater schläft er und zu Hause auf dem Sofa oder im Bett fängt er mit Turnübungen an.« Freja schmunzelte und streichelte sich über den runden Babybauch. »Ich kann es kaum erwarten, Blubbel endlich kennenzulernen.«

»Wir werden eine richtige Familie.« Niklas lächelte zärtlich. »Und ich kann es kaum erwarten, mit dir in dieses neue Abenteuer aufzubrechen.«

Frejas liebevolles Lächeln war Niklas Antwort genug.

»Blubbel ist wieder wach«, murmelte sie, nahm seine rechte Hand und legte sie auf ihren Bauch. »Und macht neue Turnübungen ... spürst du es?«

Obwohl Niklas zum Umfallen müde war, konnte er sich diesem Moment nicht entziehen. Diese Interaktion mit seinem ungeborenen Sohn oder seiner ungeborenen Tochter gab ihm so viel Zuversicht für das, was noch auf ihn und Freja zukam. Es würde schon alles irgendwie gutgehen. Sie hatten einander, das war alles, was zählte.

»Ist das Blubbels Fuß?«, fragte er und versuchte, der Bewegung mit seiner Hand zu folgen.

»Ich glaube, ja.« Freja lachte leise. »Und er tritt ganz schön stark inzwischen.«

»Er trainiert, damit er uns bald kennenlernen kann.« Niklas ging in die Hocke und schmiegte seine Wange an den Babybauch. »Wir alle bereiten uns auf diesen Tag vor ...«

»Und dieser Tag wird schneller kommen, als wir uns vorstellen können.« Freja seufzte. »Es wäre schön gewesen, wenn meine Eltern diese Zeit miterleben hätten können... Im Moment vermisse ich Mama sehr.«

»Schade, dass ich sie nie kennengelernt habe.« Niklas richtete sich wieder auf. »Andererseits hätten wir beide uns nie getroffen, wenn dieser schreckliche Unfall nicht passiert wäre.«

»Versprich mir, dass du immer auf dich aufpasst.« Freja nahm seine Hände in ihre. »Blubbel soll mit beiden Eltern aufwachsen und so einen Verlust nicht erleben müssen.«

»Ich verspreche es.« Langsam atmete Niklas aus und legte seine Stirn an die von Freja.

»Wann hast du eigentlich deinen nächsten Termin bei der Psychologin?«, wollte Freja nachdenklich in die Stille hinein wissen, nachdem sie das Licht im Schlafzimmer gelöscht hatten.

»Freitag ... vorher geht es wegen der Arbeit nicht«, überlegte Niklas laut. »Ich hoffe, dass ich sie bald nicht mehr brauche, aber ... es sind noch so viele Punkte offen. Und ich merke ja schon bei primitiven Sachen wie unserer Tiefgarage, dass ...« Er brach ab und schüttelte den Kopf. »Du weißt, was ich meine ...«

»Ich habe dich ja letztens gemeinsam mit ihr begleitet, also ja. Ich weiß recht genau, worauf du hinauswillst.« Freja gähnte. »Ist es konkret die Erinnerung an ... also an die Schüsse, oder ... die Angst, dass da wieder jemand lauert ...?«

»Eine Mischung aus beidem«, gab Niklas seufzend zu. »Dieser Verfolgungswahn begleitet mich ja nicht nur auf dem Weg durch unsere Tiefgarage. Die Psychologin versucht zwar, mir zu helfen, aber an manchen Tagen bezweifle ich, dass sich das überhaupt therapieren lässt. Und dass es für alle so viel einfach gewesen wäre, wenn der Schütze in der Tiefgarage damals sein Ziel nicht verfehlt hätte.«

»Was?!« Erschrocken richtete sich Freja auf.

»Es sind ganz vereinzelte Gedanken«, murmelte Niklas beschämt. »Aber dir wäre so viel erspart geblieben, zum Beispiel das Zeugenschutzprogramm. Yvonne Schwarzenbrunner würde auch noch leben ...«

»Du darfst bei ihr nicht vergessen, dass sie unseren Aufenthaltsort erst verraten hat«, gab Freja zu bedenken und rutschte ächzend näher zu Niklas. Zaghaft berührte sie seine Schulter.

»Versteh mich nicht falsch, ich … ich bin nicht auf Abwegen unterwegs, die mich von dir und Blubbel entfernen«, fuhr Niklas mit belegter Stimme fort. »Aber … diese Fragen bleiben. Warum hat es überhaupt Frederik und mich getroffen? Warum habe ich diese schwere Lungenembolie überhaupt überlebt? Warum ist der Angriff unserer letzten Verfolgergruppe in Göteborg so glimpflich verlaufen? Es war so viel Glück dabei …«

»Wir leben, Niklas. Und wir bekommen Blubbel. Allein er ist ein guter Grund dafür, warum wir überleben sollten.« Freja beugte sich vor und küsste ihn.

Kapitel 6

Die Nacht war unruhig gewesen, denn Niklas hatte wegen des abendlichen Gesprächs mit Freja viel nachgedacht über das, was er angesprochen hatte. Und über das, worüber er geschwiegen hatte.

Dass ihn diese finsteren Gedanken an manchen Tagen regelrecht auffraßen.

Dass er in seiner Situation gar nicht daran denken sollte, erschossen zu werden. Nicht, wenn er in wenigen Wochen Vater wurde.

»Bis heute Nachmittag«, verabschiedete sich Niklas von seiner Freundin, die seinen Abschiedskuss im Halbschlaf erwiderte. »Schlaf noch schön.« Sanft streichelte er über den Babybauch, richtete die Bettdecke und verließ die Wohnung mit geschultertem Rucksack.

Im Auto lauschte Niklas dem Freizeichen, während er seinen Wagen umständlich aus der engen Parklücke manövrierte.

»Niklas?«, meldete sich Frederik, kurz bevor sich die Mailbox eingeschaltet hätte. »Was verschafft mir die unerwartet frühe Ehre?«

»Entschuldige, habe ich dich geweckt?«, fragte Niklas mit schlechtem Gewissen zurück und ließ das Auto zur nächsten Kreuzung rollen. Die Ampel war rot, da musste er nicht auch noch Gas geben.

»Es ist viertel vor Sieben und ich habe nichts weiter vor

heute, also ja, du hast mich geweckt, aber das ist nicht so wild«, versicherte Frederik und klang etwas wacher. »Was gibt es denn? Normalerweise rufst du mich nicht grundlos um solche Uhrzeiten an.«

»Ich wollte dich etwas fragen«, druckste Niklas herum und trommelte mit den Fingern auf das Lenkrad. »Hast du je darüber nachgedacht, den seltsamen Todesfällen nicht auf die Spur zu gehen? Dich einfach rauszuhalten und dich nicht zuständig zu fühlen?«

Frederik schwieg.

»Entschuldige, das kam jetzt alles aus dem Nichts, aber bei dir habe ich von allen noch am meisten das Gefühl, dass du mich verstehst. Also, was den Transplantationsskandal angeht …«, stammelte Niklas und fuhr endlich wieder an.

»Hast du mit Freja oder deiner Therapeutin zuletzt darüber gesprochen?«, wollte Frederik argwöhnisch wissen. »Es klingt jedenfalls so, als stündest du auf verlorenem Posten und würdest händeringend auf Verstärkung warten.« Er wartete die Antwort gar nicht erst ab. »Im Nachhinein habe ich mich des Öfteren verflucht, dass ich bei diesen Todesfällen nachgeforscht und dich mit hineingezogen habe. Aber ich habe es immer für den richtigen Weg gehalten. Wegsehen ist keine Option, Niklas. Nicht, wenn es um Menschenleben geht.«

»Ich verstehe.« Niklas räusperte sich und hielt an der nächsten roten Ampel. Wenn das so weiterging, würde er sich beim Umziehen sehr beeilen müssen. »Dann ist es wohl auch mehr als bescheuert zu denken, dass alles leichter wäre, wenn der Schütze in der Tiefgarage sein Ziel nicht verfehlt hätte?«

»Was willst du hören, Niklas?« Frederik unterdrückte ein Gähnen. »Das sind Themen, bei denen du die Hilfe deiner Psychologin brauchst. Und ich hoffe, dass du diese Gedanken ihr gegenüber zumindest mal angesprochen hast.«

»Ja, ja …«, murmelte Niklas. »Ich … ich habe mit ihr darüber gesprochen und gestern Abend mit Freja. Aber ich fühle mich … beschissen. Als hätte ich nicht das Recht, so etwas zu denken. Ich werde im August Vater. Wie kann ich mir da wünschen, erschossen worden zu sein?«

»Du redest, das ist ein erster Anfang. Und ich hoffe, du versuchst nicht, dir selbst etwas anzutun?«, wollte Frederik ernst wissen.

»Was?! Nein, natürlich nicht.« Heftig schüttelte Niklas den Kopf und hieb gleichzeitig auf die Hupe, weil das Auto vor ihm trotz grüner Ampel stehen blieb. Endlich erloschen die Bremslichter und der silberne Opel setzte sich wieder in Bewegung. »Nein, das steht wirklich außer Frage«, bekräftigte er.

»Okay, das ist gut. Und ich hoffe sehr, dass du dir helfen lässt, bevor du solche Gedanken in die Tat umsetzt.« Frederik räusperte sich und dachte einen Moment lang nach. »Lass uns heute Abend noch einmal in Ruhe telefonieren«, schlug er vor. »Du müsstest gleich an der Klinik sein, oder?«

»In fünf Minuten, ja.« Niklas unterdrückte ein Gähnen. »Danke fürs Zuhören, Frederik. Das hat schon geholfen. Und entschuldige bitte für das frühe Wecken.«

»Schon gut. Für so etwas hat man doch Freunde, mhm?« Frederik lachte. »Dann bis heute Abend!«

»Gerade noch pünktlich«, bemerkte Christian Jürgen spitz, als Niklas außer Atem in das Arztzimmer der unfallchirurgischen Station schlüpfte.

»Was?« Irritiert sah Niklas zu seinem Kollegen, der ihn schon wieder auf dem Kieker hatte.

»Ich habe lediglich bemerkt, Doktor Thorsen, dass Sie gerade noch pünktlich zur Frühbesprechung gekommen sind, wie wir das von unseren Assistenzärzten erwarten«, dozierte der Oberarzt und hob herausfordernd eine Augenbraue.

»Christian, lass es gut sein.« Maximilian Vollmer schüttelte den Kopf. »Kümmern wir uns lieber um unsere Patienten.«

Gespannt sahen die jüngeren Assistenzärzte zwischen den beiden Kontrahenten hin und her.

»Fein.« Doktor Jürgen klatschte in die Hände. »Wie war die Nacht? Wie geht es den Post-OP-Patienten von gestern? Welche neuen Patienten haben wir auf Station verlegt bekommen? Welche Operationen stehen heute an?«, wollte er streng von den Assistenzärzten wissen.

»Die Nacht war alles in allem ruhig«, berichtete die zweite Assistenzärztin, deren Namen sich Niklas bisher nicht hatte merken können. »Nur Oliver Knappe klagt trotz intensiver Therapie über starke Schmerzen. Wir haben an Medikamenten alles ausgereizt, ab vier Uhr war endlich Ruhe.«

»Ich sehe ihn mir nach Visite an«, versprach Niklas. Dass Patienten nach einer Marknagel-Operation dermaßen starke Schmerzen hatten, war ungewöhnlich. Da sollte er auf jeden Fall noch einmal nachforschen.

»Ich bin gespannt, ob da mehr dahintersteckt oder ob

der Mann nur ein typisch empfindlicher Fußballer ist.«
Christian Jürgen schüttelte den Kopf. »Halten Sie Rücksprache mit Doktor Vollmer, Thorsen, er ist heute für Sie zuständig. Apropos … haben Sie die Anmeldung zur Facharztprüfung dabei? Dann kann ich das gleich noch weiterleiten, bevor ich mich in den Feierabend verabschiede.«

»Wir gehen schon vor.« Maximilian Vollmer schickte die anderen beiden Assistenzärzte aus dem Stationszimmer und folgte ihnen mit etwas Abstand.

»Alles ausgefüllt.« Niklas reichte dem Oberarzt den Antrag, den er eigentlich schon vor einem Jahr vorbereitet hatte. Nur waren ihm damals erst die Lungenembolie und dann der Transplantationsskandal dazwischengekommen.

Stumm überflog Christian Jürgen das Formular und setzte sein Kürzel in das entsprechende Feld. »Gut, ich gebe das gleich weiter, dann können wir Sie hoffentlich bald als Facharzt in unseren Reihen begrüßen.« Er wandte sich zum Gehen. »Viel Erfolg bei dem Fußballer, Thorsen.«

Die kleine Visite war rasch durch die Patientenzimmer gegangen, dann kehrte Niklas zu Oliver Knappe zurück. Assistenzärztin Marina Lucas und Stationsschwester Andrea Mehnert begleiteten den angehenden Unfallchirurgen.

»So, Herr Knappe.« Niklas desinfizierte sich die Hände und trat an das Patientenbett heran. »Ich werde mir Ihr Bein noch einmal ansehen. Gibt es Stellen, die Ihnen besonders wehtun oder ist es der ganze Unterschenkel? Wie fühlen sich die Schmerzen an?«

»Es sind Schmerzen«, motzte Oliver Knappe. »Wie sollen sich die schon anfühlen?«

»Pochend, stechend, ein Dauerschmerz?«, half ihm Niklas, doch Knappe war alles andere als kooperativ.

»Es gibt keine Phase, in der das Bein nicht wehtut«, fuhr der Fußballer Niklas an. »Warum helfen die vielen Schmerzmittel nicht? Was verabreicht ihr mir da für einen Mist?«

»Ganz ruhig, Herr Knappe.« Niklas überflog die nächtlichen Eintragungen im Verlaufsprotokoll. Beinahe im Stundenrhythmus hatten Christian Jürgen oder die Assistenzärztin der Nachtschicht Schmerzmittel verabreicht. Auch jetzt hing Oliver Knappe an einer Infusion mit Schmerzmedikamenten.

»Ich soll ruhig bleiben?«, wiederholte sein Patient fassungslos. »Ich habe seit verdammten vierundzwanzig Stunden Schmerzen, die mich die Wände hochgehen lassen! Und Ihre Operation hat daran rein gar nichts verändert. Also tun Sie Ihren verdammten Job und sorgen Sie dafür, dass ich keine Schmerzen mehr habe!«

»Lassen Sie mich das Bein ansehen«, bat Niklas, ohne auf den Tonfall oder die Worte des Patienten einzugehen, und schlug die Decke zurück. Er fischte Handschuhe aus seiner Kitteltasche, zog sie über und befühlte den Verband vorsichtig. Alles trocken, das war schon einmal positiv. Er schnitt die Bandage auf und betrachtete die kleinen Wunden kritisch, die jedoch absolut unauffällig aussahen.

Was also verursachte diese starken Schmerzen?

»Und?«, fragte Oliver Knappe mit zusammengebissenen Zähnen und starrte auf die Wunden. »Was ist mit meinem Bein?«

Stumm betastete Niklas den operierten Unterschenkel. »Sie haben einen Bluterguss im Muskel, vermutlich bedingt durch das gestrige Trauma. Das beobachten wir, dazu bringen wir Ihnen gleich noch etwas zum Kühlen.«

»Das ist Ihre Erklärung? Ein Bluterguss?« Wütend schüttelte der Fußballspieler den Kopf. »Wissen Sie, wie viele Blutergüsse ich schon am Unterschenkel hatte? Und keiner hat solche Schmerzen verursacht. Also suchen Sie gefälligst weiter nach der Ursache!«

»Natürlich«, versicherte Niklas und dachte kurz nach. »Wir machen als erstes noch eine Blutuntersuchung, parallel dazu werden Physiotherapeuten mit Ihnen erste Bewegungsübungen machen. Anschließend fahren wir mit weiteren Untersuchungen fort.«

»Bewegungsübungen?«, wiederholte Oliver Knappe gereizt und fassungslos zugleich. »Die Schmerzen sind ja schon in Ruhe nicht zum Aushalten, das wird mit Bewegung nicht besser, Doktor Thorsen! Ich … ich rufe gleich Doktor Jeske an, der wird …«

»Natürlich können Sie Ihren Mannschaftsarzt hinzuziehen«, unterbrach Niklas seinen Patienten gelassen und brachte einen Stauschlauch um dessen rechten Oberarm an, um Blut abnehmen zu können. »Wir werden die Ursache Ihrer Schmerzen finden.«

»Das will ich hoffen, Doktor Thorsen«, quetschte sich Oliver Knappe durch die Zähne.

»Okay, das geht einmal sofort in das Labor.« Niklas reichte der Assistenzärztin die Ampullen und sah zur Stationsschwester. »Und Sie erneuern bitte den Verband, ich muss weiter zur …«

Wie so oft unterbrach ihn das klingelnde Diensthandy.

»Ja, Thorsen? Natürlich, ich bin gleich da«, versprach er und legte auf. »Herr Knappe, ich komme später mit den Laborergebnissen wieder zu Ihnen.«
Eilig verließ er das Patientenzimmer, Marina Lucas folgte ihm wie ein Schatten.
»Wenn ich die Blutproben weitergeschickt habe, darf ich Sie dann begleiten?«, fragte die Assistenzärztin mit unschuldigem Augenaufschlag.
»Das war der Schockraum, da habe ich keine Zeit zu warten«, wehrte Niklas hab. »Davon abgesehen werden Sie sich weiter um Herrn Knappe kümmern. Sie werden mich sofort anrufen, sobald die Laborergebnisse vorliegen oder sich seine Schmerzen auch nur geringfügig verändern. Und Sie werden die Physiotherapie begleiten. Ich will über alles sofort informiert werden«, schärfte er seiner jungen Kollegin ein und verließ die Station dann im Laufschritt.

Als Letzter der angeforderten Ärzte erreichte Niklas den Schockraum und schlüpfte in die Bleischürze mit der Aufschrift *Unfallchirurgie*.
»Gut, wir sind vollständig«, freute sich die Schockraumleiterin. »Der Helikopter ist gerade gelandet, es geht also sofort los.«
Stumm ließ Niklas den Blick schweifen. Der Neurochirurg war ihm unbekannt. Aber das war nicht weiter überraschend, nachdem als Folge des Transplantationsskandals die halbe Abteilung ausgetauscht worden war.
»Moin moin!« Notarzt Jochen Seidl betrat den Schockraum, ihm folgten zwei Sanitäter mit der Trage. »Wir bringen Klaus Berger, achtundfünfzig, Zustand nach

Verkehrsunfall Motorrad gegen Auto, initial bewusstlos. Wir haben ihn intubiert und beatmet. Kreislaufstabil, keine offenen Brüche.«

Niklas verschränkte die Arme vor der Brust und studierte den Patienten. Das rechte Bein war geschient, um den Kopf trug er einen blutigen Verband. Das sah nach langen Operationen aus, sowohl für ihn als auch für den Neurochirurgen.

»Rechts Brüche an Ober-, Unterschenkel und Oberarm, dazu ebenfalls rechts ein instabiler Brustkorb mit Verdacht auf Rippenserienfraktur«, fuhr der Notarzt fort. »Pupillen zunächst seitengleich, kurz vor der Landung rechts geweitet.«

»Gut, dann ab mit ihm ins CT«, entschied der Neurochirurg. »Bei einer akuten Blutung werden wir sofort operieren, notfalls parallel mit anderen Disziplinen.«

Eilig wurde der schwerverletzte Patient umgelagert und die CT-Untersuchung gestartet.

»Das ist eine massive Blutung«, stellte der Neurochirurg sachlich fest.

»Aber keine akuten Blutungen im Bauchraum. Auch das Becken ist intakt«, fügte der Radiologe hinzu.

»Doktor Thorsen? Wie beurteilen Sie die Frakturen? Müssen Sie gleich operieren oder warten wir die Hirn-OP ab?«, fragte der Neurochirurg, während der Patient schon wieder umgelagert wurde. Eilig brachten ihn Pfleger bereits zum Aufzug.

»Kümmern Sie sich um den Kopf, alles andere kann warten. Sagen Sie mir Bescheid, wann ich operieren kann.« Niklas löste die Klettverschlüsse seiner Bleischürze und hängte sie zurück auf den Bügel. »Viel Erfolg.«

Schon wieder klingelte sein Diensttelefon, Maximilian Vollmers Name wurde auf dem Display angezeigt.

»Was lag im Schockraum an?«, wollte Maximilian wissen und warf eine Tür hinter sich ins Schloss.

»Motorradfahrer mit multiplen Frakturen und einer massiven Hirnblutung. Die Neurochirurgen tun ihr Bestes und geben Bescheid, wenn wir übernehmen dürfen«, fasste Niklas zusammen und schlüpfte wieder in seinen weißen Kittel.

»Okay, gut. Dann bist du gerade frei und kannst die Visite auf der Intensivstation übernehmen. Normalerweise hätte ich das gemacht, aber ich bin gerade auf den Weg in den OP«, erklärte Vollmer. »Falls es Fragen oder Auffälligkeiten gibt, gib mir einfach Bescheid.«

»Klar«, versicherte Niklas, verließ den Schockraumbereich und lief zum Treppenhaus.

»Die Unfallchirurgie hat also ein altes-neues Gesicht«, freute sich Intensivmedizinerin Antje Hahn an der Hygieneschleuse. »Bist du zur Visite da?«

»Nachdem alle anderen Unfallchirurgen gerade operieren, musst du mit mir Vorlieb nehmen«, schmunzelte Niklas. »Irgendwelche Auffälligkeiten?«

»Erst einmal schön, dass du wieder da bist. Ich hatte dich im letzten Jahr ganz schön vermisst. Bist du wieder fit nach der Embolie?«, fragte Antje Hahn und musterte ihn.

»Ja, ich freue mich auch, dass ich wieder komplett gesund bin und wieder arbeiten darf.« Niklas sah zur Uhr. Gleich sollte die Physiotherapie bei Oliver Knappe beginnen. *Ob das die Beschwerden seines Patienten endlich linderte?*

»Gut, dann wollen wir mal.« Antje Hahn ging voran zum ersten Patienten, doch schon vor Betreten des Überwachungszimmers klingelte Niklas' Telefon erneut.

»Doktor Lucas, was gibt es?«, fragte er.

»Die Physiotherapeuten sind gerade bei Herrn Knappe und es geht ihm deutlich schlechter«, berichtete die Assistenzärztin drängend.

»Ich bin gleich da«, versprach Niklas und sah Antje Hahn entschuldigend an. »Ein Notfall auf Station. Ich komme so bald wie möglich zurück zur Visite.«

Erneut hetzte Niklas die Klinikflure entlang und mäßigte seine Schritte erst mit Betreten der unfallchirurgischen Station, um den Patienten nicht atemlos zu erreichen.

»Was ist los?«, fragte Niklas und schloss die Zimmertür hinter sich.

»Ah, Doktor Thorsen. Sie sind der behandelnde Chirurg?« Der Physiotherapeut trat vom Bett zurück, in dem Oliver Knappe den Kopf vor Schmerzen hin und her warf.

»Ja, was haben wir?«, fragte Niklas erneut.

»Der Patient gibt Schmerzen mit zehn auf einer Skala von eins bis zehn an«, begann der Physiotherapeut. »Keine Veränderung durch Kühlung oder Hochlagerung, aktive und passive Bewegung ändern nichts am Schmerzbild.«

»Ich verstehe.« Niklas sah zu Marina Lucas, die zwar neben dem Patienten stand, jedoch aus dem Fenster sah. »Doktor Lucas? Wo sind die Blutwerte? Die sollten längst vorliegen.«

Die Assistenzärztin zuckte zusammen. »Ich sehe sofort nach«, versicherte sie und verließ das Patientenzimmer eilig.

Der Physiotherapeut schüttelte nur den Kopf.

»Herr Knappe?«, wandte sich Niklas wieder an seinen Patienten. »Seit wann sind die Schmerzen dermaßen heftig?«

»Seit der da an meinem Bein herumgedrückt hat«, fauchte Oliver Knappe. »Was zur Hölle ist hier los, Doktor Thorsen? Was haben Sie mit mir gemacht?«

»Ich werde Ihnen helfen«, versicherte Niklas und sah über seine Schulter, doch von seiner Assistenzärztin war nichts zu sehen. Verärgert fischte er das Telefon aus seiner Kitteltasche und rief in der OP-Vorbereitung an. »Ja, Thorsen, Unfallchirurgie. Ich komme mit einem Notfall, Verdacht auf akutes Kompartmentsyndrom. Genau, eine Druckmessung und voraussichtlich eine Entlastung der betroffenen Bereiche. Danke, bis gleich.« Er legte auf und sah Oliver Knappe direkt an. »So, Herr Knappe. All Ihre Symptome deuten darauf hin, dass Ihr Muskel stark angeschwollen ist und mehr Raum braucht als ihm gerade zur Verfügung steht. Den können wir ihm durch mehrere Hautschnitte geben, deswegen muss ich Sie sofort noch einmal operieren.«

»Hautschnitte? Raumforderung?«, wiederholte Oliver Knappe verwirrt. »Was… was bedeutet das alles, Doktor Thorsen?«

»Das bedeutet, wenn ich Sie nicht sofort operiere, kann Ihr Bein irreparabel geschädigt werden«, erklärte Niklas eindringlich.

»Tun Sie alles, um mein Bein wieder gesund zu machen«, wies ihn Knappe matt an.

»Hier, ich habe die Blutwerte.« Endlich erschien Marina Lucas wieder im Patientenzimmer und reichte Niklas den Ausdruck. Er überflog die Daten nur kurz, denn die Diagnose würde sich in wenigen Minuten im OP ohnehin bestätigen.

»Oh, Sie operieren? Darf ich assistieren?«, fragte Doktor Lucas weiter, als Niklas das Bett gemeinsam mit dem Physiotherapeuten aus dem Raum schob.

»Ich will nicht, dass diese Anfängerin an mir herumpfuscht«, fuhr Oliver Knappe aggressiv dazwischen.

»Doktor Lucas, Sie werden in der Notaufnahme benötigt«, wies Niklas ihre Bitte ab und rief den Aufzug für eine Notfallfahrt.

»Sie kriegen das doch wieder hin, oder?«, fragte Oliver Knappe verzweifelt und hielt Niklas am Unterarm fest.

»Ich … ich brauche meine Beine. Meine Karriere hat doch gerade erst angefangen.«

»Ich gebe mein Bestes«, versprach Niklas, während er in Gedanken bereits die ersten Schritte der bevorstehenden Operation durchging.

Assistenzarzt Alexander Dobner bereitete im Operationssaal bereits alles für den Eingriff vor, während sich Niklas noch steril wusch und anschließend ebenfalls in seinen blauen Kittel und die Handschuhe fuhr.

»Haben Sie schon einmal ein akutes Kompartmentsyndrom entlastet?«, wollte Niklas wissen und trat an den Operationstisch heran. Tücher waren bereits über Oliver Knappe ausgebreitet worden und der Unterschenkel erneut mit rot-brauner Lösung gewaschen worden.

»Bisher nicht.« Dobner schüttelte den Kopf.

»Alle Symptome deuten auf ein akutes Kompartmentsyndrom hin, das bestätigen wir vor dem ersten Schnitt noch mit einer intramuskulären Druckmessung«, erklärte Niklas und führte die Sonde konzentriert in den Unterschenkel ein.

»Niklas?« Maximilian Vollmer betrat den Saal und blieb nahe der Tür stehen. »Ich habe es eben im Plan gesehen, du machst eine Notoperation bei Oliver Knappe? Was ist los?«

»Akutes Kompartmentsyndrom.« Niklas zog die Sonde wieder aus dem Muskel und ließ sich das Skalpell anreichen. Mit einem geraden Schnitt durchtrennte er die oberste Hautschicht und zog die Wundränder mit zwei Haken auseinander. Konzentriert eröffnete er die letzte Gewebeschicht über dem Muskel mit einer Schere. Augenblicklich drängte sich ihm das rote Gewebe entgegen.

Langsam kam Maximilian Vollmer näher und warf aus der Entfernung einen Blick auf das Operationsfeld. »Das erklärt natürlich seine Schmerzen sofort«, stellte er knapp fest. »Du hast das im Griff oder brauchst du noch ein paar Hände?«

»Ich komme zurecht«, versicherte Niklas und erweiterte den Schnitt, um der Raumforderung des Muskels Platz zu verschaffen.

»Ist das eine Folge der OP von gestern?«, fragte Alexander Dobner nachdenklich.

»Ausschließen kann man so etwas nie. Aber die wahrscheinlichere Ursache ist das Trauma, durch das die Brüche erst entstanden sind«, erklärte Niklas und untersuchte das offenliegende Gewebe mit gerunzelter Stirn. »Keine Anzeichen für abgestorbene Zellen, das ist für den Moment positiv.«

»Aber wir müssen das regelmäßig kontrollieren?«, vermutete Alexander Dobner.

»Wir werden seinen Zustand ganz genau im Auge behalten müssen. Das kann schnell einen schweren Verlauf nehmen«, stellte Niklas fest und deckte das freiliegende Muskelgewebe mit einem synthetischen Hautersatz ab.

»Das lief recht gut«, stellte Maximilian Vollmer fest, als Niklas den kleinen OP-Vorbereitungsraum betrat. »Und es war höchste Zeit, aber das weißt du selbst. Wer von den Assistenzärzten war für Oliver Knappes Überwachung zuständig?«

»Doktor Lucas.« Niklas warf den Mundschutz in den Mülleimer und stellte sich an das Waschbecken. »Sie sollte den Patienten während der ersten Physiotherapie im Auge behalten und hat mich dann mit einem Notruf alarmiert, als sich dessen Zustand deutlich verschlechtert hat.«

»Okay.« Vollmer nickte. »Und dann war der Weg in den OP vorgezeichnet. Wie hat sich Doktor Lucas in der Notfallsituation angestellt?«

Niklas runzelte die Stirn. »Wie meinst du das?«

»Doktor Lucas hat dich alarmiert, das ist das absolute Minimum, was wir von all unseren Assistenzärzten erwarten. Welche Maßnahmen hat sie darüber hinaus ergriffen? Wie gut hat sie dir assistiert?«, fragte Maximilien nach.

Niklas seufzte. »Es lief holprig und sie scheint heute nicht bei der Sache zu sein«, berichtete er. »Das mit dem Notruf war vorhin das Einzige, was sie richtig gemacht hat. Anstatt sofort die Blutwerte zu organisieren, stand sie nur da und hat aus dem Fenster gesehen. So etwas darf nicht passieren, egal wie unerfahren der Kollege oder die Kollegin ist. Klar, man kann nie alles wissen, aber bei ihrem Ausbildungsstand gibt es fallübergreifend Basics, die sie eigenständig durchführen können muss.«

»Ist das nur bei Doktor Lucas oder auch anderen Assistenzärzten?«, wollte Maximilian nachdenklich wissen. »Nicht, dass wir bei der Ausbildung einige Lektionen übersprungen haben ...«

»Das glaube ich kaum. Ich meine, Christian führt ein sehr strenges, gewissenhaftes Programm mit den Assistenzärzten durch.« Niklas schüttelte den Kopf. »Und es ist schon auffällig, dass diese Kollegin an den Basics scheitert aber bei den OPs immer ganz vorne dabei ist. Das ist schon eine auffällige Schieflage.«

»Also fällt dir das nur bei Doktor Lucas auf?«, fragte Maximilian Vollmer erneut.

»Ja.« Niklas trocknete sich Hände und Unterarme ab. »Ich habe mit ihr gestern schon ein Gespräch geführt, dass sie einige Dinge unbedingt ändern muss. Scheinbar ist die Kernbotschaft nicht angekommen.«

»Dann sollten wir dringend mit unserer jungen Kollegin sprechen«, stellte Doktor Vollmer mit gerunzelter Stirn fest. »Hast du noch ein paar Minuten Zeit? Dann rufe ich sie gleich ins Stationszimmer.«

Doktor Lucas ließ ihre Kollegen eine ganze Weile warten, sodass Niklas in der Zwischenzeit den OP-Bericht schrieb und in der Stationsküche zwei Tassen Kaffee organisierte.

»Ich weiß ja, dass *gleich* ein sehr dehnbarer Begriff ist,

aber langsam wird es unverschämt«, stellte Maximilian Vollmer mit Blick auf die Uhr fest und trank einen Schluck aus seiner Tasse. »Wir warten seit einer Dreiviertelstunde …«

»Mir musst du das nicht sagen.« Niklas unterdrückte ein Gähnen. »Wenn sie in fünf Minuten nicht da ist, gehe ich erstmal zurück zu Knappe, der sollte inzwischen vom Aufwachraum auf die Intensivstation verlegt worden sein.«

»Was gibt es denn?«, fragte Marina Lucas und kam außer Atem in das Stationszimmer gelaufen. »Was … Sie beide wollten mit mir sprechen? Warum?« Irritiert sah sie zwischen Niklas und Maximilian hinterher.

»Doktor Lucas«, begann Doktor Vollmer streng. »Wenn Sie mir sagen, dass Sie *gleich* da sind, erwarte ich nicht, länger als zehn Minuten auf Sie warten zu müssen.«

Betreten senkte die Assistenzärztin den Blick. »Entschuldigung«, murmelte sie kleinlaut. »Worüber wollen Sie beide denn mit mir sprechen?«

»Es geht um Oliver Knappe.« Maximilian behielt sein strenges Auftreten bei, während Niklas sich im Hintergrund hielt und ihm die Gesprächsführung erst einmal überließ. »Doktor Thorsen hat mir von den Entwicklungen heute Vormittag berichtet und welche Rolle Sie dabei gespielt haben. Warum haben Sie außer dem Notruf nichts unternommen? Warum haben Sie während der Wartezeit auf Doktor Thorsen nicht die Blut-Werte organisiert oder weitere Vorbereitungen getroffen? So ist wertvolle Zeit verloren gegangen bei einem Krankheitsbild, bei dem jede Minute zählt.«

»Ich … es tut mir leid«, entschuldigte sich Marina Lucas

und schluckte schwer. Sie atmete zwei Mal tief durch. »Dass es Ihnen leidtut, glaube ich Ihnen sogar.« Maximilian beugte sich vor. »Ich möchte aber wissen, warum diese Fehler passiert sind. Warum haben Sie in diesem Fall Ihren Job nicht richtig erledigt?«

Doktor Lucas blieb stumm und hob nur hilflos die Schultern.

»Ich gebe Ihnen bis morgen Zeit, darüber nachzudenken. Aber ich möchte Antworten haben, Doktor Lucas. Und ich muss sicherstellen, dass sich diese Fehler nicht wiederholen«, erklärte Maximilian unnachgiebig. »Sie dürfen gehen.«

Stumm stand die Assistenzärztin auf und ging zur Tür, dann drehte sie sich noch einmal um. »Doktor Thorsen?«, fragte sie mit bebender Stimme. »Während Sie operiert haben, hat Doktor Jeske angerufen. Er bittet um Rückruf und ein Update zum Zustand seines Patienten.«

»Danke.« Niklas lächelte seine junge Kollegin aufmunternd an, doch sie verließ das Zimmer wortlos und mit hängenden Schultern.

»Das war schon hart«, bemerkte Niklas. Er empfand Mitleid für seine junge Kollegin, doch gleichzeitig wusste er, dass sie gerade bei den Grundlagen nicht nachlässig werden durften.

»Hart, aber verhältnismäßig.« Vollmer zuckte mit den Schultern. »Das wird sie nicht umhauen.«

»Schon gut.« Niklas straffte die Schultern und stand auf. »Dann sehe ich mal nach Knappe und rufe Doktor Jeske zurück.«

»Viel Erfolg.« Maximilian folgte Niklas zu den Aufzügen und lief von dort weiter zur Notaufnahme.

Fast zeitgleich mit Oliver Knappe traf Niklas auf der Intensivstation ein, Assistenzarzt Alexander Dobner begleitete die Verlegung.

»Akutes Kompartmentsyndrom also.« Intensivmedizinerin Antje Hahn überflog das Überwachungsprotokoll aus dem Aufwachraum. »Dann überwachen wir ihn engmaschig mit Verdacht auf mögliches Multiorganversagen.«

»So ist es.« Niklas zog sich Handschuhe an und schlug die Decke schwungvoll zurück. Mit beiden Händen befühlte er den frischen Verband und nickte zufrieden. »Die Wunde nässt nicht, das ist gut und muss unbedingt stündlich kontrolliert werden. Sobald sich sein Zustand ansatzweise ändert, möchte ich informiert werden.«

»Wird gemacht«, bestätigte Alexander Dobner und nickte. »Ich erinnere auch die Kollegen aus der Nachtschicht daran, dass sie ein Auge auf den Verband haben.«

Bis zum Schichtende erreichte Niklas Doktor Jeske nicht mehr telefonisch, sodass er ihm bei seinem letzten Versuch nur eine Nachricht auf dem Anrufbeantworter hinterließ. An sich war Niklas darüber ganz froh, denn er wollte nicht schon wieder mit dem eigensinnigen Mannschaftsarzt diskutieren. So blieb ihm nur noch die Übergabe seiner Patienten an die Nachfolgeschicht, dann konnte er sich auf den Nachhauseweg machen. Noch auf dem Parkplatz rief Niklas bei Frederik an, so wie sie sich am Morgen verabredet hatten.

»Na? Wie war die Schicht?«, wollte Frederik entspannt

wissen. Den Geräuschen nach war er draußen unterwegs, zudem rauschte der Wind im Mikrofon.

»Anstrengend, aber das kennst du ja.« Niklas seufzte. »Christian Jürgen hat mich immer noch wegen meiner Rolle in der Aufklärung des Transplantationsskandals auf der Abschussliste und lebt das offen aus. Das ist langsam zermürbend, aber irgendwie werde ich das Problem schon noch lösen.«

»Warum ist er denn so sauer?«, fragte Frederik überrascht. »Etwa, weil er seine kriminellen Freunde inzwischen im Gefängnis besuchen muss?«

»Das auch.« Niklas wartete kurz, bis die Parkplatzschranke den Weg freigab. »Ich habe immer mehr den Eindruck, dass er da selbst mitgemacht hat und mit viel Glück nicht erwischt worden ist.«

»Ein Arsch ist er, so gesehen wäre er in guter Gesellschaft«, gab Frederik zu und lachte leise. »Na ja, aber solange ihr euch nur verbal bekämpft, würde ich an deiner Stelle gar nichts unternehmen. Oder willst du noch einmal Detektiv spielen?«

»Wir wissen beide noch gut, wie das letztes Mal ausgegangen ist. Danke, ich verzichte.« Niklas steuerte das Auto zur Hauptstraße. »Wo treibst du dich eigentlich herum? Irgendwo an der frischen Luft?«

Frederik schmunzelte. »Wir sind heute auf dem Gestüt, ja. Onkel Karl war mit Papierkram beschäftigt und ich habe wie schon letztes Jahr bei der Ausbildung der Jungtiere mitgeholfen. Kurzum, ich saß den halben Tag im Sattel und es macht großen Spaß. Vielleicht war das tatsächlich die Abwechslung, die ich gebraucht habe, um den Kopf wieder freizubekommen.«

»Das kannst du nur ausprobieren.« Niklas lachte auf.

»Vielleicht ist es bei mir die neue Wohnung, die mir ein paar emotionale Altlasten nimmt. Der Umzug findet zwar erst Ende des Monats statt, aber es könnte ein Anfang sein.«

»Stimmt, da war ja auch noch was … jetzt weiß ich wieder, warum ich dringend nach München reisen musste. Umzüge sind halt nicht so meins, weißt du?«

»Ich habe es mir von Anfang an gedacht«, beteuerte Niklas schmunzelnd und rollte im Berufsverkehr einige Meter weiter vor. Mal wieder schienen sämtliche Ampeln auf Rot geschaltet zu haben. »Ich hoffe dafür, dass du am zehnten Juni zumindest für einen Tag nach Hamburg kommst. Freja und ich haben uns entschieden, dass wir vor der Geburt zumindest standesamtlich heiraten. Die kirchliche Trauung und das große Fest mit Familie und Freunden folgt dann nächstes Jahr. Aber wir wollen nicht länger warten.«

»Ich verstehe. Und so ganz ohne deinen besten Freund ist es schwierig, zu heiraten, was?« Frederik räusperte sich. »Ich freue mich für euch und natürlich werde ich da sein. Lasst es mich wissen, wenn ich im Vorfeld noch irgendwie helfen kann.«

»Danke.« Lächelnd überquerte Niklas die Kreuzung bei dunkelgelber Ampel, doch das war ihm egal. Er wollte endlich nach Hause.

Zwei Mal fuhr Niklas um den Block, bis er endlich eine Parklücke gefunden hatte, die groß genug war für seinen Wagen. Die Tiefgarage war noch immer keine Option für Niklas und ihm fehlte abseits der Therapie die Kraft, sich so intensiv mit dieser emotionalen Baustelle auseinanderzusetzen, wie es nötig gewesen wäre. Also blieb ihm nichts anderes übrig als der tägliche Kampf um die raren Parkplätze am Straßenrand.

»Du hast ja überpünktlich Feierabend gemacht«, freute sich Freja, kaum dass Niklas ausgestiegen war.

»Schatz? Was machst du denn hier?« Irritiert hob Niklas eine Augenbraue, überwand dann rasch die Distanz zwischen ihnen und gab seiner Partnerin einen zärtlichen Kuss.

»Ich war mit Alina und Maike zum Kaffee verabredet und wir haben hinterher noch einen Laden für Babykleidung geplündert.« Freja hob lachend die Einkaufstasche in ihrer rechten Hand. »Ich weiß nicht, wie das möglich ist, an so süßen, winzigen Kleidungsstücken vorbeizugehen, ohne sie zu kaufen.«

»Das kann ich mir gut vorstellen.« Niklas schmunzelte und nahm die Hand seiner Freundin, in der anderen Hand trug er Frejas Einkaufsbeutel. »Lass uns hochgehen und dort weitersprechen. Und du kannst mir deinen Einkauf zeigen, wenn du magst.«

»Wie war denn dein Tag?« Freja lief neben ihm her nach oben in den ersten Stock und blieb an der Wohnungstür schnaufend stehen. »Puh, langsam muss ich ein Sauerstoffzelt einpacken«, keuchte sie.

»Mein Tag?« Niklas schloss die Tür auf und ließ Freja den Vortritt. »Anstrengend. Bei einem Patienten kam es zu schweren Komplikationen, er liegt inzwischen auf der Intensivstation. Mal sehen, welche Folgeschäden wir abmildern oder ganz vermeiden können.«

»Das klingt ja unerfreulich.« Freja kam langsam wieder zu Atem und streifte sich die Schuhe von den Füßen. »Ist das einer der Fälle, bei denen man von Anfang an weiß, dass sie aus dem Ruder laufen können?«

»Eher das Gegenteil«, seufzte Niklas. »Der Patient hat sich den Unterschenkel gebrochen und wir haben den Bruch operativ ausgerichtet und stabilisiert. Ein Routinefall, wie er mehrmals die Woche vorkommt. Die OP ist gut verlaufen und trotzdem ...« Er schüttelte den Kopf. »Manchmal ist selbst die beste Arbeit nicht gut genug. Und wie dieser Fall ausgeht, werden wir morgen sehen. Ich hoffe, die Nacht bleibt ruhig.«
Stumm nickte Freja und sah ihm aufmerksam in die Augen.
»So, aber jetzt zu etwas Erfreulicherem. Frederik hat zugesagt, er ist am zehnten Juni in Hamburg«, wechselte Niklas das Thema.
Freja strahlte. »Das ist ja klasse! Ich freue mich so, Niklas.« Schon schlang sie die Arme um Niklas' Mitte und drückte ihn an sich. »Wir werden heiraten ...«
Niklas' Lächeln wurde eine Spur breiter. »Wir werden eine richtige Familie. Genau so, wie wir uns das in Schweden ausgemalt haben. Dich zu heiraten und mit dir gemeinsam ein Kind zu bekommen, noch glücklicher könntest du mich nicht machen.«

Kapitel 7

So sehr Niklas den Abend auf dem Balkon mit Freja genossen hatte, so schlaflos war die Nacht gewesen. Der Zustand seines Patienten ließ ihm keine Ruhe, dutzende Male hatte er deswegen auf sein Handy gesehen. Seine Kollegen aus der Nachtschicht hatten ihn nicht angerufen, doch das beruhigte Niklas nicht einmal ansatzweise.

»Was hast du denn?« Freja berührte ihn am Unterarm. »Warum schläfst du nicht? Es ist doch Mitten in der Nacht ...«

»Ich denke über meinen Patienten nach«, gab Niklas gähnend zu und ließ sich zurück auf das Kissen sinken.

»Du hast da so ein Gefühl?«, vermutete Freja und streichelte Niklas über die Wange. Ihr Gesicht war im Dunkeln kaum zu erkennen.

»Ich gehe diese beiden Operationen wieder und wieder durch, aber ich habe keinen Anhaltspunkt gefunden, was schiefgelaufen sein könnte.« Frustriert grummelte Niklas und schmiegte seine Wange in Frejas Handfläche. »Warum geht es diesem Patienten immer schlechter? Was übersehe ich? Was geht da in seinem Bein vor sich?«

»Hast du mit deinen Kollegen darüber gesprochen? Hat einer von ihnen eine Idee?«, überlegte Freja müde.

»Max kennt den Fall, aber ausgiebig haben wir bisher

nicht darüber gesprochen.« Niklas gähnte. »Vielleicht finden wir nach Visite eine ruhige Viertelstunde Zeit. Danke.« Er beugte sich langsam zur Seite und ertastete Frejas Wange mit der Hand, dann gab er ihr einen Kuss. »Versuchen wir, noch eine Runde zu schlafen.«

Seinen Kaffee trank Niklas am nächsten Morgen im Auto auf dem Weg in die Klinik, um Zeit zu sparen. Eilig lief er vom Parkplatz zur Intensivstation, zog sich dort Funktionskleidung an und hetzte zum Überwachungszimmer von Oliver Knappe.
»So früh, Doktor Thorsen?«, fragte eine Pflegerin verwundert.
»Wie lief die Nacht?«, wollte Niklas anstelle einer Antwort wissen und trat an das Bett heran.
»Er ist sehr schläfrig und hat Temperatur«, berichtete Intensivmedizinerin Antje Hahn direkt hinter Niklas.
»Wie sieht sein Bein aus?« Niklas schlug die Bettdecke zurück und betrachtete den Verband, der unauffällig aussah.
»Niklas? Du bist aber früh dran.« Überrascht sah Maximilian Vollmer in das Überwachungszimmer. »Wie sieht es aus? Wie ist die Lage?«
»Die Wunde nässt nicht, aber sein Zustand gefällt mir nicht. Sobald ein OP-Saal frei ist, werde ich mir die Wunde noch einmal ansehen und neu verbinden«, stellte Niklas fest und richtete die Bettdecke wieder. »Erst einmal müssen wir zur Visite.«
»Brauchst du noch Hände bei der OP?«, fragte Maximilian und verließ gemeinsam mit Niklas die Intensivstation. »Mein geplanter Eingriff wurde auf morgen verschoben, weil der Patient versehentlich doch ein

Frühstück bekommen hat. Das gibt mir gut zwei Stunden Zeit, mich um andere Patienten zu kümmern.«

»Sehr gern.« Niklas lächelte und betrat den Vorlesungssaal. »Guten Morgen«, grüßte er den Chefarzt.

»Moin, Doktor Thorsen.« Professor Schneider nahm ihn beiseite und reichte ihm einen Briefumschlag. »Ich hatte gestern Abend ein Telefonat mit dem Prüfungsamt. Übermorgen ist ein Platz zur Facharztprüfung für Unfallchirurgie und Orthopädie freigeworden.«

»Überm… warten Sie, was?« Niklas starrte den Chefarzt an. »Die Facharztprüfung soll schon übermorgen stattfinden?«

»Ich weiß, das ist kurzfristig, aber Sie sind durch Ihren Wiedereinstieg in den Dienst mehr als gut vorbereitet. Sie sind seit einem Jahr bereit für diese Prüfung, jetzt müssen Sie nur noch antreten.« Der Chefarzt musterte Niklas nachdenklich. »Es sei denn, Sie bestehen auf einen späteren Termin?«

»Äh …« Niklas hatte sich noch nicht ganz vom Überraschungsmoment erholt. »Das ist alles sehr plötzlich und …«

»Ich stelle Sie heute und morgen von Ihren Dienstpflichten frei, dann können Sie sich final auf die Facharztprüfung vorbereiten«, schlug Professor Schneider vor.

»Ich … okay …«, stammelte Niklas. »Ich habe nur einen Patienten, nach dem ich sehen möchte.«

»Es ist ein Angebot«, schmunzelte der Chefarzt. »Inwieweit Sie das annehmen, liegt bei Ihnen. Falls Sie noch etwas benötigen, melden Sie sich bitte.« Er ließ Niklas gehen und klatschte dann in die Hände, um die Fallbesprechung zu beginnen.

»Was wollte der Chef denn noch von dir?«, wollte Maximilian Vollmer neugierig im Flüsterton wissen.
Stumm reichte Niklas ihm den Umschlag mit der Prüfungseinladung und sah nach vorne, wo schon die Röntgenbilder des ersten Patienten auf die Leinwand projiziert wurden.
»Übermorgen? Wow, das ist sportlich«, flüsterte Vollmer und gab ihm das Schreiben zurück. »Bist du ausreichend vorbereitet? Können wir dich noch irgendwie unterstützen?«
»Lass uns später darüber sprechen«, murmelte Niklas, weil Professor Schneider schon ermahnend zu ihnen blickte.

Als einer der letzten Fälle wurden die Röntgenaufnahmen von Oliver Knappe gezeigt, während Niklas die bisherige Behandlung schilderte.
»Der Zustand des Patienten ist kritisch«, schloss Niklas seinen Bericht.
»Ich gehe davon aus, dass Sie die Wunde später noch gründlich untersuchen, ob bereits Gewebe abgestorben ist?«, wollte Christian Jürgen provozierend wissen.
»Die Wundkontrolle findet direkt nach Visite statt. Sie sind herzlich eingeladen, sich mir anzuschließen«, spielte Niklas den Ball sofort zurück und verdrehte innerlich die Augen.
Doktor Jürgen blieb ihm eine Antwort schuldig, denn Professor Schneider rief schon den letzten Fall auf.

»Christian ist im Moment ziemlich launisch«, bemerkte Maximilian Vollmer nach der Visite. »Aber zurück zu dir und deiner Facharztprüfung. Brauchst du noch etwas? Oder hast du Patienten abzugeben, um dich final auf die Prüfung vorzubereiten?«

»Professor Schneider hat mir angeboten, mich für die nächsten beiden Tage vom Tagesgeschäft freizustellen. Das werde ich gern annehmen, du hast bei meinen Patienten also freie Auswahl.« Niklas schmunzelte und wurde rasch wieder ernst, als sie die Intensivstation betraten. »Nur Oliver Knappe werde ich weiterbehandeln. Irgendetwas stimmt da ganz und gar nicht.«

»Wir haben alle unsere Fälle, die uns nie ganz loslassen«, zeigte sich Vollmer verständnisvoll und desinfizierte sich die Hände. Niklas tat es ihm gleich. »Wenn du magst, können wir die Behandlung gemeinsam Schritt für Schritt durchgehen. Manchmal fällt einem dann noch etwas auf und für dich ist es eine gute Wiederholung vor der Prüfung.«

»Doktor Thorsen!« Mannschaftsarzt Jeske kam auf die beiden Unfallchirurgen zu gelaufen.

»Verdammt, was macht der denn um diese Uhrzeit hier?«, murmelte Niklas, seufzte und straffte dann die Schultern. »Doktor Jeske. Was kann ich für Sie tun? Wie kann ich Ihnen helfen?«

Maximilian schmunzelte. »Ich gehe schon einmal vor«, meinte er und betrat das Überwachungszimmer zu seiner linken.

»Ich hatte nichts mehr von Oliver gehört und Sie nicht an das Telefon bekommen, deswegen stehe ich hier und frage Sie, wie um alles in der Welt eine Unterschenkelfraktur zu einem Aufenthalt auf der Intensivstation führt. Was haben Sie Oliver angetan? Was haben Sie gemacht, dass es ihm so beschissen geht?«

Niklas atmete tief ein und aus. »Ich habe Herrn Knappe nichts angetan«, erklärte er angespannt. »Die Fraktur habe ich vorschriftsmäßig behandelt. Dass sein Fall einen solchen Verlauf nehmen würde, konnte niemand vorhersehen.«

»Ich bezweifle es offen.« Doktor Jeske starrte Niklas herausfordernd an.

»Was wollen Sie mir unterstellen?« Niklas runzelte die Stirn. »Dass ich …«

»Oliver musste verdammt lange auf die erste OP warten. Und er hat hinterher permanent über sehr starke Schmerzen geklagt, die offensichtlich nicht ernst genommen wurden – weder von Ihnen noch von einem Ihrer Kollegen. Also ja, ich unterstelle dieser Klinik, dass Fehler gemacht wurden, die zu Olivers Verfassung geführt haben.« Der Mannschaftsarzt drehte sich abrupt um. »Wo liegt Oliver?«

Maximilian Vollmer war schon am Bett von Oliver Knappe und studierte die letzten Einträge des Verlaufsprotokolls. Seine Stirn zierte eine steile Sorgenfalte, die Niklas ganz und gar nicht gefiel. Rasch machte er sich selbst ein Bild davon, wie sich der Zustand seines Patienten in den letzten anderthalb Stunden verändert hatte.

»Also, Doktor Thorsen? Bringen Sie mich auf den aktuellen Stand«, bat ihn Doktor Jeske, nur klang das eher wie ein Befehl.

Niklas ließ das unkommentiert und konzentrierte sich stattdessen auf die Fakten. »Zweiter postoperativer Tag nach Reposition einer doppelten Unterschenkelfaktur, sowohl Schien- als auch Wadenbein wurden mit einem Marknagel versorgt. Die Operation verlief ohne Komplikationen, Herr Knappe klagte im postoperativen Verlauf über starke Schmerzen, die sich medikamentös kaum beeinflussen ließen«, berichtete Niklas wie zuvor schon in der Fallbesprechung mit seinen Kollegen. »Die Diagnose Akutes Kompartmentsyndrom erfolgte gestern Vormittag nach Auftreten von Funktionsstörungen und einer intramuskulären Druckmessung. In einer zweiten Operation haben wir die Muskellogen gespalten und das Gewebe so entlastet. In den ersten Stunden nach der OP mehrten sich Anzeichen für Nierenversagen. Die Therapie erfolgt mit Elektrolytlösungen und einer strikten Kontrolle der Flüssigkeitseinfuhr und -ausfuhr.«

»Ich verstehe.« Doktor Jeske hatte Niklas' Vortrag mit verschränkten Armen gelauscht. »Und wie geht es weiter? Wie sind Ihre Prognosen für das Bein und die Nieren? Werden weitere Komplikationen auftreten?« Niklas tauschte einen kurzen Blick mit Maximilian Vollmer. »Wir werden die Wunde heute Vormittag im OP noch einmal gründlich reinigen und überprüfen, dass es zu keiner Nekrose gekommen ist. Was das drohende Nierenversagen angeht kann ich nur sagen, dass wir alles tun, um diesen Fall abzuwenden, und Herrn Knappe engmaschig überwachen.«

»So.« Jeske musterte die beiden Unfallchirurgen kopfschüttelnd. »Sie sagen mir also durch die Blume, dass Sie nicht wissen, wie es für Oliver weitergeht und welche weiteren Folgeschäden da noch auf ihn warten.«

»Im Moment können wir keine verlässliche Prognose abgeben«, erklärte Niklas mit Blick auf die Vitalparameter seines Patienten.

Doktor Jeske sah seufzend auf die Uhr. »Ich muss weiter zum Trainingsgelände. Aber ich erwarte, dass Sie mich später darüber informieren, wie die Operation verlaufen ist.«

»Das mache ich«, versicherte Niklas. »Haben Sie weitere Fragen oder ist vorerst alles geklärt?«

»Versuchen Sie, ihn nicht umzubringen.« Jeske verließ das Überwachungszimmer ohne ein weiteres Wort.

»Der Mann versteht sich auch darauf, andere zu motivieren, was?« Maximilian Vollmer schüttelte den Kopf. »Als ob wir unsere Patienten standardmäßig schlecht versorgen würden, um möglichst viele Komplikationen beobachten zu können.«

»Das war in diesem Haus ja leider schon einmal üblich.« Den Verweis auf den Transplantationsskandal konnte Niklas nicht zurückhalten, doch Vollmer nahm ihm das nicht übel.

»Dein OP ist übrigens in einer Stunde frei«, informierte ihn Maximilian. »Wir sehen uns dann dort.«

Die Zeit bis zur Operation war im Nu verflogen, sodass Niklas die Lernunterlagen gegen OP-Kleidung tauschte und sich gemeinsam mit Maximilian Vollmer und Alexander Dobner steril wusch.

»Er ist weiterhin stabil, aber seine Blutwerte deuten auf eine Entzündung und auf absterbendes Gewebe hin«, berichtete Niklas und trocknete sich ab.

»Sein Allgemeinzustand hat einen solchen Verlauf erahnen lassen«, stimmte ihm Vollmer zu und folgte Niklas in den OP-Saal. »Mal sehen, wie schlimm es bereits ist und was wir tun können.«

Seufzend trat Niklas an seinen narkotisierten Patienten heran und entfernte den synthetischen Hautersatz, den er am Ende der letzten Operation angebracht hatte.

»Verdammt«, murmelte er beim Anblick des Muskels. Sofort nahm er das teilweise abgestorbene Gewebe näher in Augenschein.

»Wie willst du vorgehen?«, fragte Maximilian in die Stille hinein.

»Wir versuchen, so viel wie möglich zu retten. Auch wenn uns das länger beschäftigen wird«, entschied Niklas, ohne groß darüber nachzudenken.

Er musste alles versuchen, das Bein dieses jungen Mannes zu retten.

Erst musste er doch alle Behandlungsmöglichkeiten ausschöpfen, bevor er sich für drastischere Maßnahmen entschied.

Jeder Patient verdiente es, dass seine Ärzte all ihr Können abriefen und ihr Bestes gaben.

Mehrere Stunden hatten die drei Unfallchirurgen am offenen Unterschenkel von Oliver Knappe operiert und all das abgestorbene Gewebe entfernt, das sie entdecken hatten können.

»Hoffen wir, dass wir alles erwischt haben.« Erschöpft folgte Niklas seinen Kollegen in den Vorraum.

»Es sieht gut aus«, bemerkte Maximilian Vollmer.

»Wenn er jetzt keine Überraschungen mehr für uns hat und sich die Nieren wieder erholen, wird er ein halbwegs normales Leben führen können.«

»Nur die Karriere ist vorbei.« Niklas seufzte schwer. »Mit diesem Unterschenkel wird er nicht mehr Fußball spielen können.«

»Das ist leider zu befürchten, ja.« Vollmer trocknete sich bereits Hände und Unterarme ab. »Erst einmal muss Knappe überleben, dann sehen wir weiter. Wenn er die Wahl hat zwischen einer anderen Karriere als Fußballer oder zu sterben, bin ich mir sicher, worauf seine Wahl fällt.«

»Hoffen wir, dass er und Doktor Jeske das ähnlich sehen.« Niklas seufzte und verließ den Vorbereitungsraum als erster, seine Kollegen folgten ihm in Richtung der Umkleide.

Kapitel 8

Die Pfleger hatten sich gerade zur Schichtübergabe in das Stationszimmer zurückgezogen, sodass es auf den Fluren der unfallchirurgischen Station noch ruhiger wurde als ohnehin um diese Uhrzeit.

»Sie sind ja immer noch da, Thorsen«, bemerkte der Unfallchirurg aus dem Nachtdienst und sah interessiert von einem OP-Bericht auf. »Haben Sie nicht seit zwei Stunden Feierabend?«

»Ja, und ich bin auch gleich weg.« Niklas schüttelte den Kopf und steckte sein Diensttelefon in die Ladeschale. »Die Übergabe hat Doktor Vollmer schon mit Ihnen gemacht?«

Bestätigend nickte der Kollege und nahm nun auch die Hände von der Tastatur. »Sie können also beruhigt nach Hause gehen. Was haben Sie eigentlich noch so lange hier gemacht, wo Sie doch für die Prüfungsvorbereitung freigestellt worden sind?«

»Oliver Knappe, seinen Fall betreue ich trotz der Prüfung weiter.« Müde fuhr sich Niklas Thorsen durch das zerzauste braune Haar.

»Das Kompartmentsyndrom nach einer Unterschenkelfraktur?« Der erfahrene Unfallchirurg nickte. »Eine sehr unschöne Komplikation, die eine große Eigendynamik mit sich bringt. Wie ist die Operation vorhin verlaufen?«

»Wir haben abgestorbenes Gewebe entfernt. Ob wir

alles erwischt haben, wird die Kontrolle morgen zeigen. Seine Karriere als Profifußballspieler ist jedenfalls vorbei. Wenn jetzt keine weiteren Probleme auftreten, behält er immerhin sein Bein. Aber auch das ist noch alles andere als sicher.« Doktor Thorsen schüttelte den Kopf und vergrub die Hände tief in den Kitteltaschen.

»Sehen Sie es positiv: auf jegliche Fragen zum Kompartmentsyndrom sind Sie top vorbereitet.« Der erfahrene Kollege drehte sich wieder zum Computer herum.

»Sie sind noch da?« Marina Lucas kam in diesem Moment in das Arztzimmer gelaufen und musterte Niklas überrascht.

»Ich bin schon auf dem Weg in die Umkleide«, erklärte Niklas. »Aber gut, dass ich Sie noch erwische. Es geht um Oliver Knappe, er muss diese Nacht engmaschig überwacht werden. Sie werden sich den Patienten also stündlich persönlich ansehen und den Verband sowie die Vitalparameter kontrollieren«, schärfte er seiner Kollegin streng ein. »Falls es irgendwelche Veränderungen gibt, rufen Sie mich sofort an, haben Sie das verstanden?«

Marina Lucas nickte stumm.

»Doktor Lucas ist nicht blöd, Thorsen. Wir haben das im Griff.« Der Kollege aus dem Nachtdienst schüttelte den Kopf. »Schönen Feierabend.«

Dankbar lächelte die junge Assistenzärztin und knetete ihre Finger. Erleichtert atmete sie auf, als Niklas Thorsen das Arztzimmer verlassen hatte.

»Danke. Das ...« Verlegen setzte sie sich auf einen der anderen Drehstühle.

»Was haben Sie angestellt, dass Thorsen Sie dermaßen behandelt?«, wollte der Unfallchirurg nachdenklich wissen. »Ich meine, mit Ihren Kollegen geht er ja normal um, nur Sie … hat er irgendwie auf dem Kieker.«

»Manchmal passt es einfach nicht«, versuchte Marina Lucas, sich herauszureden. Doch der stechende Blick ihres Kollegen machte diesen Versuch gleich zunichte. »Er sagt, dass ich bei Knappe gestern zu spät gehandelt habe und dass ich meinen Job nicht richtig … na ja …« Sie wurde rot. »Da hat er mich gemeinsam mit Doktor Vollmer ganz schön zusammengeschissen.«

»Ich verstehe … und deswegen behandelt er Sie wie eine Vollidiotin …« Er schüttelte den Kopf.

»Ich sitze am kürzeren Hebel, er ist ab übermorgen Facharzt und ich stehe erst am Anfang der Ausbildung. Da kann ich nicht viel machen. Wenn er diese Kontrollen verlangt, muss ich sie durchführen.« Marina Lucas zuckte mit den Schultern. »Wenigstens steht Knappe unter dem Einfluss starker Schmerzmittel und schläft mit hoher Wahrscheinlichkeit, dann kann er mich nicht so anmaulen wie in seiner ersten Nacht.«

Die Notaufnahme hielt Marina Lucas ordentlich auf Trab, sodass sie die Kontrollen bei Oliver Knappe zwangsläufig an ihren Kollegen abgeben musste. Das kam dem Unfallchirurgen ganz gelegen, der die erste Stunde seiner Nachtschicht damit verbracht hatte, die Dokumentation zu diesem Fall durchzugehen. Doktor Thorsen hatte beide Operationen als leitender Chirurg durchgeführt, die Berichte sahen vollständig aus. So gesehen hatte der erfahrenere Kollege nichts auszusetzen und doch ließ ihn der Verdacht nicht los, dass Thorsen bei der Behandlung ein Fehler unterlaufen war, der für diese Kettenreaktion an Komplikationen verantwortlich war.

Auch auf der Intensivstation war alles ruhig, als der Unfallchirurg das Überwachungszimmer von Oliver Knappe betrat. Leise zog er sich frische Handschuhe an und schaltete das kleine Licht ein, um den Unterschenkel erneut begutachten zu können.
»Schlafen Sie weiter, ich kümmere mich nur um Ihr Bein«, erklärte er leise und schlug die Bettdecke zurück.
Oliver Knappe murmelte etwas Unverständliches im Schlaf und reagierte auch dann nicht, als der Unfallchirurg den Verband sowie die Wundauflagen entfernte. Nach kurzem Blick über die Schulter nahm er eine vorbereitete Wundauflage aus einem Plastikbeutel aus seiner Kitteltasche, die er mit einer ebenfalls mitgebrachten Bandage fixierte.
»Was ... nein ... nicht gelb-rot ...«, nuschelte Oliver Knappe und versuchte, sich auf die Seite zu rollen.
»Moment noch ...« Rasch brachte der Unfallchirurg einen Klebestreifen an, um das lose Ende der Bandage zu befestigen. Dann deckte er den Patienten wieder richtig zu und verließ das Überwachungszimmer auf leisen Sohlen. »Dann wollen wir mal sehen, Thorsen, wie Ihnen das später gefällt ...«

Kapitel 9

Erneut war das Handy über Nacht stumm geblieben.
Und erneut hatte Niklas nicht viel geschlafen.
Die bevorstehende Prüfung beschäftige ihn, gleichzeitig zerbrach er sich den Kopf über das Schicksal seines Patienten.
Was lief da schief und warum?
Was konnte er tun, um diese Abwärtsspirale aufzuhalten?
Welches Detail übersah er?
Wie schon am Vortag führte ihn sein erster Weg direkt auf die Intensivstation zu Oliver Knappe. Damit konnte und wollte er nicht bis zur Visite warten.
»Guten Morgen, Herr Knappe«, grüßte Niklas beim Eintreten und sah sofort auf den Monitor mit den Vitalparametern, die bereits auf neue Komplikationen hindeuteten. »Wie geht es Ihnen?«
»War schon mal besser«, murmelte Oliver Knappe matt und zog die Decke noch ein Stückchen höher. Sein Blick wirkte fiebrig, die Stirn glänzte vor Schweiß und seine Wangen waren gerötet.
»Lassen Sie mich das Bein bitte sehen.« Niklas zog sich rasch frische Handschuhe an und betrachtete den Verband mit gerunzelter Stirn, bevor er die Bandage aufschnitt.
»Was ist denn los?«, fragte Knappe, dem Niklas' Zögern nicht entgangen war.

Stumm schüttelte Niklas den Kopf und entfernte auch die verfärbten Kompressen. Die Wunde war stark entzündet, doch das hatte er angesichts der Gesamtverfassung seines Patienten bereits vermutet.

»Sind heute Nacht regelmäßige Kontrollen durchgeführt worden?«, murmelte Niklas und warf einen Blick auf das Überwachungsprotokoll. Marina Lucas hatte sämtliche Kontrollen abgezeichnet, doch das musste nichts heißen. Denn für Niklas war es schwer vorstellbar, dass sich dieser Zustand bei Oliver Knappe erst innerhalb der letzten Stunde entwickelt hatte. Ansonsten hätte ihn seine junge Kollegin doch anrufen sollen.

»Ich glaube schon. Und einmal hat jemand mein Bein neu verbunden.« Zitternd zog Oliver Knappe seine Bettdecke ein Stückchen höher.

»Neu verbunden?«, wiederholte Niklas irritiert. »Das habe ich nicht angeordnet. Wissen Sie, wer das war?«

»Ich habe keine Ahnung.« Matt schloss Knappe die Augen. »Vielleicht war das auch nur in meinem Traum, das alles ist ein verdammter Albtraum.«

»Ich verstehe.« Niklas räusperte sich und sah wieder auf den Unterschenkel seines Patienten. Mit beiden Händen betastete er Oliver Knappes Fuß. »Spüren Sie das?«, fragte er, doch Knappe runzelte nur die Stirn.

»Was soll ich spüren?«, fragte Oliver Knappe gequält und richtete sich mühsam auf. Entsetzt weiteten sich seine Augen, als er seinen Unterschenkel erblickte. »Oh Gott, was haben Sie mir da angetan, Doktor Thorsen? Sie sollten mein Bein doch retten und nicht zerstören!« Er schlug die Hände vor das Gesicht. »Was haben Sie mir angetan?«

»Wir müssen Sie sofort operieren«, erklärte Niklas

ernst. »Die Entzündung muss im OP unter Narkose gespült werden. Und wir müssen überprüfen, ob es weitere, abgestorbene Zellen gibt. Gestern konnten wir alle sichtbaren, nekrotischen Zellen entfernen, aber seitdem kann weiteres Gewebe abgestorben sein.«
»Abgestorben?«, wiederholte Oliver Knappe fassungslos. »Wie … wie meinen Sie das? Mein Bein stirbt ab?«
»Nachdem Sie meine Untersuchung am Fuß eben kaum bis gar nicht gespürt haben müssen wir von einer Nervenschädigung ausgehen. Das kann bedeuten, dass wir im schlimmsten Fall Ihren Unterschenkel amputieren müssen.« Niklas fischte das Telefon aus seiner Kitteltasche und blockierte den Notfall-OP für seinen Patienten. »Wir werden jedoch alles tun, um diese drastische Maßnahme zu vermeiden.«

Zwei Pfleger brachten das Bett mit Oliver Knappe im Laufschritt zur OP-Vorbereitung. Niklas folgte ihnen und zog sich in der Umkleide rasch blaue Funktionskleidung an.
»Du hast mich angefordert?« Maximilian Vollmer betrat die Umkleide außer Atem. »Worum geht es?«
»Oliver Knappes Bein ist stark entzündet und weist Anzeichen für eine massive Nervenschädigung auf.«
»Ich verstehe.« Doktor Vollmer nahm frische Funktionskleidung aus dem großen Regal, während Niklas bereits seine Haare unter der OP-Haube verbarg. »Hast du einen Plan? Wie willst du vorgehen?«
»Ich habe eine Tendenz, aber vorher muss ich mir die Wunde genauer ansehen.« Niklas schüttelte den Kopf und seufzte. »Hoffen wir, dass ich mich irre und wir den Unterschenkel nicht amputieren müssen.«

»Wie sind denn die nächtlichen Kontrollen verlaufen?«, fragte Vollmer nachdenklich, band sich hastig die OP-Haube und folgte Niklas dann zum Waschraum vor dem Operationssaal.

»Angeblich unauffällig, aber das sehe ich mit Blick auf den Verlauf der Vitalparameter anders. Er hat Fieber und Schüttelfrost, die Entzündung ist stark ausgeprägt. So etwas entwickelt sich nicht innerhalb von ein, zwei Stunden.« Niklas schüttelte den Kopf. »Und angeblich wurde letzte Nacht eine weitere Wundversorgung durchgeführt, aber im Protokoll ist nichts dergleichen vermerkt. Irgendetwas stimmt hier ganz und gar nicht ...«

»Lass uns erst einmal die Operation durchführen, um alles weitere kümmern wir uns später.« Maximilian Vollmer trocknete sich ab und betrat den OP-Saal, Niklas war direkt hinter ihm.

»Verdammt«, murmelte Niklas bei genauerem Blick auf die infizierte Wunde. »Was nicht abgestorben ist, ist so stark entzündet, dass ...« Er brach kopfschüttelnd ab.

»Hoffen wir, dass wir ihn gerade noch rechtzeitig operieren und um ein Multiorganversagen herumkommen«, stellte Maximilian auf der anderen Seite des OP-Tisches fest.

»Du weißt, was das heißt.« Niklas seufzte und sah seinen Kollegen direkt an. »Wir werden den Unterschenkel amputieren müssen. Und du kannst dir vorstellen, was das für ihn bedeutet. Der Mann ist Profifußballer.«

»Seine Karriere war schon vor dieser Operation beendet, Niklas.« Doktor Vollmer sagte das betont sachlich. »Wir können natürlich versuchen, den Unterschenkel zu erhalten. Aber so wie das ganze Gebiet aussieht werden wir um eine Amputation nicht herumkommen. Meine Sorge gilt vielmehr den Giftstoffen, die ohnehin schon in seinem Körper unterwegs sind.«

»Das ist nicht nur deine Sorge.« Niklas atmete tief durch. »Und ich stimme dir zu, dass wir eine Amputation nicht vermeiden können.« Er sah wieder auf das Operationsgebiet. »Für einen sauberen Stumpf werden wir oberhalb des Knies amputieren müssen«, stellte er fest.

»Und wir sollten uns nicht zu viel Zeit lassen«, fügte Maximilian hinzu, gleichzeitig schlug der Überwachungsmonitor Alarm.

Die Amputation war trotz Oliver Knappes schwieriger Kreislaufsituation problemlos vonstattengegangen, sodass sich Niklas und Maximilian für einen Moment in den Aufenthaltsraum zurückzogen.

»Hoffen wir, dass wir ihm damit tatsächlich das Leben gerettet haben.« Frustriert raufte sich Niklas die Haare. »Das ist zwar nicht mein erstes Kompartmentsyndrom, aber der Verlauf bei diesem Patienten schockiert mich. Ich meine, die Fraktur war simpel und die Operation ist gut verlaufen. Warum also kommt es zu dieser Liste an Komplikationen? Habe ich etwas falsch gemacht? Oder …« Er seufzte.

»Lass uns den Fall noch einmal ausführlich durchgehen, vielleicht finden wir etwas. Doch von dem, was ich mitbekommen habe, hast du alles so gemacht, wie ich es tun würde. Manchmal kann man perfekte Arbeit abliefern und es ist trotzdem nicht genug.« Maximilian Vollmer musterte Niklas mitfühlend. »Wenn du magst, begleite ich dich zum nächsten Gespräch mit Doktor Jeske. Der wird über den jüngsten Verlauf der Behandlung alles andere als erfreut sein.«

»Er hat gesagt, dass wir Knappe nicht umbringen sollen. Dem haben wir Folge geleistet«, bemerkte Niklas sarkastisch und straffte die Schultern. »Ich werde Jeske anrufen und zum Gespräch bitten, so eine Nachricht überbringe ich ihm nicht am Telefon.«

Gegen Mittag setzten sich Niklas und Maximilian mit der Krankenakte von Oliver Knappe in das verwaiste Arztzimmer auf der unfallchirurgischen Station. Doktor Jeske würde in gut einer Stunde vor Ort sein.

»Fangen wir noch einmal ganz von vorne an«, überlegte Maximilian Vollmer laut und holte sich aus dem offenen Regal einen Notizblock.

»Okay.« Niklas lehnte sich im Stuhl zurück und verschränkte die Arme im Nacken. »Die Einlieferung erfolgte mit dem Rettungsdienst ohne Notarzt. Marina Lucas hat Oliver Knappe in der Notaufnahme in Empfang genommen und die ersten Untersuchungen veranlasst. Nach den Röntgenaufnahmen hat sie mich zu dem Fall hinzugezogen«, berichtete er, ohne in die Akte zu sehen. Dieser Patient begleitete ihn erst seit wenigen Tagen, die Erinnerung an die Details war noch frisch. »Der Bruch war nicht verschoben, sodass kein akuter Notfall vorlag. Die OP fand dann erst am Nachmittag statt.«

Vollmer blieb stumm und machte sich nur Notizen.

»Über Nacht hat Knappe über starke Schmerzen ge-

klagt und entsprechende Medikamente erhalten, die seine Beschwerden jedoch nur temporär gemildert haben. Für den Vormittag war Physiotherapie angesetzt, die von Doktor Lucas ärztlich begleitet wurde. Wegen der Funktionsstörung und starken Schmerzen wurde ich nachalarmiert und habe eine intramuskuläre Druckmessung veranlasst, um die Diagnose Akutes Kompartmentsyndrom zu bestätigen. Die darauffolgende Notoperation verlief unauffällig und Oliver Knappe wurde zur weiteren Überwachung auf die Intensivstation verlegt.« Niklas trommelte mit den Fingern auf die Tischplatte. »Knappe hat über Nacht erneut über Schmerzen geklagt, gleichzeitig haben sich seine Vitalwerte verschlechtert. Die erneute Wundkontrolle heute Morgen gab wegen der stark entzündeten Wunde die Indikation zur Notoperation. Neben der Entzündung haben wir stark nekrotisches Gewebe vorgefunden, sodass wir keine andere Möglichkeit als die Amputation des rechten Unterschenkels gesehen haben.« Seufzend fuhr sich Niklas durchs Haar und verschränkte schließlich die Arme vor der Brust.
»Mhm …« Maximilian schlug die Patientenakte auf und überflog die Überwachungsprotokolle.
»Und? Hast du Ansatzpunkte gefunden?«, fragte Niklas hoffnungsvoll. »Wo könnte ein Fehler passiert sein? Woher kommt diese massive Entzündung? Hätte mir früher etwas auffallen müssen?«

Erst Doktor Jeske unterbrach das Fallstudium der beiden Unfallchirurgen. Seine Miene verhieß nichts Gutes, sein Tonfall war frostig.
»Was gibt es Neues?«, fragte der Mannschaftsarzt an-

gespannt und setzte sich zu Niklas und Maximilian an den Besprechungstisch. »Wie ist die Nacht verlaufen? Wie geht es Oliver jetzt? Was sind die jüngsten Entwicklungen?«

Niklas atmete tief ein und ließ die Luft langsam wieder ausströmen. »Wir haben Oliver Knappe vorhin erneut operiert, nachdem sich seine Vitalwerte aufgrund einer starken Entzündung deutlich verschlechtert haben.«

Die Augenbrauen von Doktor Jeske wanderten nach oben. »Eine Entzündung«, wiederholte er eisig. »Fahren Sie fort, Doktor Thorsen. Welche operativen Maßnahmen haben Sie ergriffen? Waren Sie erfolgreich?«

Kurz zuckte Niklas' Blick zu Maximilian, dann ergriff er wieder das Wort. »Der rechte Unterschenkel war massiv entzündet und wies über größere Bereiche nekrotisches Gewebe auf. Angesichts der Gesamtverfassung von Herrn Knappe und der immensen Schädigung des Unterschenkels haben wir uns entschieden, knapp oberhalb des rechten Knies zu amputieren. Wir erwarten, dass sich dadurch die Organfunktionen wieder stabilisieren und ...«

»Warten Sie, stopp.« Daniel Jeske starrte Niklas fassungslos an. »Sie haben was getan?«

»Wir haben vorhin eine Unterschenkelamputation durchgeführt, um das Leben des Patienten zu retten«, erklärte Maximilian Vollmer, bevor Niklas etwas sagen konnte.

»Ich ... Sie beide machen mich sprachlos.« Doktor Jeske schüttelte den Kopf. »Erst sind Sie nicht in der Lage, einen simplen Bruch von Schien- und Wadenbein adäquat und zeitnah zu operieren, nur um dann angesichts von Olivers Schmerzen tatenlos zuzusehen, wie ein gesunder Unterschenkel langsam abstirbt. Sie haben eines der größten Nachwuchstalente des deutschen Fußballs um seine Karriere gebracht. Sie haben Olivers Leben zerstört.«

Niklas schluckte und sah erneut zu seinem Kollegen.

»Nur so hat Herr Knappe überhaupt eine Überlebenschance.« Abermals ergriff Maximilian das Wort.

Schweigend blätterte Doktor Jeske durch die Krankenakte von Oliver Knappe und blieb schließlich an einem der OP-Berichte hängen.

»Warum musste Oliver über acht Stunden auf die erste Operation warten?«, fragte Daniel Jeske kühl.

»Er hatte eine doppelte Fraktur und starke Schmerzen.«

»Das war ein Standardeingriff ohne Notfallsituation. Solche Fälle müssen mitunter länger warten. Je nachdem, wie die OPs mit akuten Notfällen belegt sind«, erklärte Niklas.

»Auf die Planung der Operationen haben wir keinen Einfluss, wir können unsere Patienten nur anmelden«, fügte Maximilian Vollmer hinzu.

»Sie hätten ihn früher operieren müssen«, urteilte Jeske. »Dann hätte sich im Gewebe kein derartiger Druck aufbauen können und Oliver wären die ganzen Komplikationen erspart geblieben.«

»Das sind Spekulationen«, wehrte Doktor Vollmer ab. »Der Bruch war nicht verschoben und somit die Belastungen auf das umliegende Gewebe gering. Das hatte allenfalls minimalen Einfluss auf den weiteren Behandlungsverlauf.«

»Dennoch sind acht Stunden Wartezeit auf eine Operation inakzeptabel«, blieb Jeske bei seinem Standpunkt.

Die beiden Unfallchirurgen schwiegen, weitere Diskussionen zu diesem Punkt würden ohnehin nichts bringen.

»Warum haben Sie angesichts von Olivers Schmerzen weitere Tests nicht früher durchgeführt?«, fragte Doktor Jeske weiter.

»Ich kann nicht für meine Kollegen aus der Nachtschicht sprechen. Es ist jedoch nicht ungewöhnlich, dass Patienten in den ersten zwölf Stunden nach einem derartigen Eingriff über Schmerzen klagen«, stellte Niklas bemüht sachlich fest, obwohl er dem überheblichen Mannschaftsarzt nur zu gern die Meinung gesagt hätte.

»Es ist mir offen gestanden völlig egal, wer von dieser Abteilung welchen Fehler wann gemacht hat. Fakt ist, Olivers Behandlung war mangelhaft und die Komplikationen vermeidbar.« Jeske schob die Krankenakte wieder von sich. »Und Sie beide wissen genauso gut wie ich, dass man das Kompartmentsyndrom mit früheren Tests erkennen hätte können. Damit wären wir nicht einmal in die Nähe des beginnenden Organversagens gekommen. Und Olivers Unterschenkel hätte nicht amputiert werden müssen.«

Maximilian Vollmer atmete tief durch, der Unmut stand ihm ins Gesicht geschrieben. »Wir werden den Fall intern aufarbeiten. Falls Fehler gemacht worden sind, werden sie dort auffallen.«

»Haben Sie noch weitere Fragen oder sind wir hier fertig?«, wollte Niklas nicht minder angespannt wissen.

»Ich werde mir Oliver jetzt selbst ansehen. Und Sie beide hören von mir.« Doktor Jeske stand auf und verließ den Raum grußlos.

»Das hätte nicht schlimmer verlaufen können«, seufzte Niklas und ließ den Kopf hängen.

»Wir sollten damit rechnen, dass der Verein oder Knappe selbst Klage einreichen wird. Zumindest wird der Fall von einem Gutachter untersucht werden, schließlich es geht um große Versicherungssummen«, stellte Maximilian ruhig fest und betrachtete seine Notizen nachdenklich.

»Wunderbar. Und diese Gespräche werden noch unangenehmer verlaufen als mit Doktor Jeske.« Niklas verdrehte die Augen.

Kapitel 10

Oliver Knappes Zustand stabilisierte sich in den folgenden Stunden endlich, doch er ließ Niklas auch am Vorabend seiner Facharztprüfung nicht so recht los.
Prüfungsfragen und fiktive Fallstudien blieben längst nicht mehr in Niklas' Kopf hängen, nachdem er den ganzen Tag in der Klinik mit Facharzt-Kollegen und Oberärzten gelernt hatte. Doch das alles trug nicht dazu bei, dass sich Niklas vollständig vorbereitet fühlte für die bisher wichtigste Prüfung seiner Karriere.
»Du Zweifler«, stellte Freja zu Hause seufzend fest und streichelte ihm über die Wangen. »Gott sei Dank ist die Prüfung schon morgen und du hast es hinter dir.«
»Wenn ich bestehe …« Niklas seufzte und schloss seine Freundin in die Arme. »… das ist verdammt viel Stoff, der abgeprüft wird … und …«
»Ich weiß.« Freja glitt mit ihren Händen über seinen Rücken. »Und ich würde dir sehr gern helfen, aber da musst du leider allein durch.« Sie küsste ihn seitlich auf den Hals. »Ich kann nur versuchen, dich heute Abend vom Grübeln abzuhalten und dich abzulenken.«
»Ablenken …« Niklas schmunzelte. »Hast du dir schon etwas Bestimmtes überlegt? Oder wird das eine spontane Ablenkungsaktion?«
»Mhm …« Lächelnd gab ihm Freja weitere Küsse auf den Hals. »Wir könnten uns erst einmal was zum Abendessen organisieren … und dann …« Sie dachte

mit angestrengter Miene nach. »Ich weiß ja nicht, wonach genau dir der Sinn steht. Wir können einen Film- oder Serienabend machen, oder spazieren gehen, oder ein paar Umzugskisten packen mit Sachen, die wir in den nächsten Wochen nicht griffbereit benötigen …«

»Das klingt ja alles so nach Arbeit«, beschwerte sich Niklas halbherzig und ließ sich auf die Knie sinken, um besser mit dem Babybauch kuscheln zu können.

Satt und zufrieden kuschelte sich Niklas nach dem Abendessen mit Freja in seinen Armen auf das Sofa. Und wieder konnte er die Hände nicht vom runden Bauch seiner Verlobten lassen, denn das Baby war offensichtlich wach und machte sich mit kleinen Beulen in der Bauchdecke bemerkbar.

»Ich habe übrigens die Bestätigung vom Restaurant bekommen, was unsere Mini-Hochzeitsfeier angeht«, fiel Freja ein und legte ihre Hände auf die großen von Niklas. »Deine Eltern und deine Schwester haben ebenso zugesagt wie Frederik und Sarah. Wenn Frederik Caroline mitbringt, haben wir sechs Gäste und uns selbst, also acht. Oder habe ich noch jemanden vergessen?«

Niklas schüttelte lächelnd den Kopf. »Das passiert alles gerade wirklich, dabei habe ich immer noch das Gefühl, zu träumen. Wir beide heiraten, ziehen dieses Mal freiwillig in eine neue Wohnung und bekommen ein Baby. Uns stehen spannende, aufreibende Wochen bevor. Und ich freue mich auf alles, was da auf uns wartet.«

»Und was ist mit deinen finsteren Gedanken?«, fragte

Freja nachdenklich. »Du weißt schon, dass … zu den Schüssen in … in der Tiefgarage … worüber wir vor ein paar Tagen gesprochen hatten …«

»Die habe ich im Griff«, versicherte Niklas. »Und normalerweise beschäftigen sie mich auch nicht, nur an dem einen Abend … da ist ein bisschen was zusammengekommen. Ich will dich nicht anlügen, was meinen Zustand angeht. Wir haben das Zeugenschutzprogramm als Team durchgestanden, da werden wir auch alles weitere schaffen.«

»Mach nur keine Dummheiten«, bat Freja ihn ernst. »Blubbel und ich brauchen dich. Und ich könnte es nicht ertragen, nach meinen Eltern auch noch dich zu verlieren.«

»Ich werde nichts tun, was mich von euch entfernt«, versprach Niklas und atmete entspannt aus.

Trotz des ruhigen Abends mit Freja war an Schlaf für Niklas nicht zu denken. Wie schon in den Nächten zuvor wälzte er sich unruhig hin und her und schreckte immer wieder auf. Seine Gedanken kreisten gleichermaßen um die Facharztprüfung und Oliver Knappe und hielten ihn äußerst effektiv wach.

Gegen halb Sechs gab es Niklas auf, noch etwas Schlaf zu finden und kochte sich in der halbdunklen Küche erst einmal eine Kanne starken Kaffee. Aus Erfahrung wusste er, dass er aus Nervosität vor der Prüfung nichts anderes in den Magen bekommen würde.

»Ist dir noch irgendwie zu helfen?«, wollte Freja verschlafen wissen und zog ihr übergroßes Schlafshirt zurecht. »Oder soll ich dich einfach in Ruhe lassen?«

»Habe ich dich geweckt?« Niklas stellte seine Tasse auf

die Anrichte und schloss Freja in die Arme. »Das wollte ich nicht, aber ich kann einfach nicht mehr schlafen.«

»Das hat schon der Blubbs für dich erledigt, indem er mit meiner Blase Fußball spielt.« Freja zog eine Grimasse. »Ich habe tatsächlich nicht mitbekommen, wie du das Bett verlassen hast. Bist du schon lange auf? Und was hat dich heute wachgehalten? Nur die Prüfung oder dieser eine Patient?«

»Du kennst mich.« Niklas schmunzelte und küsste sie. »Ist ja nicht meine erste wichtige Prüfung, vor der ich eine schlaflose Nacht habe. Ich fühle mich absolut unvorbereitet nur um dann während der Prüfung festzustellen, dass die ganze Aufregung im Vorfeld absolut unnötig war.« Er verzog das Gesicht und seufzte. »Ich bin froh, wenn die Facharztprüfung endlich vorbei ist und es beruflich voran geht. Das könnte für meine Therapie glaube ich auch ganz wichtig sein.«

»Du schaffst das.« Freja gab ihm einen weiteren Kuss und löste sich dann lächelnd aus seiner Umarmung. »Wenn ich mich richtig an deine letzten wichtigen Prüfungen erinnere, lasse ich dich im Vorfeld am besten in Ruhe und beobachte alles aus sicherer Entfernung.« Sie schmunzelte und machte es sich auf dem Sofa mit einer Schale Kekse gemütlich.

Niklas' Blick ging immer wieder zur Uhr, während er seine Frisur in Form brachte. Hemd und Anzug hingen schon im Schlafzimmer bereit.

Normalerweise legte Niklas nicht so viel Wert auf Äußerlichkeiten, doch vor seinen Prüfern wollte er einen besonders guten Eindruck machen.

»Du siehst klasse aus«, kommentierte Freja mit vollem

Mund, als Niklas Krawatte bindend durch das Wohnzimmer lief. »Fährst du dann gleich los? Um wie viel Uhr ist der Termin?«

Wieder sah Niklas auf die Uhr. »Die Prüfung beginnt um Zehn, aber ich werde mich schon in ein paar Minuten auf den Weg machen. Lieber laufe ich dort noch eine halbe Stunde auf und ab als zu spät zu kommen.« Er ging vor Freja in die Hocke und gab ihr einen zärtlichen Kuss. »Ich rufe dich an, wenn ich dort bin.«

Der Berufsverkehr und die Parkplatzsuche kosteten Niklas insgesamt eine Stunde, doch das hatte er einkalkuliert. Er musste erst in einer Dreiviertelstunde vor seine Prüfer treten. Orthopädie und Unfallchirurgie – zwei Fächer, zwei separate Prüfungen und damit auch unterschiedliche Prüfer. Er hatte keine Ahnung, wie das ausging, doch er hoffte das Beste.

Um seine Gedanken zumindest für einen Moment zum Schweigen zu bringen, rief Niklas wie versprochen bei Freja an und lächelte unwillkürlich, sobald er ihre Stimme hörte.

Nur die letzten zehn Minuten vor seiner Prüfung verbrachte Niklas im Gebäude mit den anderen nervösen, angehenden Fachärzten. Unruhig ließ er seinen Blick schweifen, ohne ein Gesicht bewusst wahrzunehmen. Die Zeiger der großen Wanduhr im Foyer waren auf zehn Uhr gesprungen, gleichzeitig öffneten sich die Türen zu den einzelnen Prüfungsräumen. Einzeln wurden die Prüflinge aufgerufen.

»Doktor Niklas Thorsen?«

Mechanisch stand Niklas auf, zog sein Jackett gerade

und griff nach seinem Rucksack. »Ja, das bin ich.« Er lächelte unverbindlich.

»Bitte, setzen Sie sich.« Der Mann ließ Niklas eintreten und schloss hinter ihm die Tür. »Ich bin Professor Wiedke und werde Sie im Fachbereich Orthopädie prüfen, das ist mein Kollege Lindberger für Unfallchirurgie«, stellte der Mann sich selbst und den zweiten Prüfer vor und nahm ebenfalls Platz. »So, Doktor Thorsen. Wir werden Orthopädie und Unfallchirurgie abwechselnd prüfen. Unser Augenmerk liegt auf der Behandlungsstrategie und der Vermeidung von Komplikationen. Wir wollen wissen, warum Sie sich für welche Maßnahmen entscheiden und welche Alternativen Sie anwenden können. Haben Sie dazu Fragen?« Niklas schüttelte den Kopf und atmete langsam aus.

»In Ordnung, dann beginnen wir mit unserem ersten Fall.« Professor Wiedke sah nur flüchtig auf seine Notizen. »Beide Füße Ihres siebenjährigen Patienten sind unter einen PKW geraten, er wird mit dem Rettungswagen in die Notaufnahme eingeliefert. Wie gehen Sie nach der Übergabe durch den Notfallsanitäter vor?«

»Gibt es Anzeichen für einen Schock? Wie sind die Vitalwerte? Wie stark sind die Schmerzen?«, fragte Niklas. Aus den unzähligen Übungsgesprächen mit seinen Kollegen wusste er, dass er solche Details selbst erfragen musste und andernfalls fiese Fallstricke lauerten.

»Der Junge klagt über starke Schmerzen, aber seine Vitalwerte sind unauffällig. Keine Anzeichen für einen Schock.« Professor Wiedke ließ Niklas nicht aus den Augen.

»Um die Verletzung beurteilen zu können müssen

Röntgenaufnahmen in zwei Ebenen angefertigt werden«, erklärte Niklas und räusperte sich.

Wortlos bekam er zwei Röntgenbilder überreicht.

»Frakturen des ersten und zweiten Mittelfußknochens mit Verrenkung des Gelenkskomplexes zwischen Mittelfuß- und Fußwurzelknochen. Das muss operativ versorgt werden, in Form einer offenen Reposition mit Knochenwiederherstellung, dabei ist auf die Wachstumsfugen zu achten«, erklärte Niklas, nachdem er die Frakturen zunächst stumm analysiert hatte.

»Welche postoperative Komplikation behalten Sie besonders im Auge?«

»Da es sich um eine schwere traumatische Verletzung handelt ist ein Kompartmentsyndrom neben Wundinfektionen die wahrscheinlichste postoperative Komplikation«, antwortete Niklas, ohne groß darüber nachzudenken. Diese Grundlagen waren ihm von Professor Schneider und Oberärzten wie Christian Jürgen über Jahre hinweg eingebläut worden.

»Wie definieren Sie ein Kompartmentsyndrom?«, wollte Professor Wiedke wissen und legte den Kopf schief. Der Blick seiner stahlblauen Augen ruhte auf Niklas.

»Der Gewebedruck steigt meist infolge eines Traumas massiv an und beeinträchtigt dadurch die Mikrozirkulation und neuromuskuläre Funktion«, erklärte Niklas souverän.

»Was passiert, wenn man das Kompartmentsyndrom nicht rechtzeitig erkennt? Welche Komplikationen können auftreten?« Unwissentlich traf Professor Wiedke Niklas' wunden Punkt.

Niklas schluckte merklich, doch er riss sich zusammen.

»Wird das Kompartmentsyndrom nicht rechtzeitig erkannt droht ein Absterben des Muskelgewebes bis hin zur Amputation der betroffenen Gliedmaße. Die Stoffwechselprodukte des Muskelzerfalls führen mitunter zu Nierenversagen, oder zu Multiorganversagen.«
Stumm musterte Professor Wiedke seinen Prüfling, ihm war Niklas' veränderte Reaktion nicht entgangen. »In Ordnung«, meinte er schließlich. »Belassen wir es dabei und wenden uns den nächsten Fällen zu.«

Weitere Fallbeispiele wechselten sich mit Fragen zu seltenen Frakturen und deren Behandlungsmöglichkeiten ab. Auch der aktuelle Stand der Forschung bei Knieprothesen wurde abgefragt. Doch damit konnte Niklas punkten, denn durch seine Wiedereingliederung im Simulator-Labor hatte er sich eingehend mit diesem Themenbereich auseinandergesetzt.
»Wir sind durch, Doktor Thorsen«, stellte Professor Lindberger nach gut einer Stunde fest. »Bitte warten Sie im Flur, während wir Ihre Prüfung auswerten.«
Mit pochendem Herzen stand Niklas auf und verließ den Prüfungsraum mit äußerst gemischten Gefühlen. Die Grundlagen hatte er sicher beherrscht, aber bei allen weiteren Themen … es gab großen Spielraum für Interpretationen. Und er konnte die Ansichten seiner Prüfer überhaupt nicht einschätzen.

Auch die anderen Prüflinge tauchten nach und nach wieder im Flur und dem angrenzenden Foyer auf. Es herrschte angespanntes, nervöses Schweigen.
Wie schon vor der Prüfung vermied es Niklas, sich in Gespräche verwickeln zu lassen. Er wollte einfach nur

wissen, ob er bestanden hatte oder nicht. Spekulationen oder Diskussionen über die einzelnen Prüfungsfragen führten ohnehin zu nichts.

Endlich wurden die ersten Prüflinge zurück in die Räume gerufen, was Niklas' Nervosität nur noch weiter steigerte. Er hatte als einer der ersten gewartet und war jetzt einer der letzten, der …

»Doktor Thorsen?« Professor Wiedke riss ihn aus seinen Gedanken und bat ihn zurück in das Prüfungszimmer.

»So, Doktor Thorsen.« Professor Lindberger musterte ihn unergründlich und ließ Niklas Herzschlag kurz aussetzen.

»Wir haben Ihre Behandlungsvorschläge noch einmal durchgesprochen und bewertet«, erklärte Professor Wiedke. »Sie gehen souverän und überlegt vor, daran haben wir nichts auszusetzen. Dementsprechend bekommen Sie hier Ihre Urkunde, Sie haben Ihre Facharztprüfung erfolgreich abgelegt.«

Ungläubig riss Niklas die Augen auf.

»Herzlichen Glückwunsch«, gratulierte auch Professor Lindberger.

»Ich habe bestanden«, murmelte Niklas beim Verlassen des Raumes. »Ich habe es geschafft.« Das Lächeln auf seinen Lippen wurde immer breiter, dann platzte die Freude lautstark aus ihm heraus. »Juhu!«

Kapitel 11

»Hier steckst du also.« Karl von Gerblung betrat die Sattelkammer, in der Frederik gerade Sattel und Zaumzeug des zuletzt trainierten Pferdes ordentlich aufräumte. »Wie sieht es aus? Bist du fertig für heute? Oder hat Mike den Trainingsplan noch einmal erweitert?«

»Mike hat schon Feierabend.« Frederik drehte sich schmunzelnd zu seinem Onkel um. »Wenn wir jetzt zurückfahren nach München kommen wir direkt in den Berufsverkehr. Was hältst du noch von einem Ausritt, um die Zeit sinnvoll zu nutzen?«

Schmunzelnd nickte Karl. »Gern. Nur können wir dann eigentlich auch gleich auf dem Hof bleiben. Morgen Früh kommt der Tierarzt und da bin ich gern vor Ort.«

»Tierarzt ...«, wiederholte Frederik und lud sich einen anderen Sattel auf die Arme. »Etwas Ernstes oder reine Routine?«

Sein Onkel folgte Frederiks Beispiel und folgte ihm zurück in die Stallgasse. »Bei drei Jungtieren steht die letzte Untersuchung vor dem Verkauf an, zwei Tiere werden vor einer Turnierreise durchgecheckt und obendrein werden die Welpen einer unserer Hofhündinnen abschließend untersucht, bevor ich für sie neue Familien suchen kann.«

»Straffes Programm.« Frederik führte die Fuchsstute aus ihrer Box und sattelte sie mit geübten Handgriffen.

»Ich habe gar nicht mitbekommen, dass es Hundenachwuchs gibt.«
Karl schmunzelte. »Bis auf zwei Mitarbeiter habe ich alle von der Hundefamilie ferngehalten, ansonsten hätten die Tiere keine ruhige Minute mehr.« Er setzte sich die Reitkappe auf. »Wollen wir los?«
»Und du wirst alle Welpen verkaufen?«, fragte Frederik nachdenklich auf dem Weg nach draußen.
»Mit einer Ausnahme. Wenn du den kleinen Kerl später kennenlernst, wirst du verstehen, warum.« Onkel Karl lachte und saß auf.

Obwohl er einen Großteil des Tages im Sattel verbracht hatte, zeigte sich schon wieder ein zufriedenes Lächeln auf Frederiks Lippen. Er war körperlich angenehm erschöpft, gleichzeitig fühlte er sich unglaublich frei. Vor sich sah er neben dem Rücken seines Onkels nur weite Landschaft, über der die tiefstehende Sonne ihre letzten Strahlen ausbreitete.
»Langsam kenne ich mich aus«, schmunzelte Frederik und schloss zu Karl auf. »Es ist traumhaft schön hier. Noch besser als im Herbst.«
Onkel Karl lächelte entspannt und warf ihm einen Seitenblick zu. »Du kommst richtig zur Ruhe, das merke ich schon. Und es freut mich sehr, dass du dich hier so wohl fühlst.«
»Du bist einer der Gründe dafür.« Frederik atmete langsam aus. »Und die Tatsache, dass nicht hinter jeder Ecke blutige Erinnerungen lauern.« Er verstummte und dachte eine lange Weile nach. »Falls dir das recht ist, möchte ich den Sommer hier verbringen. Ich arbeite wie im Herbst auf dem Hof mit und ...«

»Du brauchst mich nicht zu überzeugen Frederik«, unterbrach ihn Karl lächelnd. »Ich habe dich hierher eingeladen, damit wir wieder Zeit miteinander verbringen können. Dass du dich für meinen Hof und meine Arbeit interessierst, ist Bonus für mich und keine Bedingung. Genieß die Zeit, lass die Seele baumeln und sammle Kraft nach dem anstrengenden letzten Jahr. Arbeite mit, wann immer du möchtest, aber nicht, weil du dich verpflichtet fühlst.«

»Das muss ich wohl erst wieder lernen«, stellte Frederik kopfschüttelnd fest. »Du kennst … *ihn* … Alles musste bis ins Detail abgesprochen werden und auf dem Hof nur herumlungern und entspannen, das ging ja gar nicht.« Er seufzte. »Ich glaube, dass vieles anders und einfacher gelaufen wäre, wenn du unser Vater wärst. Mama wäre nicht so oft auf Reisen gewesen und die ganze Brutalität letztes Jahr wäre allen erspart geblieben.«

»Ich verstehe deinen Gedanken, aber ich weiß nicht, wie ich als Vater handeln würde. Als Onkel ist für mich manches einfacher, habe ich so das Gefühl.« Karl von Gerblung wirkte nachdenklich.

»Bereust du, dass du keine eigenen Kinder hast?« Die Frage war Frederik einfach herausgerutscht.

»Ich habe drei Neffen, auf die ich sehr stolz bin. Und ein Teil von mir trauert dem tatsächlich ein wenig nach, dass ich nie eine eigene Familie gegründet habe. Aber wer weiß, wozu es letzten Endes gut war.« Wehmut schwang in der Stimme von Frederiks Onkel mit.

»Gerade mit Blick auf die Ereignisse letztes Jahr kann ich nur sagen, dass du für mich zu einem richtigen Vater geworden bist. Mehr, als es mein leiblicher … *Vater* je gewesen ist.« Frederik schluckte, doch der Kloß in seinem Hals blieb.

Auch sein Onkel wirkte sehr gerührt, seine Augen glitzerten verdächtig.

Weit geritten waren Karl und Frederik an diesem Abend nicht mehr. Nachdem sie die Pferde versorgt hatte, führte Karl von Gerblung seinen Neffen in ein Nebengebäude.

»Gleich dort drüben«, wies er den Weg und ging neben dem eingezäunten Bereich in die Hocke. Die Hündin hob nur kurz den Kopf und schien ihn sofort zu erkennen. Wachsam behielt sie die beiden Männer im Blick.

»Okay, ich verstehe, warum du sie so abschirmst.« Frederik lächelte und setzte sich leise auf den Boden. Er seufzte. »Erinnert mich an das heimische Gestüt, da hatten wir auch einmal Hundenachwuchs … danach hat Vater die Hündin sterilisieren lassen. Er meinte nur, er hätte keine Zeit für solchen Firlefanz. Dann hat er alle Welpen abgegeben. Für Oliver, Julian und mich ist damals eine Welt zusammengebrochen.«

»Wie alt wart ihr da?«, fragte Karl nachdenklich.

»Grundschulalter, glaube ich.« Frederik schüttelte den Kopf und ließ einen besonders neugierigen Welpen durch den Zaun an seiner Hand schnuppern. »Welchen von ihnen behältst du? Und hast du für alle anderen schon Abnehmer oder noch gar nicht angefangen zu suchen?«

»Zwei Mitarbeiter werden jeweils einen Welpen übernehmen. Offensiv nach neuen Haltern für die übrige Rasselbande habe ich bisher aber noch nicht gesucht.

Das kommt alles nach und nach. Es eilt ja nicht, hier haben die Tiere vorerst genug Platz.« Karl schmunzelte angesichts von Frederiks Gesichtsausdruck und dessen Interaktion mit dem neugierigen Welpen. »Geh schon rein zu den Kleinen, Aika toleriert das.«
Das ließ sich Frederik nicht zwei Mal sagen und setzte sich auf der anderen Seite des Zaunes auf den Boden. Der neugierige Welpe kam schnuppernd näher herangetapst.
»Du magst mich, mhm?« Frederiks lächelte und streichelte ihm langsam über das weiche, schwarze Fell.

Karl musste Frederik schließlich energisch von dem Welpen trennen, freiwillig wäre sein Neffe wohl nicht aufgestanden.
»Du denkst darüber nach, was?«, schmunzelte Onkel Karl auf dem Weg in das Hauptgebäude.
»Nachdenken?« Frederik lachte kopfschüttelnd. »Das ist die Untertreibung des Tages. Ich … im Moment habe ich mehr als genug Zeit. Aber … was, wenn ich wieder in meinen alten Job zurückkehre? Wo werde ich künftig wohnen? Auf dem Gestüt bei meinen Brüdern ist es mit einem jungen Hund unproblematischer als allein in einer kleinen Stadtwohnung.«
»Überleg es dir, ob du den kleinen Kerl nicht doch behalten möchtest. Lern ihn kennen, kümmere dich um ihn. Wenn du willst, gehört er dir. Ansonsten finde ich bestimmt ein anderes gutes Zuhause für ihn.« Karl stupste ihn sanft gegen die Schulter und steuerte dann als erstes das Bad an, um sich die Hände zu waschen.

Kapitel 12

»Guten Morgen, Doktor Thorsen.« Professor Schneider schloss die Bürotür hinter Niklas und musterte ihn lächelnd. »Und herzlichen Glückwunsch zur bestandenen Facharztprüfung.«

»Vielen Dank.« Niklas' Lächeln wurde noch eine Spur breiter.

»Ich freue mich, dass Sie das Team nun als Facharzt verstärken.« Der Chefarzt schüttelte ihm die Hand. »Ihr Arbeitsvertrag muss natürlich angepasst werden, die Personalabteilung hat das bereits vorbereitet. Am besten gehen Sie dort nach der Visite vorbei.«

»Klar«, versicherte Niklas.

»Sie wissen von Ihren Kollegen, dass Sie sich als nächstes spezialisieren sollten. Haben Sie schon eine bestimmte Richtung im Auge? Dann können das die Oberärzte bei den nächsten OP-Planungen entsprechend berücksichtigen«, fuhr Professor Schneider fort.

»Nein, bisher nicht«, gab Niklas zu. »Wenn es Ihnen recht ist, nutze ich die nächsten Wochen, um noch einmal so tief wie möglich in die verschiedenen Spezialisierungen einzutauchen wie möglich. Eine Entscheidung treffe ich dann vor meiner Elternzeit, also Ende Juli. Die Weiterbildung vorher zu beginnen, macht in meinen Augen nur wenig Sinn.«

»Ah ja, ich erinnere mich. Wie lange werden Sie dann bei Ihrer Familie zu Hause sein? Acht Wochen?« Der

Chefarzt wandte sich mit Blick auf die Uhr zum Gehen, Niklas folgte ihm.

»Genau«, bestätigte Niklas. »Eine zweite Elternzeit nächstes Jahr haben wir ja auch schon einmal angesprochen, aber bis dahin ist ja noch etwas Zeit.«

»Gut, dann machen wir es so.« Professor Schneider lächelte und schloss die letzten Knöpfe an seinem Kittel. »Ich werde den OP-Plan entsprechend anpassen lassen, damit Sie vor Ihrer Entscheidung noch möglichst viel zu sehen bekommen.«

Frühbesprechung und Visite waren wie üblich unspektakulär vonstattengegangen, dann nahm Maximilian Vollmer Niklas beiseite.

»Und? Wie lief es? Wer waren deine Prüfer?«, wollte er gespannt wissen.

»Es lief gut, sonst wäre ich heute nicht hier, sondern Frusttrinken zu Hause.« Niklas schmunzelte. »Für Unfallchirurgie habe ich Professor Lindberger erwischt, Orthopädie war bei Professor Wiedke.«

»Die beiden kenne ich sogar«, freute sich Maximilian. »Gratuliere! Endlich ist ein gewaltiger Meilenstein geschafft. Danach wird alles etwas einfacher.«

»Hoffen wir es. Weitere Überraschungen wie letztes Jahr brauche ich eigentlich nicht«, gab Niklas zu. »Jetzt darf ich die nächsten Wochen dazu nutzen, mir eine Spezialisierung auszusuchen. Professor Schneider will die Entscheidung vor meiner Elternzeit.«

»Ich kann dir natürlich mein Gebiet wärmstens empfehlen, aber ich will dich nicht zu sehr beeinflussen«, lachte Maximilian. »Die Kollegen sollen ruhig eine Chance haben, bevor du dich entscheidest.«

Mit Blick auf die Uhr lief Niklas schließlich in den OP-Bereich. Der Patient war ihm nicht unbekannt, er hatte ihn bereits einmal wegen der zahlreichen Frakturen nach dessen Motorradunfall operiert.

»Auf ein Neues, was?« Assistenzarzt Alexander Dobner folgte Niklas auf den letzten Metern zum Operationssaal. »Den Oberarm haben wir schon gerichtet, jetzt ist das Bein an der Reihe.«

»Ich hoffe, Sie haben gut gefrühstückt«, schmunzelte Niklas. »Da haben wir einiges vor. Fixateur externe am Unterschenkel und am Oberschenkel ein Plattenimplantat.«

»Ich bin bereit«, versicherte Doktor Dobner und betrachtete die Röntgenbilder, die auf dem großen Bildschirm angezeigt wurden.

»Fangen wir an«, meinte Niklas und wandte sich vom Bildschirm ab. Er ließ sich von der OP-Schwester in Kittel und Handschuhe helfen, dann trat er an den Patienten heran. »Wir versorgen erst den Oberschenkelknochen, danach kümmern wir uns um den Unterschenkel.«

Aufmerksam beobachtete Niklas den Assistenzarzt bei der Naht am Oberschenkel und nickte zufrieden.

»Sehr schön. Das war der einfachere Teil der Aufgabe, am Unterschenkel haben wir deutlich mehr zu tun.« Niklas lächelte hinter seiner Maske.

»Ah, Doktor Thorsen. Ich habe im OP-Plan gesehen, dass Sie den Berger-Fall übernommen haben. Wie kommen Sie voran? Benötigen Sie noch Unterstützung?« Christian Jürgen hatte den OP-Saal leise betreten und betrachtete nun das letzte Röntgenbild der

Oberschenkelfraktur, das noch auf dem Bildschirm angezeigt wurde.

»Doktor Dobner assistiert mir ausgezeichnet, danke.« Niklas ließ das Skalpell sinken. Entweder unterhielt er sich oder operierte, aber mit Christian Jürgen war nicht beides gleichzeitig möglich.

»Das erklärt aber nicht, warum Sie den Oberschenkel so zugemacht haben«, provozierte ihn der Oberarzt in scharfem Tonfall. »So bringt man doch kein Plattenimplantat an!«

Irritiert runzelte Niklas die Stirn, legte das Skalpell auf das Instrumententablett neben sich und drehte sich vollends zu seinem Kollegen um. »Was meinen Sie?«, fragte Niklas angespannt.

»Haben Sie sich mal die Position der Schrauben angesehen? Verdammt, Thorsen, da hätten Sie ja gleich Doktor Lucas operieren lassen können!«, polterte Christian Jürgen los. »Haben Sie im letzten Jahr alles verlernt und Ihre Wissenslücken bisher nur gut überspielt? Haben Sie zu viel Urlaub gemacht?«

Schlagartig herrschte Stille, nur das gleichmäßige Geräusch des Beatmungsgeräts war zu hören.

Mit großer Mühe hielt sich Niklas davon ab, sofort verbal oder körperlich auf seinen Kollegen loszugehen. Stattdessen ballte er die Hände zu vor Anspannung zitternden Fäusten und zählte innerlich bis zehn.

Lass dich nicht provozieren.

Schrei diesen Idioten nicht an, solange der Patient offen vor dir liegt.

Du hast den ersten Teil des Eingriffs richtig gemacht, lass dich nicht verunsichern.

Rede später mit Christian unter vier Augen.

»Verlassen Sie meinen OP«, stieß Niklas wütend hervor und wies mit der rechten Hand zur Tür. »Na los! Raus! Verschwinden Sie!«
Ungläubig sah Doktor Jürgen ihn an und schien noch etwas sagen zu wollen. Im letzten Moment überlegte er es sich anders, wandte sich um und verließ den Raum eilig.
»Möchte sonst noch jemand einen Behandlungsvorschlag machen?«, fragte Niklas mit bebender Stimme in die Stille hinein. »Nein? Dann fahren wir fort.«
Er atmete tief durch und drehte sich wieder zu seinem Patienten um. Wut und Enttäuschung rangen in seiner Brust, doch für diese Gefühle war gerade kein Platz. Klaus Berger verdiente die bestmögliche Behandlung, das war im Moment alles, was zählte.

Der weitere Eingriff war schweigend verlaufen, nur unterbrochen von Alexander Dobners Fragen oder Niklas' Anweisungen an die OP-Schwester am Instrumentensieb.
Ohne den Blick vom Röntgenbild zu nehmen, zog Niklas die letzte Schraube am Fixateur an und nickte zufrieden. Gemeinsam mit Doktor Dobner versorgte er die zahlreichen kleinen Wunden, die die Stäbe des Fixateurs verursachten, und trat schließlich vom Operationstisch zurück.
»Das war gute Arbeit«, lobte Niklas den Assistenzarzt und schälte sich aus Kittel und Handschuhen. »Kümmern Sie sich bitte um die postoperative Überwachung und geben Sie mir bei Problemen Bescheid.«
»Natürlich.« Alexander Dobner folgte ihm in den Vorbereitungsraum und stellte sich an das Waschbecken.

»Das mit Doktor Jürgen vorhin …«, begann Doktor Dobner nachdenklich. »… haben Sie beide eine Vorgeschichte, die so einen … Auftritt rechtfertigt?«
»So ein Benehmen rechtfertigt überhaupt nichts«, stellte Niklas klar. »An der Operation war nichts auszusetzen und dann den Angriff auf persönlicher, privater Ebene fortzusetzen ist mehr als unangemessen. Es tut mir leid, dass Sie das mitbekommen haben.«
»Ihnen muss das nicht leidtun, Sie haben das ja nur abgekommen«, meinte der Assistenzarzt ruhig.
Stumm trocknete Niklas sich ab und wandte sich dann zum Gehen.

Die Enttäuschung trat allmählich in den Hintergrund, während seine Wut Niklas noch in Funktionskleidung auf die Intensivstation eilen ließ.
»Suchst du jemanden?« Antje Hahn musterte Niklas überrascht und hob eine Augenbraue. »Christian ist eben in die Notaufnahme.«
»Was? Woher weißt du…?« Irritiert hielt Niklas inne.
»Das Gerücht, dass ihr beide euch im OP angebrüllt habt, hat sich schnell herumgesprochen«, berichtete die Intensivmedizinerin. »Und so wie Christian vorhin aus dem OP-Bereich gestürmt ist, hat sich das Gerücht schnell bewahrheitet. Was war denn los?«
»Ich muss da etwas klären.« Niklas ließ seine Kollegin ohne ein weiteres Wort stehen.

Eilig zog sich Niklas einen Hygieneumhang über seine OP-Kleidung und betrat das Arztzimmer der chirurgischen Nothilfe atemlos. Neben Christian Jürgen war nur Marina Lucas anwesend.

»Doktor Jürgen«, machte sich Niklas mühsam beherrscht bemerkbar. »Auf ein Wort.«
Kommentarlos folgte ihm der Oberarzt in das leere Besprechungszimmer am Ende des Flures, abseits von Wartebereich und Untersuchungszimmern.
»Lebt der Patient noch? Haben Sie neue Methoden definiert, einen Fixateur externe anzubringen? Oder hat sich Ihr Experimentiergeist mehr auf Plattenimplantate fokussiert?«, wollte Christian Jürgen spitz wissen und gab Niklas' Wut neuen Nährboden.
»Was sollte dieser Auftritt?« Schon wieder ballte Niklas die Hände zu Fäusten. »Was hat Sie in Gottes Namen dazu gebracht, in meinen OP zu marschieren und meine Arbeit grundlos und haltlos in Frage zu stellen? Erklären Sie mir das!«
Arrogant musterte Doktor Jürgen Niklas von Kopf bis Fuß und schüttelte dann seufzend den Kopf.
»Thorsen, Sie haben eine lange Pause hinter sich. Da ist es meine Pflicht sicherzustellen, dass sämtliche Ihrer Behandlungen korrekt ausgeführt sind.«
»Ich bin kein Anfänger im ersten Jahr, *Doktor* Jürgen«, wehrte sich Niklas wütend. »Ich habe mein Wissen und mein Können in den letzten Wochen auf verschiedenste Art unter Beweis gestellt und gestern die Facharztprüfung abgelegt. Was brauchen Sie noch? Wann hören Sie auf, sich so aufzuführen und mich bei jeder sich bietenden Gelegenheit vorzuführen?«
»Der Einzige, der sich hier aufführt, sind Sie«, entgegnete Christian Jürgen herablassend. »Sie glauben, dass Sie nach einem Jahr einfach hereinspazieren und nahtlos da weitermachen können, wo Sie aufgehört haben! Es mag sein, dass Sie die Facharztprüfung bestanden

haben, aber das heißt nicht, dass Sie nichts mehr zu lernen haben. Sie hatten ein zusätzliches Jahr zur Vorbereitung auf diese Prüfung, durch die sowieso jeder Idiot durchkommt. Darauf brauchen Sie sich nichts einzubilden!«

»Ich bilde mir nichts ein!«, fauchte Niklas ihn an. »Ich habe kein zusätzliches Jahr zur Vorbereitung genommen und am Strand in Fachliteratur geblättert, so wie Sie sich das immer wieder vorstellen!«

»Stimmt, ich hatte eine kleine Nebensächlichkeit vergessen. Vor Ihrem Urlaub mussten Sie noch gemeinsam mit Ihrem Freund aus der Neurochirurgie dafür sorgen, dass zahlreiche Kollegen fristlos entlassen und vor Gericht gezerrt wurden. Das nimmt natürlich viel Zeit in Anspruch!« Christian Jürgen kam einen Schritt auf Niklas zu.

»Das hatten die *Kollegen* selbst zu verantworten«, fuhr Niklas ihn ungehalten an. »Diese *Kollegen* haben sich selbst dazu entschieden, Patienten zu töten und deren Organe einer Schattenorganisation für Organtransplantationen zuzuführen. Doktor Hendriksson hat nicht darum gebeten, entführt und gefoltert zu werden. Ich hätte mir auch etwas anderes vorstellen können, als von schwerbewaffneten Auftragsmördern quer durch Europa gejagt zu werden. Nichts davon stand im Arbeitsvertrag, Ihre ach-so-unschuldigen *Kollegen* haben sich selbst zu diesen Taten entschlossen. Es war ganz allein deren Entscheidung!« Mit jedem Wort war Niklas lauter geworden und hieb mit der flachen Hand auf die Tischplatte. »Doch das hat nichts mit Ihrem Auftritt vorhin in meinem OP-Saal zu tun. Falls Sie etwas an meiner Behandlung auszusetzen hatten, hätten wir in Ruhe darüber sprechen können. Währenddessen oder nach dem Eingriff, aber nicht in diesem Tonfall und nicht auf diese Art und Weise!«

»Was ist denn hier los? Warum brüllt ihr beide euch so laut an, dass wir das so genannte *Gespräch* problemlos vorne im Arztzimmer verfolgen konnten?« Maximilian Vollmer stand auf einmal in der Tür zum Flur, neben ihm war Marina Lucas.

»Thorsen beantwortet dir diese Frage bestimmt gern. Er hat für alles wunderbare Erklärungen. Du wirst staunen, was der alles mitbekommen hat...« In Christian Jürgens Stimme schwang eine große Portion Überheblichkeit mit. »Kleiner Tipp: Lass dir mal von seinem Urlaub letztes Jahr erz...«

»Christian? Bitte, geh.« Maximilian Vollmer packte Doktor Jürgen am Arm und bugsierte ihn kurzentschlossen aus dem Raum. »Sie können auch gehen, Doktor Lucas.« Leise schloss er die Tür hinter sich und musterte Niklas aufmerksam.

»Hast du dem noch etwas hinzuzufügen?«, fragte Niklas mit vor Wut bebender Stimme und atmete tief durch.

»Zu eurem *Gespräch*?« Maximilian schüttelte den Kopf. »Mir fehlt zugegebenermaßen der Kontext, wie der Transplantationsskandal und eure Szene im OP vorhin zusammenhängen, aber an sich geht es mich auch nichts an.«

»Du hast also auch schon davon gehört? Klar, so etwas verbreitet sich immer schnell.« Niklas schüttelte den Kopf. »Ich bin wirklich kein Freund von offenen Konfrontationen, aber Christian hat es darauf angelegt. Ich meine, ich marschiere ja auch nicht aus Langeweile in deinen OP, mache dir vor versammelter Mannschaft eine Szene und unterstelle dir, dass du die Behandlung völlig falsch angegangen wärst. So etwas klärt man unter vier Augen in angemessenem Tonfall. Das kannst du Christian gern ausrichten, solltest du ihn heute noch einmal sehen.«

»Da wäre ich an deiner Stelle auch sauer«, stimmte ihm Maximilian zu. »Und ja, normalerweise würde man solche fachlichen Unstimmigkeiten so regeln, wie du das gerade beschrieben hast.« Er runzelte die Stirn. »Wie aber seid ihr auf den Transplantationsskandal gekommen? Was hat das mit der OP vorhin zu tun?«

»Doktor Jürgen ist sehr nachtragend, was die Entlassungswelle nach dem Transplantationsskandal angeht. Er sieht in Frederik und mir die Verantwortlichen dafür und das lässt er mich im Moment bei jeder sich bietenden Gelegenheit spüren.«

»Jetzt fügt sich das Bild langsam zusammen, aber es macht keinen großen Sinn. Der Skandal wurde aufgearbeitet und dich beziehungsweise Doktor Hendriksson trifft an den manipulierten Transplantationen keine Schuld – im Gegenteil. Wer weiß, wie weit diese Organisation noch gegangen wäre.«

»Sag das bitte Christian, vielleicht begreift er es dann endlich.« Niklas seufzte und wandte sich zum Gehen. »Ich sehe jetzt erst einmal nach Oliver Knappe.«

»Falls noch etwas ist, sag Bescheid.« Maximilian öffnete die Tür und ließ Niklas dann den Vortritt. »Wir sehen uns spätestens zu Schichtübergabe.«

Mit einem erneuten Seufzen zog Niklas das Telefon aus seiner Kitteltasche. »Antje? Was gibt es?«, fragte er wenig enthusiastisch. »Ist gut, ich bin gleich da.«

»Unerfreuliche Neuigkeiten?« Interessiert wandte sich Maximilian Vollmer doch noch einmal um.

»Herr Knappe bittet mich gemeinsam mit dem Mannschaftsarzt zum Gespräch.« Niklas verdrehte die Augen. »Das war zwar abzusehen, aber ich habe insgeheim gehofft, erst morgen wieder mit beiden gleichzeitig konfrontiert zu werden.«

»Wenn schon bescheiden, dann richtig. Falls dir Jeske ganz blöd kommt ruf mich an, dann sage ich ihm mal die Meinung«, bot Maximilian an, doch Niklas winkte ab. Das war ein Kampf, den er allein führen musste. Sein Patient, seine Verantwortung.

»Doktor Jeske, Herr Knappe? Sie wollten mich sprechen?«, fragte Niklas betont neutral und blieb am Fußende des Bettes stehen.

Anklagend sah Oliver Knappe zu seinem Mannschaftsarzt.

»Erklären Sie Oliver doch bitte einmal den jüngsten Behandlungsverlauf«, bat ihn Doktor Jeske scharf.

»Vor allem interessiert uns beide brennend, wie es zur Amputation des rechten Unterschenkels gekommen ist.«

»Wir haben erneut operiert, da die Wunde stark entzündet war und sich angesichts von Blutwerten und Vitalparametern ein Multiorganversagen abgezeichnet hat«, erklärte Niklas beherrscht. »Während der Operation haben wir weitere, große Bereiche vorgefunden, in denen das Gewebe bereits vollständig abgestorben war. In Kombination mit der Entzündung im übrigen Unterschenkel haben meine Kollegen und ich keine andere Option gesehen, als den Unterschenkel zu amputieren. Ansonsten wäre es aufgrund der Giftstoffe durch das abgestorbene Gewebe unweigerlich zu einem Multiorganversagen gekommen.«

»Sie haben meine Karriere beendet. Sie haben mein Leben zerstört!«, warf ihm Oliver Knappe matt vor, doch in seinen Augen funkelte die Wut.

»Ich habe Ihr Leben gerettet«, stellte Niklas klar. »Ohne die Operation wären Sie nicht mehr hier.«

»Das werden andere Instanzen überprüfen«, meldete sich wieder Doktor Jeske zu Wort. »Nach Rücksprache mit dem Verein werden wir die Behandlung auf Fehler überprüfen lassen. Und falls Fehler gemacht wurden, werden Konsequenzen folgen. Unsere Anwälte werden sich mit Ihnen beziehungsweise der Klinik in Verbindung setzen. Das war alles, Doktor Thorsen.« Daniel Jeske wandte Niklas demonstrativ den Rücken zu.

Da waren sie nun, die rechtlichen Schritte, von denen Maximilian bei ihrer gemeinsamen Fallanalyse gesprochen hatte.

Eine reine Formsache, dass unvorhersehbare Krankheitsverläufe überprüft wurden.

Und es war auch keine Neuigkeit, mit Anwälten konfrontiert zu werden.

Doch dieses Mal war er der leitende Chirurg, ein Facharzt. Er war kein Assistenzarzt mehr, der nur einen Teil der Verantwortung trug.

Das Klingeln des Diensttelefons riss Niklas aus seinen Gedanken und ließ ihn angesichts der Rufnummer irritiert die Stirn runzeln. Was wollte die Sekretärin von Professor Schneider von ihm?

»Ja, Thorsen?«, meldete er sich. »Nein, das geht. Ich

komme sofort«, versprach er und machte sich umgehend auf den Weg zum Büro des Chefarztes.

Worum genau es ging, hatte die Sekretärin zwar nicht gesagt, doch Niklas ahnte, dass es um seine Auseinandersetzung mit Christian Jürgen ging.

Es sei denn, Doktor Jeske hatte bereits mit Professor Schneider über die neuesten Entwicklungen im Fall Knappe und die drohenden rechtlichen Maßnahmen gesprochen.

Fast zeitgleich trafen Christian Jürgen und Niklas im Vorzimmer des Chefarztbüros ein und wurden von Professor Schneider hereingebeten, bevor sie auch nur ein Wort miteinander wechseln konnten.

»Setzen Sie sich.« Energisch schloss Professor Schneider die Tür zum Vorzimmer hinter sich und nahm ebenfalls in einem der schwarzen Ledersessel der Sitzecke Platz. »Sie können sich bestimmt vorstellen, warum ich Sie hergebeten habe«, begann der Chefarzt ernst. »Ihr lautstarker Zusammenstoß heute während eines laufenden Eingriffs hat sich ebenso herumgesprochen wie Ihr anschließendes Streitgespräch in der Notaufnahme. Ich möchte wissen, was da los war.«

Niklas sah starr an Professor Schneider vorbei, ohne einen bestimmten Punkt an der Wand zu fixieren.

Was sollte er dazu sagen? Er hatte doch nur reagiert, die Aktion war von Christian gestartet worden.

»Wir hatten einen kleinen fachlichen Meinungsaustausch«, verharmloste Doktor Jürgen die Auseinandersetzung sofort.

»Einen kleinen fachlichen Meinungsaustausch nennen Sie das?« Die überhebliche Art seines Gegenübers ließ

Niklas prompt rotsehen. »Sie spazieren während eines laufenden Eingriffs in meinen OP und stellen meine Behandlung völlig ungerechtfertigt infrage. Das war kein Meinungsaustausch, sondern eine Frechheit!«

»Wie ich nicht müde werde, Ihnen zu erklären, Thorsen, habe ich lediglich sichergestellt, dass dem Patienten die bestmögliche Behandlung zuteilwird.« Doktor Jürgen starrte Niklas herausfordernd an.

»Für Sie immer noch *Doktor* Thorsen!«, fuhr Niklas ihn an. »Ihr Verhalten mir gegenüber ist vollkommen unverhältnismäßig. Sie müssen mich nicht besonders gut leiden können, das verlangt niemand. Einen neutralen kollegialen Umgang hätte ich jedoch erwartet.«

Neugierig sah Professor Schneider zwischen den beiden Streithähnen hin und her.

»Einen neutralen kollegialen Umgang«, wiederholte Christian Jürgen und lachte ironisch. »Thorsen, den bekommen Sie bereits. Dass Sie eine fachliche Anmerkung sofort persönlich nehmen, zeigt mir, dass Sie die Schwierigkeiten mit kollegialem Miteinander haben.«

»Das ist nicht Ihr Ernst!« Niklas atmete tief durch, doch seine Wut ließ ihn immer noch beben. »Sie hängen immer noch im Transplantationsskandal fest und machen mich für die Kündigung von Kollegen verantwortlich, deren Verhalten ethisch und moralisch äußerst zweifelhaft war. Also kehren Sie gefälligst vor Ihrer eigenen Haustüre!«

»Das genügt.« Professor Schneider schüttelte den Kopf. »Grund für Ihren Streit ist also Doktor Jürgens Besuch in Ihrem OP, Doktor Thorsen, verbunden mit einer fachlichen Auseinandersetzung. Ist das richtig?«

Andeutungsweise nickte Niklas. »Ich habe ihn anschließend in der Notaufnahme zur Rede gestellt. Da ist die Situation dann komplett eskaliert.«

»Zur Rede gestellt«, wiederholte der Chefarzt unter erneutem Kopfschütteln. »Sie sind in einer Lautstärke aufeinander losgegangen, die die halbe chirurgische Nothilfe unterhalten hat. So ein Verhalten dulde ich nicht, wir sind hier nicht im Kindergarten.« Er seufzte. »Doktor Jürgen, Sie als Oberarzt sollten über solchen Nichtigkeiten stehen und sich auf Ihren Job konzentrieren. Natürlich ist es wichtig, bei allen Kollegen darauf zu achten, dass sie die Patienten optimal behandeln und sie gegebenenfalls auf Fehler hinweisen. Aber die Art und Weise war inakzeptabel, da muss ich Doktor Thorsen recht geben.«

Wütend starrte Christian Jürgen zu Niklas.

»Und Sie, Doktor Thorsen, möchte ich bitten, solche Aussprachen künftig in angemessenem Rahmen zu führen. Nehmen Sie sich einen dritten Kollegen hinzu oder sprechen Sie mich bei Problemen dieser Art direkt an.« Professor Schneider seufzte. »Gibt es an dieser Stelle noch etwas, das ich eigentlich wissen sollte oder das einer von Ihnen beiden unbedingt aussprechen möchte?«

Gleichzeitig schüttelten Niklas und Doktor Jürgen die Köpfe.

»Gut. Dann erwarte ich, dass Sie beide sich zusammenreißen. Sollte ich noch einmal mitbekommen, dass Sie sich hier im Krankenhaus anschreien, haben Sie ein sehr großes Problem und es werden Konsequenzen folgen. Konzentrieren Sie sich besser auf Ihre Arbeit als aufeinander«, mahnte der Chefarzt und stand auf.

Die Tür zum Chefarztbüro war kaum hinter ihnen zugefallen, da packte Christian Jürgen Niklas schon am Arm.

»Glauben Sie ja nicht, dass ich mir das von Ihnen gefallen lasse, Thorsen. Der Chef mag Ihnen die Unschuldsnummer vielleicht abkaufen, aber mich täuschen Sie damit nicht!« Wütend funkelte Doktor Jürgen ihn an.

»Lassen Sie mich sofort los.« Niklas wich seinem Blick nicht aus und schluckte die nächste bissige Bemerkung mit Mühe hinunter.

»Ich behalte Sie im Auge, Thorsen.« Ruckartig ließ Christian Jürgen Niklas los und entfernte sich mit schnellen Schritten.

»Idiot«, murmelte Niklas und richtete seinen Kittel.

Die verbliebene Zeit bis zur Schichtübergabe verbrachte Niklas damit, nach den frisch operierten Patienten zu sehen. So konnte er Doktor Jürgen immerhin für anderthalb Stunden aus dem Weg gehen.

»So, halten wir es kurz«, bat Maximilian Vollmer, als sie sich im Arztzimmer versammelten.

»Verabredet?« Doktor Jürgen hob eine Augenbraue. »Oder warum hast du es so eilig?«

»Nichts, worüber du dir den Kopf zerbrechen musst.« Maximilian sah auffordernd zu den Assistenzärzten. »Wer trägt die Fälle beziehungsweise nur deren Besonderheiten vor?«

»Die OP-Patienten sind alle inzwischen auf Station und stabil«, berichtete Assistenzärztin Isabel Weber. »Von Oliver Knappe haben wir die neuen Laborwerte endlich vorliegen. Es gibt keine Anzeichen für eine Verschlechterung der Nierenschädigung oder einer Schädigung weiterer Organe. Aller Voraussicht nach wird er in den nächsten beiden Tagen zurück auf die Normalstation verlegt.«

»Es scheint, als würde er die Kurve kriegen.« Vollmer nickte zufrieden.

»Sieht ganz so aus.« Die Assistenzärztin lächelte müde.

»Wie geht es eigentlich Herrn Berger nach der OP durch Doktor Thorsen?« Schon wieder ging Christian Jürgen zum Angriff über. Es schien, als hätte es das Gespräch mit dem Chefarzt vorhin gar nicht gegeben.

»Er ist kreislaufstabil und klagt über mäßige Schmerzen. Über Nacht sind Infusionen eingetragen.« Doktor Weber sah von ihren Notizen auf und runzelte irritiert die Stirn. »Wie meinen Sie das, *nach der OP durch Doktor Thorsen*?«

»Er meint gar nichts«, fuhr Maximilian Vollmer dazwischen. »Gibt es noch etwas? Oder ist Feierabend?«

»Wir sind durch, du kannst also direkt los.« Christian Jürgen stand auf und musterte seinen Kollegen provokativ. »Viel *Spaß*«, bemerkte er anzüglich und verließ den Raum dann ohne ein weiteres Wort.

»Idiot«, murmelte Maximilian und folgte Niklas zur Umkleide.

»Da bist du nicht der Erste, der das Wort heute in diesem Kontext benutzt«, bemerkte Niklas und vergewisserte sich in der Umkleide, dass sie allein waren. »Sag mal, was ist mit Doktor Jürgen im Moment los? Erst geht er im OP auf mich los, dann der Streit in der Notaufnahme und vorhin noch ein Gespräch beim Chefarzt. Und selbst das reicht nicht, um ihn endlich zum Schweigen zu bringen. Was will er mit diesen Kommentaren erreichen?«

»Der Chef hat euch heute zusammengeschissen? Das hat sich echt schnell herumgesprochen.« Ächzend zog sich Maximilian das Polo-Shirt über den Kopf und warf es in den Wäschecontainer.

»Wir sollen professionell zusammenarbeiten und alles andere ausblenden. Und wenn er uns noch einmal erwischt, dass wir uns hier im Klinikum anschreien, folgen harte Konsequenzen«, fasste Niklas das Gespräch zusammen. »Hat bei Doktor Jürgen gut gefruchtet, so wie die Schichtübergabe verlaufen ist.«

»Christian ist leider so.« Maximilian Vollmer seufzte und schlüpfte in sein Freizeitshirt. »Ich kenne ihn nicht anders.«

»Dann stehst du auf seiner Seite?« Niklas seufzte niedergeschlagen. Das Hochgefühl über die bestandene Facharztprüfung war im Laufe des Tages vollständig verflogen.

»Nur weil ich Christian seit Beginn unserer Assistenzarztausbildung kenne, heißt das nicht, dass ich in solchen Situationen auf seiner Seite stehe«, stellte Maximilian Vollmer klar. »Wir sind Kollegen, die einander fachlich schätzen. Darüber hinaus ist es schwierig. Christian hat teilweise sehr starre Ansichten und lebt seine exzentrische Art gern aus, damit komme ich selbst nicht gut zurecht. Und was den aktuellen Fall angeht … Ich halte Christians Verhalten für ungerecht und nicht verhältnismäßig. Warum sollte ich mich da hinter ihn stellen?«

»Danke.« Niklas lächelte andeutungsweise. »Es tut gut zu wissen, dass ich nicht allein da stehe mit meinen Ansichten. Zuletzt hatte ich doch meine Zweifel, nachdem es nur noch Gegenwind gab von gewissen Kollegen.« Er hielt inne. »Eine letzte Frage habe ich noch zu diesem Thema … Wie war Doktor Jürgens Verhältnis zu Benett Hanson?«

Irritiert und überrascht zugleich hielt Maximilian Vollmer inne. »Du meinst Doktor Hanson, den Neurochirurgen? Der, der letztes Jahr ermordet worden ist?«

»Genau den meine ich«, bestätigte Niklas und ließ seinen Kollegen nicht aus den Augen. Als würde er darauf warten, dass er die Antwort in Form einer Gesichtsregung erhalten würden.

»Ich habe keine Ahnung, warum dich das ausgerechnet jetzt interessiert, aber gut.« Maximilian schloss seinen Spind ab. »Die beiden kannten sich gut und waren gleichzeitig in den USA für Forschungsstipendien. So gesehen würde ich sagen, sie hatten ein enges kollegiales, wenn nicht sogar freundschaftliches Verhältnis. Mehr habe ich nicht mitbekommen, so eng war ich mit keinem der beiden.«

Kapitel 13

»Das war bei euch beiden Liebe auf den ersten Blick, mhm?« Onkel Karl schmunzelte beim Anblick seines Neffen mit dem schlafenden Welpen auf dem Schoß.
»Du hättest mich nicht mit zu den Hunden nehmen dürfen«, gab Frederik lächelnd zurück und streichelte über das schwarze Fell des jungen Hundes. »Das Risiko, mich zu verlieben, war sehr hoch.«
»Hast du dich inzwischen eigentlich für einen Namen entschieden?« Karl von Gerblung betrachtete seinen eigenen Welpen mit einem zärtlichen Lächeln. »Zuletzt hast du ja noch sehr angestrengt nachgedacht.«
»Er heißt Baal.« Frederik hob den Blick.
»Baal … war das nicht mal eine ägyptische Gottheit?« Sein Onkel legte die Stirn in Falten und dachte nach.
»Davon habe ich auch gelesen«, gab Frederik zu. »Mir gefällt einfach der Klang und der Kleine hat sofort darauf reagiert. Der Name scheint ihm also zu gefallen.«
»Hauptsache, ihr beide kommt zurecht.« Karl sah auf die Uhr. »Was machen wir heute eigentlich mit Abendessen? Irgendwie haben wir heute Nachmittag mit den Welpen die Zeit komplett vergessen.«
»Ich glaube, wir wollten das restliche Gemüse von gestern anbraten und Tomatensoße dazu machen.« Frederik zog das vibrierende Handy aus seiner Hosentasche. »Das ist Niklas, darf ich dich mit dem Essen vorerst alleine lassen?«

»Bleib du nur bei den Welpen, ich überlasse dir dann
später als Ausgleich gern den Abwasch.« Onkel Karl
zog sich in die Küche zurück.

»Niklas, hey. Was gibt es?«, fragte er, ohne den Blick
von seinem Welpen zu wenden. »Ich hatte gar nicht
mit einem Anruf von dir gerechnet.«

»Das war so auch nicht geplant.« Niklas seufzte.
»Störe ich? Soll ich später noch einmal anrufen?«

»Ich habe Zeit«, versicherte Frederik und runzelte angesichts von Niklas' Tonfall die Stirn. »Was ist los? Du
klingst, als wäre etwas vorgefallen.«

»Ich klinge nicht nur so«, bestätigte Niklas und berichtete dann in Kurzform von seinem Patienten, Doktor
Jürgen und Doktor Jeske.

»Doktor Jürgen ist einfach ein Arsch. Sagen wir es, wie
es ist.« Frederik lächelte beim Anblick des kleinen Welpen auf seinem Schoß. »Und du unterstellst ihm weiterhin eine Verbindung zum Transplantationsskandal?
Niklas, was willst du damit erreichen? Die Prozesse
wurden geführt und die Mittäter verurteilt.«

»Wenn er da mitgemacht hat, gehört er ebenfalls vor
Gericht«, blieb Niklas stur. »Und so wie er sich mir gegenüber verhält verdient er noch ganz andere Sachen.«

»Jetzt klingst du, als wärst du auf einem persönlichen
Rachefeldzug«, stellte Frederik sachlich fest.

Niklas seufzte erneut. »Irgendetwas stimmt mit diesem Typen nicht und ich kann es nicht gut sein lassen,
verstehst du mich? Schon gar nicht, wenn ich höre,
dass Doktor Jürgen ein enger Freund und Kollege von
Doktor Hanson war. So viele Zufälle können doch gar
nicht sein.«

»Dann versuch dein Glück, Niklas, aber bitte verrenn dich nicht.« Ganz vorsichtig veränderte Frederik seine Position, um Baal nicht aufzuwecken.

»Wann kommst du nächste Woche nach Hamburg?«, wechselte Niklas abrupt das Thema. »Und wie lange wirst du bleiben?«

»Ich muss meinen Flug noch buchen. Aber wenn ihr am Freitag heiratet, werde ich im Laufe des Donnerstags in Hamburg aufschlagen«, überlegte Frederik laut. »Und zurückfliegen werde ich spätestens am Sonntag.«

»Du bleibst also länger in München?« Enttäuschung schwang in Niklas' Stimme mit. »Das hatte ich nach unserem letzten Telefonat bereits befürchtet. Hast du denn schon einen Plan, wie es für dich weitergeht? Ist München nur eine Zwischenstation? Wirst du dauerhaft in den Norden zurückkehren? Oder hast du ganz andere Ideen?«

»Darüber versuche ich gerade, mir klar zu werden.« Frederik legte den Kopf in den Nacken. »Unsere Freundschaft und meine Familie sind natürlich schwerwiegende Argumente für Hamburg. Für München hingegen spricht eigentlich nur mein Onkel und dass er wie ein Vater für mich geworden ist. An der Stadt selbst hänge ich nicht, ich kenne sie kaum.«

»Ich weiß nicht, ob mich das wirklich beruhigt«, bemerkte Niklas mit einer Mischung aus Lachen und Seufzen. »Was sind deine anderen Optionen? Wann wirst du wieder als Arzt anfangen?«

»Ich habe mit meinem Onkel über meine Pläne und Gedanken gesprochen«, berichtete Frederik nachdenklich. »Und er ist damit einverstanden, dass ich den Sommer bei ihm verbringe. Ich will Abstand zu den Ereignissen letztes Jahr gewinnen und wieder ein Stück weit zu mir selbst finden. Und das geht hier einfach besser, weil nicht hinter jeder Ecke eine Erinnerung lauert.«

»Verständlich. Und was ist mit deiner Familie? Wie geht es für sie weiter?«, fragte Niklas weiter.

»Die Villa haben wir ja schon in den ersten Monaten des Jahres ausgeräumt, jetzt kümmert sich ein Makler um den Verkauf. Mama hat sich eine Wohnung in der Stadt zugelegt und meine Brüder leben und arbeiten weiterhin auf dem Gestüt. So gesehen ist vieles beim Alten geblieben. Das ist nach der turbulenten Zeit auch ganz gut, denke ich.« Frederik schmunzelte.

»Und was ist mit deiner Freundin? Bisher hast du Caro mit keinem Wort erwähnt.« Niklas räusperte sich.

»Caroline hat Prüfungszeit, wir sehen uns nächste Woche bei eurer Hochzeit wieder.« Irritiert runzelte Frederik die Stirn. »Was soll eigentlich los sein? Alles läuft prima und könnte nicht besser sein.«

»Nur, dass sie in Hamburg ist und du in München. Was sagt Caro denn dazu, dass du den ganzen Sommer bei deinem Onkel verbringst? So lange dauert ihre Prüfungszeit ja auch nicht...«

»Was soll sie dazu sagen?«, wollte Frederik verstimmt wissen. »Diese Entscheidung betrifft in erster Linie mein Leben und mein persönliches Wohlergehen. Und so wie die letzten Wochen verlaufen sind war es genau die richtige Wahl, ich komme endlich zu Ruhe.«

Niklas blieb stumm.

»Ich weiß, Niklas, dass du nie ihr größter Fan warst«, redete Frederik rasch weiter. »Vielleicht war ich letztes Jahr tatsächlich ein wenig in sie verliebt. Vielleicht war sie für mich nie mehr als eine Affäre. Im Moment kann ich nur sagen, dass sie schon in Hamburg eine sehr untergeordnete Rolle in meinem Leben gespielt hat und ich sie im Moment noch nicht einmal groß vermisse. Sie lebt ihr Leben und ist mit ihrer Ausbildung sehr eingespannt. Und ich versuche, nach diesem Mist-Jahr endlich wieder klarzukommen. Sie hat kein Verständnis für mich und meine Baustellen, das ist wohl unser Hauptproblem.«

»Warum hältst du dann überhaupt noch an dieser Beziehung fest? Weil du Angst hast, allein zu sein?« Wie so oft traf Niklas den Nagel auf den Kopf.

»Sie hat einiges durchmachen müssen wegen mir beziehungsweise meiner Familie. Jetzt die Beziehung zu beenden, fühlt sich irgendwie ...« Frustriert brach Frederik ab. Noch immer fiel es ihm schwer, die richtigen Worte zu finden.

»Du wirst eine Lösung finden, wenn du bereit dazu bist.« Niklas klang recht nachdenklich. »Entschuldige, ich wollte da gerade nicht so forsch nachbohren, das war nicht meine Absicht.«

»Es ist schon gut.« Frederik streichelte wieder über Baals weiches Fell. »Aber lass uns doch noch einmal über dich sprechen. Gerade hast du meisterlich von deinen eigenen Baustellen abgelenkt, nur kenne ich zu lange, um mich davon täuschen zu lassen. Beruflich läuft es bei dir schwierig wegen diesem einen Patienten und Doktor Jürgen, aber was beschäftigt dich darüber hinaus? Wem oder was weichst du dermaßen hartnäckig aus?«

»Das hast du mitbekommen, ja? Ich hätte es mir den-

ken können.« Niklas seufzte schon wieder. »Ich ... ich weiß es nicht genau. Es ist viel im Umbruch mit unserer Hochzeit, unserer Wohnung und dem Baby. In den nächsten Wochen wird alles anders ...«
Stumm wartete Frederik.
»Versteh mich nicht falsch, ich freue mich auf diese neuen Schritte, denn sie machen den Neuanfang nach dem Skandal erst vollständig«, fuhr Niklas fort. »Nur ... mich lässt der Skandal nicht richtig los, ich hänge noch in der Vergangenheit fest. Wie kann ich mit der Zukunft richtig beginnen, wenn ich wegen der Erinnerungen an den Angriff noch nicht einmal mein Auto in der Tiefgarage parken kann?«
»Du hast Angst«, stellte Frederik sachlich fest. »Angst vor den Erinnerungen und Angst vor dem, was noch kommt. Ich verstehe das, mir geht es ja genauso. Nur renne ich davon. Ich renne bis nach München, um Vergangenheit und Gegenwart zu entkommen.«
»Brichst du die Therapien deswegen immer wieder ab?« Niklas hatte den Kern des Problems gefunden.
»Ich versuche, nicht zu zerbrechen. Ich versuche, die Teile von mir, die noch übriggeblieben sind, irgendwie zusammen zu halten.« Frederik schluckte schwer und atmete tief durch, doch die Tränen stiegen ihm unweigerlich in die Augen. »Was mein *Vater* getan hat, hätte mich zerstört, wäre Onkel Karl nicht gewesen. Carolinas Ermordung, meine Entführung, das blutige Finale auf dem Gestüt. All das hat mich in kleine Teile zerbrochen, die auseinanderzufallen drohen. Ich ...« Er zog die Nase hoch. »Ich habe Angst, dass alles einstürzt, sobald ich eine der Scherben berühre. Deswegen kann ich mich auf keine Therapie einlassen. Ich will nicht

noch weiter zerbrechen. Denn dann ist nichts mehr von mir übrig.«

Jetzt war es Niklas, der schwieg.

»Ich kann einfach nicht«, schluchzte Frederik unvermittelt los und drückte den kleinen Hundekörper an seine Brust. Allein der Gedanke an diese Ereignisse fühlte sich an wie ein glühendes Eisen, das ihm mitten durch das Herz gestoßen wurde.

»Dein Onkel hält dich also zusammen«, schlussfolgerte Niklas aus Frederiks Schilderungen. »Buchstäblich und im übertragenen Sinn.«

»Kann man so sagen, ja.« Frederik legte das Handy neben sich und nahm sich erst einmal ein Taschentuch, um sich die Nase zu putzen. »Und bei dir ist es Freja?«, vermutete er.

»Meine Psychologin und Freja teilen sich diese Rolle irgendwie«, bestätigte Niklas. Seine belegte Stimme zeugte ebenfalls von emotionalen Erinnerungen an das vergangene Jahr. »Nur habe ich immer noch das Gefühl, dass ich feststecke. Die Therapie … sie zieht sich und ich sehe keinen Fortschritt. Gleichzeitig vergeht die Zeit immer schneller und bis ich schaue ist das Baby auf der Welt. Ich bin überfordert, Frederik.«

»Weil du alles auf einmal gelöst haben möchtest. Das kenne ich gut von mir selbst, ich verstehe dich.« Frederik schmunzelte und streichelte über Baals dunkles Fell.

Kapitel 14

Leise schloss Doktor Jeske die Tür des Patientenzimmers hinter sich und näherte sich dem Bett.

»Wie geht es dir jetzt?«, fragte er leise.

Matt sah ihn Oliver Knappe an. »Ich bin froh und erleichtert, dass die Verlegung in die neue Klinik so schnell geklappt hat. Und dass ich dadurch nie wieder von diesem Doktor Thorsen behandelt werde.«

Der Teamarzt nickte, zog einen Stuhl näher an das Bett heran und setzte sich. »Das verstehe ich. Jetzt kannst du wieder zu Kräften kommen und gesund werden. Wir kümmern uns währenddessen um die ganzen rechtlichen Angelegenheiten.«

»Was habt ihr bisher herausfinden können?«, wollte Oliver Knappe wissen.

»Wir haben sämtliche Unterlagen von der Klinik angefordert und auch schon übergeben bekommen«, berichtete Doktor Jeske. »Ich habe die Berichte vorhin bereits überflogen und werde sie nun einem Gutachter weiterleiten, der die Grundlage für unsere Klage liefern wird.«

»Okay.« Oliver räusperte sich, doch nach den Operationen dicht hintereinander und der damit einhergehenden Beatmung war seine Kehle weiterhin gereizt. »Und wie siehst du das? Welche Fehler hat dieser Thorsen gemacht? Kann man damit auch verhindern, dass er je wieder Hand an einen Patienten anlegt?«

»Du willst ihm die Zulassung entziehen lassen?« Überrascht hob Daniel Jeske die Augenbrauen.
»Er hat meine Karriere und mein Leben zerstört«, erklärte Oliver wütend. »Und diese Verletzung hätte sich nie so entwickeln dürfen, ohne dass er Fehler gemacht hat. Also hat er in diesem Job nichts mehr verloren.«
»Ich verstehe. Wir werden das nach dem Gutachten dann mit den Anwälten klären«, versuchte der Mannschaftsarzt, seinen Patienten wieder zu beruhigen. Oliver jetzt die Details zu erklären, unter welchen Umständen man einem Arzt überhaupt die Approbation entziehen durfte, machte an dieser Stelle keinen großen Sinn.

Nach seinem Besuch bei Oliver fuhr Mannschaftsarzt Daniel Jeske zurück zum Vereinsgelände. Am Nachmittag trainierte die erste Mannschaft wieder, da musste er zumindest in Reichweite sein. Doch er konnte die Zeit für ein erneutes Fallstudium nutzen, die Krankenakte hatte er sich deswegen extra einmal kopiert, bevor er sie dem Gutachter weitergeleitet hatte.
Konzentriert blätterte der Orthopäde durch die Protokolle und begann erneut mit dem Aufnahmebogen aus der Notaufnahme. Vitalwerte und Schmerzen waren ebenso dokumentiert worden wie der Unfallhergang und die Verdachtsdiagnose. So gesehen hatte alles seine Ordnung. Eine Assistenzärztin hatte Oliver aufgenommen und gut eine halbe Stunde nach Eintreffen in der Nothilfe Röntgenaufnahmen veranlasst.
Halbe Stunde, Warten auf Röntgen.
Vielleicht kam er weiter, wenn er die einzelnen Zeiten separat zusammenschrieb. Vielleicht konnte man den

Ärzten rund um Doktor Thorsen damit eher nachweisen, dass sie Oliver zeitlich vernachlässigt und damit die Komplikationen erst ermöglicht hatten.
Halbe Stunde, Vorstellung Doktor Thorsen, OP-Aufklärung.
Sieben Stunden, OP durch Doktor Thorsen.
Diese Wartezeit war schlichtweg inakzeptabel und Doktor Jeske war sich sicher, dass die Gutachter das ähnlich sehen würden. Eine doppelte Unterschenkelfraktur war keine Operation, die man beliebig lange verschieben sollte. Olivers Schmerzen untermauerten dies ja auch einwandfrei.

»Warum haben sich diese Entzündung und das Kompartmentsyndrom gebildet?« Diese Frage ließ Daniel Jeske auch nach einigen Stunden nicht los.
Thorsen und auch sein Kollege hatten darauf beharrt, dass das Kompartmentsyndrom durch das Trauma beim Unfall selbst entstanden war.
Nur, warum hatten sie es dann nicht früher erkannt?
Früh erkannt hätte man viele Komplikationen vermeiden können wie die Nierenschädigung durch die Giftstoffe in Olivers Körper.
Vermutlich hätte man sogar die Amputation vermeiden können.
Und was die Entzündung anging, von der im letzten OP-Bericht die Rede war, woher kam diese weitere Komplikation?
War unsteril gearbeitet worden?
War bei den Verbandswechseln unsauber und unachtsam gearbeitet worden?
Anders war diese Komplikation für den Mannschafts-

arzt nicht zu erklären. Angeblich war die Entzündung im Muskelgewebe entstanden und nicht im Knochen. Das hieß jedoch nur, dass Thorsen bei der ersten Operation sauber gearbeitet hatte. Andernfalls hätte es auch im Knochen eine Entzündung geben müssen.

Aber wenn bei der Entlastung des akuten Kompartmentsyndroms Keime in die großen, offenen Wunden gekommen waren, hätte sich dort ohne Probleme diese massive Entzündung entwickeln können. Die große Frage war an der Stelle nur, wie er das Doktor Thorsen nachweisen konnte.

Kapitel 15

»Ah, Thorsen, guten Morgen.« Christian Jürgens arrogantes Grinsen war das Erste, was Niklas zu Beginn seiner nächsten Schicht zu sehen bekam. »Heute ist großer Entlassungstag – sie wissen, was das bedeutet: viele OP-Patienten. Ich hoffe, Sie haben gut geschlafen und noch besser gefrühstückt. Nicht, dass Ihnen wieder ein Fehler unterläuft oder harmlose Verletzungen aus dem Ruder laufen wie bei diesem Fußballer.«

Niklas hob eine Augenbraue. »Wie ... ähm, bitte was?«

»Moin zusammen!« Maximilian Vollmer betrat das Stationszimmer gemeinsam mit den Assistenzärzten. »Können wir beginnen?«

»Ein Fehler?«, wiederholte Niklas, nachdem Doktor Jürgen keine Anstalten machte, auf seine Frage zu antworten.

»Doktor Jeske hat seinen Schützling nicht mehr aus den Augen gelassen und ihn gestern noch in eine andere Klinik verlegen lassen«, berichtete Christian Jürgen schadenfroh. »Und selbst Sie müssen zugeben, dass eine Amputation keine übliche Komplikation bei einer simplen Fraktur ist.«

Wut blitzte in Niklas' Augen auf, während er sich krampfhaft um Beherrschung bemühte. Wenn er jetzt schon wieder mit Doktor Jürgen aneinandergeriet und Professor Schneider das mitbekam ... das wäre nicht die beste Entwicklung.

»Klärt das bitte später«, schritt Maximilian Vollmer kopfschüttelnd ein. »Wir haben alle einen straffen OP-Plan vor uns und zwei Kollegen, die nach der Nachtschicht nur noch schlafen wollen.«
»Wie lief die Nacht?«, wollte einer der übrigen Unfallchirurgen genervt von der Zankerei wissen.
»Gestern Abend gab es noch einen Neuzugang für die Intensivstation, den im Moment die Neurochirurgie federführend betreut«, berichtete Christian Jürgen sachlich, jedoch mit finsteren Seitenblicken zu Niklas. »Eine OP ist für heute Vormittag geplant. Je nach Kreislaufsituation und neurochirurgischem Befund kann das Becken während des gleichen Eingriffs stabilisiert werden. Ich habe Sie, Doktor Fuchs, bei den Kollegen auf die Rufliste gesetzt.«

Nach einer kurzen Frühbesprechung, die an diesem Tag ohne den Chefarzt stattfand, verließen die Unfallchirurgen das Arztzimmer zur Visite verließen.
»Von welchem Fehler sprechen Sie?«, wollte Niklas scharf wissen und hielt den Oberarzt am Ärmel fest.
Arrogant hob Doktor Jürgen nur eine Augenbraue. »Das habe ich Ihnen vorhin bereits erklärt. Solche Komplikationen deuten oft auf ärztliche Fehler hin. Und nachdem Sie der leitende Arzt in diesem Fall sind, liegt der Fehler zumindest in Ihrem Verantwortungsbereich.«
Niklas starrte ihn an. »Was wissen Sie noch? Haben Knappe und Jeske mit Ihnen gesprochen?«
»Thorsen, da geht mal wieder die Phantasie mit Ihnen durch – so wie letztes Jahr. Nur wird Ihnen niemand mehr diese Unschuldsnummer und Opferrolle abkau-

fen. Dafür sorge ich«, versicherte Christian Jürgen mit drohendem Unterton. »Überlegen Sie sich also gut, ob Sie sich mit mir anlegen wollen.«

»Hey!« Maximilian Vollmer war auf die Szene im Flur aufmerksam geworden und eilte heran. »Was macht ihr denn schon wieder?«

»Eine kleine, fachliche Meinungsverschiedenheit.« Schon riss sich Doktor Jürgen aus Niklas' Griff los und richtete demonstrativ seinen Kittel. »Beginnen wir die Visite.«

Kopfschüttelnd sah Maximilian ihm nach, dann musterte er Niklas. »Was sollte das werden? Ihr seid beide auf Bewährung und du sollst deinen Vertrag neuverhandeln. Ein ziemlich blöder Zeitpunkt, den Chefarzt zu verärgern, findest du nicht?«

Zu Niklas' großem Glück verabschiedete sich Christian Jürgen kurz nach der Visite in den Feierabend, sodass sie zumindest für diese Schicht nicht wieder aneinandergeraten konnten. Stattdessen wurde Niklas in das Büro des Chefarztes gerufen.

»Doktor Thorsen, bitte.« Professor Schneider bot Niklas wie am Vortag einen Platz in der kleinen Sitzgruppe an und setzte sich ihm gegenüber. »Ich hatte eben ein langes Gespräch mit Doktor Jeske zu Ihrem Patienten Oliver Knappe.«

Nur mit Mühe unterdrückte Niklas ein Seufzen. Das Gespräch mit dem Chefarzt war abzusehen gewesen, spätestens seit Doktor Jeskes Klage-Ankündigung vom Vortag. In Kombination mit den Andeutungen von Doktor Jürgen hatte er ein äußerst ungutes Gefühl.

»Sie haben den Patienten seit seiner Einlieferung be-

handelt, dementsprechend muss ich auf den Verlauf nicht weiter eingehen«, begann Professor Schneider. »Um es kurz zu machen: Doktor Jeske wirft der Klinik stellvertretend für Oliver Knappe und den Fußballverein vor, Fehler bei der Behandlung gemacht zu haben. Der Fall wird extern aufgearbeitet werden müssen, es geht um hohe Versicherungssummen, Schadensersatzforderungen und so weiter und so fort.«
Niklas schluckte vernehmlich und rutschte unruhig im Sessel hin und her. »Und das bedeutet konkret für mich?«, fragte er unsicher und nervös zugleich.
»Ich muss alle beteiligten Kollegen zu diesem Fall befragen, unsere Rechtsabteilung wird ebenfalls dabei sein«, erklärte Professor Schneider. »Es geht nicht darum, Sie oder einen Ihrer Kollegen an den Pranger zu stellen, Doktor Thorsen. Vielmehr müssen wir uns gemeinsam mit den Klinikanwälten zu einer Verteidigung formieren. Und das geht nur, wenn alle Fakten auf dem Tisch liegen. Ich möchte mit Ihnen beginnen, weil Sie der leitende Arzt dieser Behandlung waren. Alle weiteren beteiligten Kollegen werde ich im Anschluss befragen.«
»Okay.« Nervös räusperte sich Niklas.

Gut zehn Minuten später war der Anwalt aus der Rechtsabteilung eingetreten und hatte seinen Laptop auf den Besprechungstisch gestellt. Offenbar hatte Professor Schneider dieses Aufeinandertreffen bereits im Vorfeld arrangiert.
»Beginnen wir.« Chefarzt Schneider nickte. »Wir werden die Behandlung von Oliver Knappe von Anfang an bis zur Verlegung gestern durchgehen. Jeder Handgriff

ist wichtig und sollte in den Verlaufsprotokollen vermerkt sein. Dennoch möchte ich Sie bitten, Doktor Thorsen, möglichst detailliert zu berichten. Natürlich können Sie jederzeit in der Akte nachblättern.«

»Okay.« Schon wieder räusperte sich Niklas, doch der Kloß in seinem Hals blieb.

»Wer hat Oliver Knappe vom Rettungsdienst übernommen und die ersten Untersuchungen durchgeführt? Wer war dabei?«

»Soweit ich weiß, war das Doktor Lucas. Sie hat mich zur Auswertung der Röntgenbilder hinzugezogen.« Niklas nahm die Aktenkopie in die Hand und blätterte zu den ersten Untersuchungsprotokollen. »Ich habe den Patienten über das Ausmaß der Verletzung und die weiteren Maßnahmen aufgeklärt. Nachdem er über starke Schmerzen geklagt hat, habe ich Medikamente verabreicht und bin anschließend gegangen.«

»Haben Sie die Arbeit der Assistenzärztin überprüft?«, wollte der Anwalt wissen und sah von seinem Laptop auf.

»Überprüft?« Niklas runzelte die Stirn. »Wenn Sie damit meinen, dass ich jeden Handgriff noch einmal ausgeführt habe, nein. Aber ich habe gesehen, dass das Bein richtig gelagert war und alle nötigen Untersuchungsergebnisse vorlagen. Das hat mir ausgereicht, um zu sehen, dass Doktor Lucas Ihre Aufgaben korrekt ausgeführt hat.«

»Verstehe.« Der Anwalt sah wieder starr auf den Laptop und notierte sich etwas. »Gab es weitere mögliche Ursachen für die Schmerzen des Patienten?«

»Er hatte eine traumatische Verletzung in genau dem Bereich, in dem die Schmerzen lokalisiert waren. Weitere Verletzungen waren nicht ersichtlich und der Zusammenhang zwischen der Fraktur und den starken Schmerzen war plausibel.« Niklas schüttelte den Kopf. »Wie ging es dann weiter? Während Herr Knappe auf eine OP warten, musste haben Sie sich um weitere Patienten gekümmert?«

Jeder Behandlungsschritt wurde von dem Anwalt hinterfragt und auf mögliche Fehler hin untersucht. Das galt für die durchgeführten Operationen ebenso wie für die Untersuchungen auf Station.

»Wenn Sie alle Schritte so durchgeführt haben, wie es die Verlaufsprotokolle und Ihre Schilderungen belegen, frage ich mich, wie es zu dieser starken Entzündung kommen konnte«, stellte der Anwalt mit gerunzelter Stirn fest. »Unter Einhaltung aller Hygienevorschriften und ...«

»Da war noch etwas Seltsames«, unterbrach ihn Niklas aufgeregt, denn ihm war gerade etwas wieder eingefallen. »Als ich den Patienten kurz vor der letzten Operation untersucht habe hat er gesagt, dass nachts ein Verbandswechsel durchgeführt worden ist. Davon ist aber nichts im Verlaufsprotokoll vermerkt worden und ich hatte das nie angeordnet. Möglicherweise ist da unsauber gearbeitet worden und das hat die Entzündung verstärkt.«

»Warum sollte das jemand tun?«, fragte Professor Schneider irritiert. »Sind Sie sicher, dass das tatsächlich stattgefunden hat und nicht eine Fieberphantasie Ihres Patienten war?«

»Der Verband ist definitiv erneuert worden«, bekräftigte Niklas. »Er war anders gewickelt als ich das am

Vortag im OP-Saal selbst gemacht habe. Da bin ich mir absolut sicher.«

»Sie erinnern sich an jeden Ihrer Verbände?«, zweifelte der Anwalt.

»Natürlich nicht. Aber ich habe eine bestimmte Technik, wie ich den Verband anbringe, das macht keiner meiner Kollegen so. Deswegen weiß ich, dass das nicht mehr der Verband aus dem OP war«, erklärte Niklas.

»Und wer soll den Verbandswechsel dann mitten in der Nacht vorgenommen haben? Das ergibt keinen großen Sinn, Doktor Thorsen.«

»Fragen Sie die Kollegen aus der Nachtschicht, fragen Sie Oliver Knappe, ob er sich noch an irgendetwas erinnert. Ich kann Ihnen dazu nichts sagen, ich hatte Feierabend und war zu der Zeit nicht in der Klinik.« Frustriert schüttelte Niklas den Kopf.

»Welche anderen Kollegen waren in welchem Umfang direkt an der Behandlung beteiligt?«

»Doktor Lucas in der Notaufnahme und teilweise während Nachtdiensten. Sie hat auch die erste OP gemeinsam mit mir durchgeführt.« Niklas dachte nach. »Doktor Dobner hat mir bei den anderen beiden Operationen assistiert. Und Doktor Vollmer, mit ihm habe ich die weitere Behandlung und deren Alternativen durchgesprochen.«

»Dann werden wir auf jeden Fall auch noch mit diesen Kollegen über die Behandlung sprechen«, stellte der Anwalt fest.

»Und wie geht es jetzt für mich weiter?«, fragte Niklas beunruhigt.

»Sie werden Ihrem Dienst ganz normal nachgehen, Doktor Thorsen. Diese Aufarbeitung dient im Moment nur der Vorbereitung und kommt erst dann zum Tragen, wenn Herr Knappe und sein Verein offiziell weitere Schritte einleiten«, erklärte der Chefarzt mit ruhiger Stimme. »Die Beweispflicht liegt auch nicht bei uns, sondern beim Patienten.«

»Okay.« Niklas räusperte sich.

»Ich möchte Sie abschließend bitten, Doktor Thorsen, dass Sie diese Besprechung vertraulich behandeln«, fügte der Anwalt hinzu. »Sollte Ihr Patient rechtliche Schritte gegen Sie einleiten, werden wir uns noch einmal zusammensetzen.«

Kapitel 16

Der Abschied von Onkel Karl und Welpe Baal fiel Frederik am Donnerstag nicht so leicht, wie er das erwartet hätte.

Nicht nur deswegen plagten Frederik auf dem kurzen Flug von München nach Hamburg äußerst gemischte Gefühle. München war inzwischen zu einer Art Ruhepol geworden, während Hamburg großes Stresspotential bedeutete. Der Transplantationsskandal, das Kapitel mit seinem Vater, Caroline und noch so einiges mehr. Allein der Gedanke daran ließ sein Herz nervös schneller schlagen.

Die Gespräche zuletzt mit Niklas und Onkel Karl über Caroline hatten ihn zudem nachdenklich gestimmt.

Wie stand er überhaupt zu dieser Beziehung?

Wie viel bedeutete ihm Caroline?

Liebte er sie?

Würde er mit den Gefahren, die die ersten Praktika auf Polizeidienststellen mit sich brachten, umgehen können?

Fühlte er sich von Caroline überhaupt verstanden?

War sie die Frau, die er sich wirklich an seiner Seite wünschte?

Warum hielt er an dieser Beziehung fest, obwohl sie ihm offensichtlich nicht guttat?

All diese Gedanken spukten Frederik auch nach der pünktlichen Landung in Hamburg durch den Kopf. Nur mit seinem Handgepäck verließ er den Sicherheitsbereich und ließ dann seufzend den Blick schweifen. Caroline hatte überschwänglich auf seine letzte Nachricht reagiert und darauf bestanden, ihn vom Flughafen abzuholen. War sie schon hier? Oder …

»Ich habe dich so vermisst!«, rief Caro und rannte die letzten Schritte auf ihren Freund zu.

»Schön, dich zu seh…« Weiter kam Frederik nicht, denn Caroline küsste ihn bereits verlangend. Überforderung machte sich in ihm breit, wenngleich ihn die Berührungen und Küsse seiner Freundin durchaus erregten.

»Komm, fahren wir nach Hause.« Caroline nahm seine Hand und führte ihn zu ihrem Auto in der Kurzparkzone. »Wie war dein Flug?«

»Unruhig dank der Gewitterwolken über Mitteldeutschland, aber das stört mich ja nicht unbedingt.« Frederik unterdrückte ein Gähnen und stieg auf der Beifahrerseite ein, Caroline setzte sich hinter das Steuer. »Wie liefen denn deine Prüfungen? Hast du jetzt alle durch oder kommt da noch etwas?«

»Nein, damit bin ich durch. Das wüsstest du längst, wenn du deine Nachrichten lesen würdest.« Verärgert warf Caroline Frederik einen Seitenblick zu und lenkte den Kleinwagen dann rückwärts aus der Parklücke.

»Tut mir leid«, murmelte Frederik und seufzte. »Ich … Wenn ich in München bin, liegt das Handy meistens in irgendeiner Tasche. Bei Onkel Karl ist auf dem Gestüt so viel zu tun, da fehlt mir das Gerät nicht einmal.«

»Scheinbar ist es nicht nur das Gerät, das dir nicht fehlt.« Caroline seufzte und passierte die Schranke an der Parkplatzausfahrt. »Wie lange willst du eigentlich noch in München bleiben? Und wirst du mich gleich wieder links liegen lassen, sobald du am Sonntag in das Flugzeug gestiegen bist? Was bin ich noch für dich, Frederik? Eine Partnerin? Eine Freundin? Oder noch nicht einmal mehr das?«

Stumm sah Frederik aus dem Seitenfenster. »Lass uns später darüber diskutieren«, murmelte er und schloss die Augen. Vielleicht bekam er so noch ein paar Minuten Ruhe geschenkt, in denen er seine Gedanken sortieren konnte.

War er schon so weit, vollendete Tatsachen zu schaffen und diese Beziehung zu beenden?

Oder hatten er und Caroline doch eine Chance, wenn sie beide daran arbeiteten?

Caroline schwieg die restliche Fahrt über, erst in ihrem Zimmer in der väterlichen Wohnung ergriff sie wieder das Wort.

»Beantwortest du mir jetzt meine Frage von vorhin?«, bat sie ihn angespannt und verschränkte die Arme. »Was bin ich noch für dich? Deine Freundin? Oder jemand, mit dem du gern spielst, wenn es dir gerade in den Kram passt?«

»Ich spiele keine Spiele«, seufzte er und stellte sich an das Fenster, ohne Caroline anzusehen. »Ich habe keine Antworte auf diese Frage, das ist es ja.«

»Glaubst du ernsthaft, dass ich dir das abkaufe? Was zum Teufel machst du die ganze Zeit in München? Hast du eine Geliebte? Wann kommst du dauerhaft nach Hamburg zurück?« Wütend schnaubte Caroline. »Verkauf mich nicht für dumm, Frederik. Ich merke doch, dass du etwas vor mir verheimlichst.«

»Ich kann dich nicht zwingen, mir zu glauben«, entgegnete Frederik ruhig und sah hinunter auf die Straße.
Zahlreiche Fußgänger waren unterwegs und schienen
das sonnige Wetter zu genießen. »Ich werde den Sommer bei meinem Onkel in München verbringen und
erst im September nach Hamburg zurückkehren. Wie
es darüber hinaus weitergehen soll, ich habe keine Ahnung. Ich weiß, dass ich eine Therapie machen muss,
um das ganze letzte Jahr aufzuarbeiten. Ich weiß, dass
ich Entscheidungen treffen muss, wie es in welcher Klinik beruflich für mich weitergehen soll. Ich muss mich
entscheiden, wo ich künftig wohnen will. Und irgendwo in diesem Wirrwarr aus offenen Entscheidungen stehst du.« Er atmete tief ein und ließ die Luft
langsam wieder ausströmen. »Du bist mir wichtig.«
»Liebst du mich noch? Siehst du mich noch als deine
Freundin?«, fragte sie mit bebender Stimme. »Denn
die letzten Wochen zeigen, dass wir beide entweder
eine komplett unterschiedliche Auffassung von wichtigen Menschen in unserem Leben haben oder dass du
das eben nur so dahin gesagt hast.«
Frederik schüttelte den Kopf. »Ich lasse mich nicht zu
einem Liebesgeständnis oder anderen Aussagen zwingen«, stellte er angespannt klar. »Ja, mein Verhalten
in den letzten Wochen war nicht immer optimal und
ich hätte mich öfter melden sollen. Aber ich kann nicht
mehr, Caroline. Das letzte Jahr hat verdammt tiefe
Spuren hinterlassen und das vor ein paar Wochen vor
Gericht alles noch einmal durchleben zu müssen hat es
kaum besser gemacht. Ich muss das, was von mir noch
übriggeblieben ist, zusammenhalten. Und da hilft es
nicht, wenn jemand Dinge einfordert, die ich im Mo-

ment nicht geben oder leisten kann, verstehst du? Ich bin einfach erledigt.«

Jetzt war es Caroline, die schwieg.

»Vielleicht brauchen wir eine Pause voneinander und unserer Beziehung. So kann es jedenfalls nicht weitergehen und ich will nicht jeden Tag mit dir über die gleichen Themen streiten. Das tut uns beiden nur weh.«

Frederiks Herz pochte heftig, nachdem sich seine Worte einfach verselbstständigt hatten.

»Eine Pause ...«, wiederholte Caroline und schluckte. »Das ist eine Trennung auf Raten, Frederik. Und wieder nichts Halbes und nichts Ganzes.«

»Ich wollte diese Brücke nicht komplett einreißen. Wenn es mir bessergeht, kann aus uns immer noch etwas werden.« Frederik seufzte. »Du bist mir wichtig und ohne den Transplantationsskandal letztes Jahr hätte aus uns echt etwas werden können. Aber... «

»Ich werde mit Sicherheit nicht bettelnd auf dich warten, während du versuchst, dein verlorenes Ich wiederzufinden«, stellte Caroline wütend fest. »Wenn ich dir wichtig bin, dann lass dich doch darauf ein. Warum musst du mich loslassen, um dich selbst zu finden? Das ist sowas von unlogisch ... Unsere Beziehung und deine Selbstfindung schließen einander doch nicht aus!«

»Wir stehen an völlig unterschiedlichen Punkten, Caroline, auch wenn du dir das nicht eingestehen möchtest. Du steckst mitten in deiner Ausbildung und wirst bestimmt eine großartige Polizistin. Aber ich hänge in der Vergangenheit fest und brauche etwas anderes vom Leben und meiner Partnerin, als du mir im Moment zu geben bereit bist.« Er schüttelte den Kopf.

»Dann war es das also? Du wirfst unsere Beziehung einfach weg?« Caroline packte ihn am Oberarm.

»Ich werfe nichts einfach so weg«, stellte Frederik klar und atmete abermals tief durch. »Aber du zeigst mir erneut, dass du nicht bereit bist, auf mich zuzugehen und mir zu helfen, wenn es mir nicht gut geht. Du hast noch nicht einmal Verständnis für meine Probleme. So kannst du keine Beziehung führen, Caroline, das ist faktisch zum Scheitern verurteilt.« Er riss sich los.

»Du bist nicht der Einzige, der letztes Jahr Schreckliches durchlebt hat!« Prompt ging Caroline zum Gegenangriff über. »Deine Brüder, deine Mutter, dein Onkel, Niklas … alle haben einen Weg gefunden, weiterzumachen. Ich bin angeschossen worden, verdammt noch mal! Und trotzdem setze ich meine Ausbildung fort und vergrabe mich nicht in Selbstmitleid! Eine Phase der Trauer und Fassungslosigkeit ist legitim, aber du suhlst dich seit Monaten darin. Das ist nicht gesund — weder für dich noch für irgendeine Beziehung.«

»Es ist besser, wenn ich morgen allein zu Niklas' Hochzeit gehe«, quetschte sich Frederik durch die zusammengebissenen Zähne, wandte sich ruckartig um und durchquerte den Raum mit langen Schritten.

»Ja, renn nur weg, das kannst du am besten!«, rief ihm Caroline aufgebracht hinterher. »Aber erwarte nicht, dass ich mit ausgebreiteten Armen auf dich warte, wenn du deine Selbstfindungsphase abgeschlossen hast!«

»Leb wohl«, murmelte Frederik, nahm seine kleine Reisetasche und verließ die Wohnung leise. Eilig lief er die Stufen hinunter und trat durch die Haustür hinaus auf den Bürgersteig. So war das nie geplant gewesen

und doch fühlte es sich befreiend an. Als hätte er eben ein tonnenschweres Gewicht von seiner Brust geschoben. Als könnte er endlich wieder richtig Luft holen.
War das das ultimative Zeichen, dass er die richtige Entscheidung getroffen hatte?
Oder war das nur eine kurze Momentaufnahme und das böse Erwachen kam später?

Sein erster Weg führte Frederik hinunter zu den Landungsbrücken. Er ließ sich von den Touristengruppen über die Pontons schieben und fand schließlich im oberen Bereich eine freie Bank, auf der er etwas zur Ruhe kommen und überlegen konnte, was er mit dem unverhofft freien Nachmittag und Abend so machen wollte. Im Grunde blieben ihm nur zwei Optionen: Niklas oder seine Brüder, denn seine Mutter war seit drei Wochen auf Konzertreise in Südamerika.
Eine Weile hing Frederik nur seinen Gedanken nach, dann machte er sich auf den Weg zu Niklas' und Frejas Wohnung, die keine zehn Minuten entfernt war. Vielleicht hatte er Glück und seine Freunde hatten Zeit, ansonsten konnte er immer noch zum Gestüt fahren.

»Hallo Fremder!« Freja erwartete Frederik in der weit geöffneten Wohnungstür und umarmte Frederik freundschaftlich. »Ich dachte, wir sehen uns erst morgen am Standesamt?«
»Das dachte ich auch.« Er folgte Freja in die Wohnung. »Niklas sollte gleich zurück sein, ich habe ihn einkaufen geschickt.« Freja streichelte sich über den runden Babybauch. »Irgendwie ist uns schon wieder die Eiscreme ausgegangen ...«

»Verstehe.« Frederik schmunzelte und stellte seine kleine Reisetasche unter die Garderobe. »Gut siehst du aus, die neue Frisur steht dir ausgezeichnet.«

»Es ist sehr ungewohnt«, gab Freja zu und fuhr sich durch das kinnlange Haar. »Niklas liebt den neuen Schnitt mehr als die Kurzhaarfrisur und mir gefällt es auch sehr gut.« Sie ging voran in das Wohnzimmer. »Aber was ist mit dir? Wolltest du den Tag nicht mit Caroline verbringen? Wart ihr nicht verabredet?«

»Wir waren verabredet und sie hat mich vorhin vom Flughafen abgeholt«, bestätigte Frederik seufzend.

»Okay, und was ist dann passiert?«, wollte Freja besorgt wissen. »Geht es ihr nicht gut? Oder …«

»Wir haben uns getrennt«, erklärte Frederik mit bemüht fester Stimme.

»Ihr … was?« Ächzend setzte sich Freja auf das Sofa und runzelte die Stirn. »Ich dachte, ihr … wart ihr zuletzt nicht wieder auf einem guten Weg? Oder …?«

»Vom guten Weg sind wir schon während des Gerichtsprozesses zum Transplantationsskandal abgekommen«, berichtete Frederik und setzte sich ebenfalls. »Sie hat kein Verständnis für mich und auch keine Geduld, dass ich manche Probleme anders angehe oder erst einmal vor ihnen davonlaufe. Ich weiß, dass ich einiges angehen muss. Daran arbeite ich mit meinem Onkel, bevor ich hier in Hamburg wieder zu einem Therapeuten gehe.« Frederik raufte sich das Haar. »Letzten Endes waren wir wohl einfach zu verschieden und der Altersunterschied zu groß, fürchte ich.«

»Das tut mir leid.« Freja lächelte mitfühlend. »Ich hätte es dir sehr gewünscht, mit Caroline dein perfektes Gegenstück gefunden zu haben. Aber wahrscheinlich waren das Timing und die Parallelen zu Carolina einfach zu viel …«

»Wahrscheinlich, ja.« Frederik räusperte sich. »Ich werde morgen dann auch ohne Begleitung zu eurer Hochzeit kommen. Ich hoffe, das macht bei eurer Reservierung keine Probleme? Ansonsten …«

»Ich rufe später im Restaurant an und sage Bescheid, aber das sollte keine Probleme mit sich bringen.« Freja sah auf, als die Wohnungstür aufgeschlossen wurde. »Da kommt ja mein Eis!«

»Ich musste in den anderen Supermarkt gehen, weil die im ersten deine Lieblingssorten nicht mehr vorrätig hatten«, erklärte Niklas und blieb überrascht in der Tür stehen. »Frederik? Was machst du denn hier? Ist alles in Ordnung?«

»Wisst ihr was? Ich kümmere mich um das Eis und ihr könnt reden«, schlug Freja vor, stand auf und nahm Niklas die Tiefkühltragetasche aus der Hand.

»Bist du dafür wirklich bereit?«, fragte Daniel Jeske nachdenklich und zog den Zündschlüssel ab.

»Dieser Verein ist ein gewaltiger Teil meines Lebens«, erklärte Oliver Knappe mit Blick nach vorn durch die Frontscheibe. »Ich werde mich nicht verstecken und von der Mannschaft separieren, auch wenn ich nie wieder zusammen mit ihnen auf dem Platz stehen werde.« Er schluckte merklich, sein Blick wurde glasig. »Es darf ruhig jeder wissen, was mir dieser Doktor Thorsen angetan hat. Er braucht nicht zu glauben, dass er damit durchkommt.«

»Von einer öffentlichen Hetzjagd gegen diesen Arzt solltest du dennoch absehen, solange seine Schuld nicht offiziell festgestellt wurde«, warnte ihn Doktor Jeske ernst. »Andernfalls kann er rechtlich gegen dich vorgehen und damit ist niemandem geholfen.«

»Holst du den Rollstuhl?« Oliver ging gar nicht auf die Worte des Mannschaftsarztes ein, sondern löste den Sicherheitsgurt und öffnete die Beifahrertür.

Medienvertreter waren an diesem trainingsfreien Nachmittag nicht am Trainingsgelände zu finden, sodass Oliver Knappe und Daniel Jeske das Vereinsgebäude von der Öffentlichkeit ungesehen betreten konnten. Sie kamen nur langsam voran, doch Oliver wehrte sich aggressiv gegen jede angebotene Hilfe.

Verbissen kämpfte er sich mit dem Rollstuhl bis zum Besprechungsraum, wo sie bereits erwartet wurden.

»Herr Knappe, hallo.« Ein Mann im schwarzen Designeranzug stand auf und kam die wenigen Schritte auf ihn zu. »Mein Name ist Hartmut Klinghammer, ich werde Ihren Fall rechtlich vertreten.«

»Mhm.« Oliver ignorierte die angebotene Hand und schob sich weiter an den Besprechungstisch, wo bereits ein Stuhl beiseitegestellt worden war, um ihm Platz zu verschaffen. »Und wer sind Sie?«, fragte er den anderen unbekannten Mann.

»Joachim Wegener, ich habe ein Gutachten zu Ihrer Behandlung erstellt.«

»Mhm.« Abermals hielt sich Oliver nicht mit Höflichkeiten auf, sondern starrte den Gutachter auffordernd an. »Zu welchem Schluss sind Sie gekommen? Welche Fehler sind gemacht worden? Können Sie diesem Doktor Thorsen nachweisen, dass er mich absichtlich zum Krüppel gemacht hat?«

»Herr Knappe, ich kann mir vorstellen, dass das für Sie eine sehr aufwühlende Zeit mit vielen Unbekannten ist und dass Sie möglichst schnell Ergebnisse sehen wollen.« Joachim Wegener schlug seine Mappe auf und überflog den Text auf dem obersten Blatt Papier kurz. »Medizinisch gesehen ist Ihr Fall kompliziert, denn es sind zahlreiche Komplikationen eingetreten, deren Auftretenswahrscheinlichkeiten für sich gesehen bei unter einem Prozent liegen.«

»Und? Konnte Doktor Thorsen die Wahrscheinlichkeiten durch seine Unfähigkeit nicht ein wenig nach oben korrigieren?«, unterbrach Oliver Knappe den Vortrag ungeduldig.

»Das akute Kompartmentsyndrom hat den Stein ja erst ins Rollen gebracht, deswegen habe ich mir zunächst die Anfänge der Behandlung genauer angesehen«, fuhr der Gutachter fort, als hätte es die Unterbrechung gar nicht gegeben. »Die Operation wurde nach Lehrbuch durchgeführt, es gab keine Anzeichen für unsteriles Arbeiten oder andere ärztliche Fehler. Auch die postoperative Beobachtung erfolgte in den vorgeschriebenen Zeitintervallen.«

»Sie wollen mir damit gerade aber nicht ernsthaft verkaufen, dass dieses Arschloch nichts falsch gemacht hat?«, fauchte Oliver Knappe wütend.

Nach vollständigem Bericht des Gutachters übernahm der Rechtsanwalt des Vereins, um Oliver die juristischen Möglichkeiten aufzuzeigen.

»Es ist Ihr gutes Recht, Herr Knappe, Ihre Behandlung untersuchen zu lassen und den betroffenen Arzt bei Fehlern zur Rechenschaft zu ziehen.« Hartmut Klinghammer ließ sich von Oliver Knappes schlechter Laune nicht beirren. »Das Gutachten kann leider keinen direkten Kunstfehler oder mutwilligen Behandlungsfehler nachweisen. Alles, was wir haben, sind Indizien. Da gibt es die langen Wartezeiten, das erst sehr spät erkannte akute Kompartmentsyndrom und die entzündeten beziehungsweise abgestorbenen Bereiche im Unterschenkel, die letztlich zur Amputation geführt haben.«

»Er hat nie gesagt, dass es so schlimm wird«, beharrte Oliver Knappe stur.

»Sie haben die OP-Aufklärungen entsprechend unterzeichnet und damit bestätigt, über alle Komplikationsmöglichkeiten aufgeklärt worden zu sein. Doktor Thorsen im Nachhinein das Gegenteil nachweisen zu wollen ist ein Ding der Unmöglichkeit«, hielt der Anwalt sachlich dagegen.

»Und diese Entzündung? Hätte er nicht unsauber gearbeitet wäre es nie dazu gekommen! Es muss doch einen Weg geben, diesen Arzt endlich aus dem Verkehr zu ziehen!«, brauste Oliver Knappe auf. »Er kann doch nicht unbehelligt weiter Menschen gefährden, nachdem er mein Leben total verpfuscht hat.«

»Natürlich können Sie eine Klage auch auf Indizien aufbauen und weitere Gutachter bemühen, Herr Knappe, dieser Weg steht Ihnen selbstverständlich frei. Aus juristischer Sicht wäre es natürlich am besten, wenn Sie einen Zeugen für elementare Behandlungsschritte hätten oder Aussagen von Doktor Thorsens Kollegen, dass er es beispielsweise mit sterilen Arbeiten nicht sonderlich genau nimmt.« Der Anwalt klappte seine Mappe zu. »Die Entscheidung über das weitere Vorgehen liegt bei Ihnen.«

Kapitel 18

Erleichtert verließ Frederik den Sicherheitsbereich des Münchner Flughafens am frühen Samstagnachmittag und schloss seinen Onkel lächelnd in die Arme.

»Danke.« Frederik lächelte zerknirscht. »Langsam bekomme ich aber ein schlechtes Gewissen, weil du mich so oft irgendwo abholst.«

»Schon gut.« Karl von Gerblung lächelte und ging voran zum Parkdeck. »Ich war nur sehr verwundert, dass du nicht erst morgen Abend zurückkehrst. War die Sehnsucht nach Baal so groß oder ist in Hamburg etwas vorgefallen?«

»Ich habe mit Caroline Schluss gemacht«, seufzte Frederik und stellte seine Reisetasche in den Kofferraum. »Das hatte ich eigentlich gar nicht vor, aber sie war nicht bereit, kleinste Zugeständnisse zu machen. Da hatte ich dann keine große Wahl mehr.« Er setzte sich auf den Beifahrersitz und wartete, bis sein Onkel ebenfalls in das Auto gestiegen war. »Aber es war die richtige Entscheidung, das habe ich hinterher recht schnell gemerkt. Es fühlt sich alles sehr viel freier an.«

»Ich verstehe.« Onkel Karl parkte aus und schüttelte den Kopf, weil sich das nächste Fahrzeug prompt in die Parklücke drängelte. »Der hätte aber auch warten können, bis ich einen Meter weiter gefahren bin.«

»Er fand deinen Kofferraum eben reizvoll und wollte ihn haben.« Frederik schüttelte lächelnd den Kopf. Ja, hier war er im Moment goldrichtig. Sein Onkel war in den letzten Wochen zu einem echten Vaterersatz für ihn geworden und half ihm so unbewusst, das unschöne Kapitel mit seinem eigenen Vater zu sortieren und besser damit klarzukommen.

»Ich glaube es auch.« Mit einem Lachen hielt Karl an der Parkplatzschranke und schob das Parkticket in den Automaten. »Wie war eigentlich die Hochzeit von Niklas und Freja? Konntest du den Tag trotz deiner frischen Trennung ein wenig genießen?«

»Die Hochzeit war wunderbar«, berichtete er. »Niklas und Freja wollen die große Feier mit Freunden und der ganzen Familie nächstes Jahr nachholen, wenn das Baby auf der Welt ist. Deswegen waren wir nur im kleinsten Kreis, aber das hat diesen Moment auch so einzigartig gemacht.«

»Ihr seid lange befreundet, da nimmt man so wichtigen Ereignisse ganz anders auf«, stellte Onkel Karl fest.

»Und ich freue mich sehr für euch, dass eure Freundschaft schon so lange Bestand hat und selbst diese Erschütterungen letztes Jahr heil überstanden hat.«

»Die Erschütterungen kamen ja von außerhalb und hatten primär nichts mit der Freundschaft von Niklas und mir zu tun.« Frederik lächelte gedankenverloren. »Aber es hat auch den großen Vorteil, dass ich Niklas kaum etwas erklären muss, wenn wir über die Ereignisse von letztem Jahr sprechen. Er versteht mich, weil er ähnliches durchgemacht hat.«

»Bewahrt euch das gut, solche Freunde findet man selten.« Karl steuerte den Wagen auf die Autobahn und stellte den Tempomat ein.

»Wenn ich Niklas nächstes Mal sehe, ist das Baby

schon auf der Welt. Das ist echt Wahnsinn, wie schnell die Zeit rennt. Und wie viele Schritte er mir inzwischen voraus ist.«

»Du weißt schon, dass das zwischen euch kein Wettstreit ist? Und dass ihr beide unter völlig unterschiedlichen Voraussetzungen gestartet seid?«

»Natürlich ist mir das bewusst. Nur …« Frederik dachte eine Weile nach, wie er seine Gefühle am besten in Worte fassen konnte. »Ich bin eifersüchtig«, gab er schließlich zu. »Niklas hat seine große Liebe geheiratet und gründet mit ihr nun eine Familie. Mehr wollte ich nie. Aber genau das werde ich nicht erreichen. Meine große Liebe ist tot.« Frederik schluckte und starrte aus dem Seitenfenster.

»Ich verstehe dich.« Karl wechselte auf die mittlere Fahrspur und trommelte mit den Fingern auf das Lenkrad. »Ich verstehe dich gut, weil ich in jungen Jahren ähnlich eifersüchtig auf Maximilian war. Er hatte alles und wusste es nie zu schätzen, während ich meine erste Ehe schon früh in den Sand gesetzt hatte. Max ließ mich das immer spüren, so ist es bei dir und Niklas Gott sei Dank ja nicht.«

»Er hat alles als Wettstreit gesehen, was?« Frederik knabberte an seiner Unterlippe herum. »Warum habt ihr beide nicht einfach tauschen können? Warum war er nicht der herrische Onkel und du der fürsorgliche Vater für uns? Warum haben wir diesen Tyrannen abbekommen?«

»Ich glaube, das hatte alles schon so seinen Sinn«, überlegte Onkel Karl laut. »Wer weiß, wie wir als Vater und Sohn miteinander ausgekommen wären. Vielleicht hätten wir uns ähnlich gefetzt wie du und Max.

170

Aber es bringt nichts, sich in diesen Eventualitäten zu verrennen, Frederik. Wir können nur versuchen, mit den Gegebenheiten bestmöglich umzugehen.«
Frederik nickte andeutungsweise. »Ich hoffe, dass ich einen Teil deiner Leichtigkeit bis zum Ende des Sommers lernen kann und aufhöre, mich in Eventualitäten und Selbstmitleid zu verrennen. Das hat mir Caroline am Donnerstag erst wieder vorgeworfen, kurz bevor wir Schluss gemacht haben.«
»Dass du dich in Selbstmitleid verrennst?« Karl warf ihm einen kurzen Seitenblick zu. »Das tust du zumindest bei mir eher selten.«
»Ich merke selbst, dass ich vieles nicht angehe und meinen *Vater* oder den Transplantationsskandal als Ausrede vorschiebe.« Frederik rutschte etwas tiefer in den Sitz. »Ich werde damit aufhören und glaube, dass Baal und du mir da echt gute Starthilfe gebt. Man muss anfangen, dann läuft es oft leichter.«

Kapitel 19

»So, Frau Burgmaier. Ich bin Doktor Vollmer, das ist mein Kollege Doktor Thorsen. Was ist Ihnen denn passiert?« Rasch überflog Maximilian die Patientendaten auf dem Aufnahmebogen.

Niklas hingegen musterte die ältere Dame vor ihnen aufmerksam, die ihren linken Arm mit ihrem rechten stabilisierte.

»Das ging alles so schnell«, begann Ellen Burgmaier aufgelöst und sah zwischen den Unfallchirurgen hin und her. »Ich war auf dem Weg zum Bäcker und bin mit dem Absatz am Bordstein hängen geblieben. Und dann lag ich auch schon und konnte meinen Arm nicht mehr bewegen.« Sie schüttelte den Kopf. »Da bringe ich meinen Sohn ganz schön in die Bredouille. Ich habe ihm doch versprochen, die Kinder heute Mittag vom Kindergarten abzuholen. Jetzt muss ich ihn erst einmal anrufen, dass ...« Ganz aufgewühlt schnappte sie nach Luft. »... ich kann doch so nicht ...«

»Beruhigen Sie sich bitte, Frau Burgmaier, Sie sind bei uns in guten Händen.« Niklas tauschte einen kurzen Blick mit Maximilian, der andeutungsweise nickte. »Erst einmal untersuche ich Ihren Arm, dann sehen wir weiter.«

»Ist gut.« Angespannt hielt die ältere Dame die Luft an, als Niklas den Oberarmknochen durch den dünnen Pullover hindurch befühlte.

»Wie viele Enkel haben Sie denn?«, wollte Maximilian Vollmer wissen, ohne Niklas' Untersuchung aus den Augen zu lassen.

»Zwei Buben und ein Mädchen. Der Jüngste ist gerade ein halbes Jahr alt.« Ellen Burgmaier lachte nervös.

»Haben Sie Kinder?«

Stumm fuhr Niklas mit der körperlichen Untersuchung fort. Seine linke Hand legte er auf die Schulter, während er mit rechts den Oberarm bewegte.

Ein Schmerzensschrei entfuhr seiner Patientin.

»Entschuldigung.« Niklas sah zu Maximilian. »Ich empfehle eine Röntgenuntersuchung, um das ganze Ausmaß der Verletzung beurteilen zu können.«

»Was ist denn mit meinem Arm?«, fragte Frau Burgmaier ängstlich dazwischen. »Was ist denn kaputt gegangen, Doktor Thorsen?«

»Warten wir die Röntgenuntersuchung ab. Wir sehen uns gleich wieder, Frau Burgmaier.« Niklas folgte Maximilian in das Arztzimmer, wo sie zumindest für den Moment unter sich waren.

»Wurdest du letzte Woche eigentlich auch zum Fall Knappe befragt?«, wollte Niklas nachdenklich wissen und setzte sich an einen der Computerarbeitsplätze.

»Du meinst von Professor Schneider?« Maximilian Vollmer nickte. »Reine Routine, das wurde nach dem Transplantationsskandal so eingeführt.«

Niklas seufzte. »Das habe ich mir schon gedacht, denn so etwas kenne ich von meiner Assistenzarztzeit nicht. Da wurden potentielle und tatsächliche Fehler komplett unter den Teppich gekehrt.«

»Professor Schneider versucht, das für unseren Fachbereich aufzubrechen«, berichtete Maximilian. »Und ich finde es gut. Fehler passieren und man sollte aus ihnen lernen oder sie in Zukunft gleich ganz vermeiden.«

»Macht Sinn. Wie siehst du eigentlich den Fall? Habe ich irgendetwas Offensichtliches falsch gemacht? Warum ist diese Behandlung so aus dem Ruder gelaufen?«, fragte Niklas weiter.

»Zwei von drei Operationen habe ich ja begleitet und da ist alles genauso abgelaufen, wie ich es selbst gehandhabt hätte.« Maximilian zuckte mit den Schultern und runzelte dann die Stirn. »Hat der Chef etwa gesagt, dass du einen Fehler gemacht hast?«

»Der Chef?« Niklas schüttelte den Mund, ein zynisches Lächeln war auf seinen Lippen aufgetaucht. »Nein, dazu hat er gar nichts gesagt. Aber Christian wird nicht müde, mir die Komplikationen bei Knappe unter die Nase zu reiben und anzudeuten, dass die nur durch einen ärztlichen Fehler entstanden sein können.«

»Ich habe es dir ja schon letzte Woche gesagt: Christian ist im Moment eigenartig und ich weiß nicht, was dahintersteckt. Ignoriere ihn, so gut es geht.« Maximilian loggte sich am Computer ein und suchte nach den Röntgenbildern von Frau Burgmaier. »Möchte mein Schulter-Praktikant einen Blick auf die Bilder werfen?«

»Schulter-Praktikant. Die Bezeichnung gefällt mir.« Niklas lachte und rollte mit dem Stuhl näher an den Tisch heran. »So etwas in der Art hatte ich bereits vermutet, der Oberarmkopf ist komplett abgetrennt.«

»Welches Vorgehen empfiehlst du?« Maximilian vergrößerte die Bruchstelle und veränderte die Kontrasteinstellungen.

»Du kannst eine Refixierung versuchen oder eine Prothese einsetzen.« Niklas beugte sich vor. »Wegen des Alters der Patientin tendiere ich zu einer Prothese. Damit hat sie eine gute Chance, das Gelenk in absehbarer Zeit wieder richtig belasten zu können.«

»Das Wissen der Facharztprüfung sitzt noch wunderbar. Das war eine typische Prüfungsfrage«, schmunzelte Maximilian. »Gut, dann lass uns mit Frau Burgmaier sprechen.«

Zurück in der Notfallkabine schien die Patientin bereits zu ahnen, wie schwer ihre Verletzung war.

»Ihr Oberarm ist tatsächlich gebrochen, die Bruchstelle liegt recht nah am Schultergelenk«, erklärte Niklas und zeigte Frau Burgmaier einen Ausdruck des Röntgenbildes.

»Das bedeutet, wir müssen Sie operieren«, fuhr Maximilian fort. »Ich empfehle Ihnen eine Prothese, das heilt schneller und komplikationsloser, als wenn wir den abgetrennten Oberarmkopfknochen mit Platten und Schrauben wieder fixieren würden.«

»Kann ich nach dieser Operation wieder mit meinen Enkeln spielen? Kann ich noch meinen Jüngsten hochheben? Er ist doch gerade mal ein halbes Jahr alt«, wollte Elisabeth Burgmaier nach einigem Nachdenken wissen. »Gibt es Alternativen zu einer Operation?«

»Mit Physiotherapie nach der OP haben Sie eine gute Chance, den Arm bald wieder so einsetzen zu können wie vor dem Sturz«, zeigte sich Maximilian Vollmer zuversichtlich. »Nur eine Alternative zur Operation gibt es bei dieser Verletzung leider nicht. Wir können lediglich gemeinsam entscheiden, welche Art von Operation wir durchführen. Ob es eine Prothese wird oder

ob wir den Bruch mit Platten und Schrauben fixieren.«
»Und die Prothese ist erfolgsversprechender?« Frau Burgmaier sah zwischen den Ärzten hin und her.
Maximilian nickte.
»Eine Wahl habe ich nicht«, seufzte die Patientin. »Na schön, tun Sie, was Sie für das Richtige halten.«
»Sie werden stationär aufgenommen, operieren können wir Sie dann vermutlich morgen. Doktor Thorsen und ich kommen später noch zur OP-Aufklärung zu Ihnen.« Maximilian Vollmer wandte sich zum Gehen, Niklas folgte ihm.
»Sie kann einem schon leidtun«, bemerkte Niklas. »Ich meine, das ist eine so liebe, ältere Dame, die nichts anderes möchte, als nach der Behandlung möglichst schnell wieder nach Hause zu kommen. Für sie haben wir gleich so eine heftige Diagnose, während andere Patienten wie die üblichen betrunkenen Partygäste am Freitagabend, die uns dann auch noch beleidigen oder schlagen, mit leichten Blessuren davonkommen. Das ist manchmal ganz schön ungerecht.«
»Das Leben und unser Job sind unfair«, stellte Maximilian trocken fest. »Das siehst du ja auch am Fall Knappe. Aber es hilft nichts, sich darüber aufzuregen. Es ist unser Job, uns nur auf die medizinischen Fakten zu konzentrieren.«

Kapitel 20

Missmutig starrte Oliver Knappe aus dem Fenster, gegen das der Wind große Regentropfen peitschte. Wenigstens passte das Wetter zu seiner Stimmung. Der permanente Sonnenschein in den letzten Wochen hatte ihn schon ganz aggressiv gemacht.

»So, Herr Knappe.« Die Tür in Olivers Rücken wurde geschlossen, Schritte näherten sich. »Ich bin Doktor Bergemann und zuständig für Ihre weitere Behandlung hier in der Reha-Klinik.«

»Mhm.« Oliver verschränkte die Arme und musterte den Arzt skeptisch. Er war nicht viel älter als dieser Doktor Thorsen. Ob er ähnliche Fehler machen würde?

»Ich habe vorab bereits die Berichte aus der orthopädischen Klinik erhalten«, fuhr Doktor Bergemann fort.

»Und ich bin zuversichtlich, dass wir Ihnen in den nächsten Wochen wieder richtig auf die Beine helfen können.«

Oliver Knappe schluckte vernehmlich. Allein diese Worte klangen in seinen Ohren wie blanker Hohn. Er hatte doch nur noch ein vollständiges Bein, auf das man ihm helfen konnte. Was also wollte sein Gegenüber mit dieser Aussage bezwecken?

»Wir werden schon morgen mit ersten Steh- und Gehübungen beginnen. Dazu bekommen Sie von uns eine Behelfsprothese, bis unsere Techniker eine maßgenaue für Sie angefertigt haben«, erklärte der Arzt weiter und musterte Oliver aufmerksam. »Neben der Gehschule werden Sie Physiotherapie und ein gezieltes Aufbautraining für den ganzen Körper bekommen, damit Sie nach der langen Zeit im Krankenhaus wieder zu Kräften kommen. Und wir werden Sie natürlich psychologisch betreuen.«

»Aha«, kommentierte Oliver sarkastisch. »Und wie lange muss ich in dieser Anstalt bleiben? Kann ich diesen Unsinn nicht auch zu Hause machen? Ich will von Ärzten und anderen Pfuschern so weit weg wie nur möglich.«

Doktor Bergemann zuckte nicht einmal mit der Wimper, obwohl Oliver ihn indirekt beleidigt hatte. Offenbar war er nicht der erste Patient, der sich so verhielt. »Üblicherweise bleiben unsere Patienten für sechs Wochen, bevor sie die Gehschule ambulant fortsetzen. Ich kann verstehen, dass Sie möglichst schnell wieder nach Hause wollen, Herr Knappe. Aber ich möchte Sie bitten, uns eine Chance zu geben, Ihnen zu helfen.«

»Noch mehr versauen können sie es nicht, dafür haben andere *Ärzte* schon gesorgt.« Oliver löste die Bremsen an seinem Rollstuhl. »War es das? Oder haben Sie noch mehr zu besprechen?«

»Falls Sie keine Fragen mehr h…«

»Nein!« Schon wendete Oliver und schob sich langsam zur Tür. Umständlich manövrierte er hin und her, bis er die große Tür nach innen geöffnet bekam. Dann verließ er das Arztzimmer endlich.

Das geräumige Einzelzimmer im ersten Stock war ähnlich ausgestattet wie das Privatzimmer in der orthopädischen Klinik zuletzt, doch das beeindruckte Oliver nicht einmal im Ansatz.

Er wollte diesen Einrichtungen endlich entfliehen.

Er wollte diesen Doktor Thorsen endlich zu Strecke bringen.

Er wollte Gerechtigkeit.

Nachdem er eine Weile wütend herumgeräumt hatte, schlug Oliver seinen Laptop auf und öffnete seine eingescannte Patientenakte.

Der Anwalt hatte gesagt, mit Zeugen würde sein Fall gleich deutlich besser aussehen. Und vielleicht fand er in dieser Akte doch den einen oder anderen Namen, der ihm weiterhelfen konnte.

Marina Lucas, das war doch die dumme Assistenzärztin, die ihn vor allem in den ersten beiden Tagen mit betreut hatte. Nein, wer sich so verhielt gab keinen brauchbaren Zeugen ab. Selbst Doktor Thorsen war von ihrer Unfähigkeit genervt gewesen und das wollte schon etwas heißen.

Alexander Dobner. Noch ein Assistenzarzt, an den er sich gar nicht direkt erinnern konnte. Er war bei der zweiten Operation dabei gewesen und hatte laut Protokoll die Wundkontrollen hinterher durchgeführt.

Maximilian Vollmer. Endlich, das war ein Facharzt. Und er hatte mehrere Operationen und Untersuchungen gemeinsam mit Thorsen durchgeführt. Der würde ihm bestimmt sagen können, was schiefgelaufen war. Und ihm würde man Gehör schenken, immerhin war er fertig ausgebildeter Arzt und ein erfahrener Unfallchirurg, zumindest stand das auf der Klinik-Homepage.

Ein weiterer Name sprang Oliver Knappe auf der Übersicht der Unfallchirurgen ins Auge. Christian Jürgen, Oberarzt. Als Oberarzt stand er über Vollmer und erst recht über Thorsen. Und er musste doch einiges mitbekommen haben in seiner Position. Vielleicht sollte er erst einmal versuchen, Informationen aus ihm herauszubekommen? Eine E-Mail-Adresse war angegeben und erleichterte die Kontaktaufnahme ungemein.

Kapitel 21

Die beiden Wochen nach der Hochzeit waren neben Niklas' langen Arbeitstagen geprägt von Umzugsvorbereitungen. Umzugskisten wurden gepackt und Möbel zerlegt, dazu hatte Niklas einen Transporter gemietet.

»Wenigstens ist das in ein paar Tagen geschafft und wir leben nicht mehr aus den Kisten«, stellte Freja am letzten Abend in ihrer alten Wohnung erschöpft fest und kuschelte sich in Niklas' Arm.

»Seit Schweden war mein Bedarf an Umzügen erst einmal gedeckt«, schmunzelte Niklas. »Hoffen wir, dass wir in der neuen Wohnung für viele Jahre bleiben werden.«

»Das sich alles fügen.« Freja unterdrückte ein Gähnen. »Die Schlüsselübergabe ist morgen um Neun, deine Eltern, Maximilian und Frederiks Brüder sind dann ab Mittag bereit zum Anpacken?«

»So haben wir es abgesprochen«, bestätigte Niklas und glitt mit seinen Händen über Frejas Bauch. »Und du passt bitte auf euch beide auf. Ich weiß, du willst mit anpacken und nicht nur zusehen, aber … überanstreng dich nicht, das ist es nicht wert. Wir haben viele Helfer und müssen nicht alles ganz allein schaffen.«

»Ich verspreche es.« Freja lachte leise. »Blubbs tritt gerade mehr auf der rechten Seite, du suchst an der falschen Stelle.«

»In sechs Wochen lernen wir Blubbs endlich kennen.«
Niklas schüttelte den Kopf. »Das fühlt sich noch so
weit weg an und doch ...«

»Ich für meinen Teil freue mich schon, wenn die sechs
Wochen vorbei sind und du Blubbel auch herumtragen
kannst.« Mit einem zärtlichen Lächeln auf den Lippen
schmiegte Freja ihre Wange an Niklas' Brust und
schloss die Augen. »Meinst du, wir können diese Position eine Weile so beibehalten? Ich muss mal für ein
paar Minuten die Augen zu machen und etwas Schlaf
nachholen.« Sie gähnte herzhaft.

»Ich bewege mich nicht von der Stelle«, versicherte Niklas und streichelte Freja mit seiner linken Hand über
die Wange.

Es hatte nicht lange gedauert und Niklas war mit Freja
in seinen Armen ebenfalls eingeschlafen. Die langen
Schichten und der gestrige Bereitschaftsdienst hatten
ihre Spuren hinterlassen und forderten nun ihren Tri-
but. Entspannt atmete Niklas aus und kuschelte sich
tiefer in das Sofakissen.

»Niklas ...« Eine leise Stimme ließ ihn aufhorchen. »Niklas ...«

Irritiert sah sich Niklas um, doch er konnte niemanden
entdecken. Freja oder Frederik waren es nicht, ihre
Stimmen hätte er sofort wiedererkannt.

»Thorsen ... Sie müssen mir schon ein Stück weit ent-
gegenkommen ...« Die Stimme schien erinnerte Niklas
an jemanden. Eine Person, von der er gehofft hatte,
sie nie wieder sehen zu müssen.

»Wo stecken Sie?«, fragte Niklas unruhig, stand auf
und sah sich im vollgestellten Wohnzimmer um.

»Falsche Richtung, Thorsen, ganz falsche Richtung ...«
Die Stimme schickte Niklas erst einmal quer durch die
Wohnung, ehe sie ihn in das Treppenhaus lockte.
»Jetzt sind Sie auf dem richtigen Weg«, freute sich der
Mann. »Gleich haben Sie mich ... so ist es gut ...«
»Was wollen Sie?« Irritiert runzelte Niklas die Stirn
und öffnete die Stahltür vor sich. Flackernd erwachten
die Neonlichter zum Leben und tauchten die Tiefga-
rage in kaltes Licht. Das Herz schlug Niklas bis zum
Hals, während er wie ferngesteuert zu seinem Park-
platz schritt. Der Audi stand dort, als wäre nie etwas
geschehen.
»Wo sind Sie?«, fragte Niklas in die Stille hinein und
schluckte schwer. »Was wollen Sie?«
»Ich will, dass Sie endlich für Ihre Fehler bezahlen!«
Die aggressive Stimme von Oliver Knappe hallte durch
die Tiefgarage.
»Ich habe keinen Fehler gemacht, Herr Knappe!«, rief
Niklas und drehte sich hektisch um die eigene Achse.
»Ihre Behandlung ist aus dem Ruder gelaufen, ja. Aber
nur, weil sämtliche noch so unwahrscheinlichen Komplikationen eingetreten sind. Dafür kann ich nichts und
dafür können Sie nichts.«
»Sie leugnen also schon wieder, dass Sie Fehler ge-
macht haben.« Die erste Stimme war nun wieder zu
hören. »Wie letztes Jahr, als Sie und Hendriksson ohne
Rücksicht auf Verluste in Dingen gewühlt haben, die
Sie nichts angehen. Sie haben dutzende Leben auf
dem Gewissen, Thorsen, und damit meine ich nicht
nur das von Yvonne Schwarzenbrunner.«
»Das kann nicht sein!« Niklas' Stimme überschlug sich.
»Sie sind tot, Hanson! Das ist nicht möglich!«

»Und doch … stehen wir hier.« Benett Hanson trat hinter einer Säule hervor, die Pistole in seiner rechten Hand glänzte metallisch. »Nur dieses Mal werden Sie nicht davonkommen, Thorsen. Ihre Glückssträhne findet heute ein Ende.«

»Was?« Fassungslos verengte Niklas die Augen und warf sich dann reflexartig zu Boden, just in dem Moment, als Doktor Hanson den ersten Schuss abgab. Augenblicklich drang die Kälte des Betonbodens durch Niklas' Kleidung, während ihm das Herz gegen den Brustkorb hämmerte.

»Gute Reaktion«, bemerkte Hanson arrogant. »Wollen wir mal sehen, was Sie noch draufhaben.«

Stumm lauschte Niklas Benett Hansons Schritten. Er war noch ein gutes Stück entfernt, doch er kam näher. Panisch sah sich Niklas nach weiteren Fluchtmöglichkeiten um. Zwischen zwei geparkten Autos hatte er keine großen Chancen, da half nur die Flucht nach vorn. Instinktiv kam er wieder auf die Füße und sprang über die Motorhaube des Audis. Dass er dabei Dellen im Metall hinterließ, war Niklas völlig gleichgültig. Sein Überlebensinstinkt hatte das Kommando über seinen Körper übernommen.

Ächzend landete er abermals auf dem Boden und wälzte sich sofort auf die Seite. Ein dumpfer Schmerz breitete sich in seiner Schulter aus, doch Niklas kümmerte sich nicht darum. Er durfte keine Zeit verlieren! Er musste sofort verschwinden.

»Thorsen, ich bitte Sie …« Doktor Hanson kam nun direkt auf Niklas zu und schüttelte den Kopf. »Das war dermaßen vorhersehbar … ich hatte mehr von Ihnen erwartet…«

»Genug gesprochen!« Oliver Knappe tauchte neben Hanson auf, auch er hatte eine Pistole in der Hand. »Sie haben mein Leben zerstört, *Doktor* Thorsen, und Sie haben noch nicht einmal den Mumm, Ihre Fehler zuzugeben. Heute ist Zahltag. Heute sind Sie mir ausgeliefert.« Er entsicherte die Waffe.

Gleich mehrere Schüsse aus beiden Pistolen peitschten durch die Tiefgarage und schlugen in Niklas' Körper ein. Vier Kugeln jagten durch seinen Brustkorb und traten in seinem Rücken wieder aus, noch bevor Niklas den Boden berührte. Sein linker Lungenflügel kollabierte innerhalb von Sekunden. Die Kugel, die in seinem Oberschenkel eingetreten war, bahnte sich ihren Weg durch Muskeln, Nerven und Blutgefäße, ehe sie den Oberschenkelknochen zertrümmerte und stecken blieb. Blut lief aus dem Einschussloch und färbte den Stoff seiner dunkelblauen Jeans schwarz.

»Nein!«, schrie Niklas aus Leibeskräften und presste seine Hände auf die blutenden Wunden.

»Niklas?« Auf einmal war da Frejas Stimme ganz in seiner Nähe.

»Bleib weg!«, rief Niklas verzweifelt, Blut lief ihm aus den Mundwinkeln. »Geh weg … Sie dürfen dich nicht erwischen …«

»Niklas! Hey! Es ist alles gut!«, versicherte Freja eindringlich. »Mach bitte die Augen auf, Niklas. Du bist in Sicherheit.«

»Sie dürfen dich nicht erwischen«, wiederholte Niklas und zuckte zusammen, als ihm jemand auf die Wange schlug.

»Wach auf, wach auf, wach auf«, flüsterte Freja und nahm seine Hände. »Wach auf, Niklas. Es ist alles gut.«

Verwirrt blinzelte Niklas und erkannte sofort das Gesicht seiner Frau dicht vor sich. »Du ... du bist hier ...« Hektisch richtete er sich auf und sah an sich herunter. Das helle T-Shirt und die Shorts waren unversehrt, es gab keinen Hinweis auf Blutungen. Noch dazu war er in seinem Wohnzimmer und nicht mehr in der Tiefgarage. Das ... das konnte nur bedeuten, dass ...

»Du hattest wohl einen richtig beschissenen Traum«, stellte Freja fest und musterte ihn besorgt. »Geht es wieder? Brauchst du etwas zu trinken?«

Matt schüttelte Niklas den Kopf und setzte sich langsam auf. Sein Shirt war durchgeschwitzt und klebte ihm auf der Haut, auch in seinem Haar hatte sich der Schweiß gesammelt.

»Es geht schon wieder«, murmelte er. »Das waren gerade nur ganz schön heftige Bilder ... Doktor Hanson und mein Ex-Patient Oliver Knappe haben mir in der Tiefgarage aufgelauert und auf mich geschossen. Sie wollten mich für die Fehler bezahlen lassen, die ich seit letztem Jahr gemacht haben soll.«

Freja schluckte und nahm seine Hand. »Hanson ist tot. Er kann dir nichts mehr antun.«

»Aber Oliver Knappe kann das.« Niklas räusperte sich. »Er wirft mir vor, dass ich sein Leben zerstört habe, dabei waren die Komplikationen überhaupt nicht absehbar. Er beziehungsweise sein Verein lassen den Fall gerade von einem Gutachter überprüfen, die Klinik hat alles mit der Rechtsabteilung bereits vorbereitet. Es ist also nur eine Frage der Zeit, bis Knappe Klage einreicht«, berichtete Niklas niedergeschlagen. »Und das ist ein absolutes Scheiß-Gefühl, kann ich dir sagen.«

»Wenn du nichts falsch gemacht hast, hat diese Klage

doch gar keine Grundlage, oder sehe ich das falsch?«, überlegte Freja laut.

»Ich glaube, dass dieser Fall manipuliert worden ist«, seufzte Niklas. »Damit man mir Fehler in die Schuhe schieben kann, die ich nie begangen habe.«

»Jemand will dich loswerden?« Freja schüttelte den Kopf. »Ich dachte, du kommst mit deinen Kollegen so weit gut aus?«

»Bis auf Christian Jürgen.« Niklas runzelte die Stirn. »Er hatte sowohl Zeit als auch Gelegenheit für Manipulationen.«

»Warum sollte er so etwas tun?«, fragte Freja irritiert.

»Er ist sauer auf mich und Frederik, weil wir den Transplantationsskandal letztes Jahr aufgedeckt haben.« Niklas räusperte sich energisch. »Ich hingegen glaube, dass er selbst an den manipulierten Transplantationen beteiligt war, aber nie erwischt wurde. Beweisen kann ich es nicht, nur sein Verhalten und seine Aussagen sind äußerst verdächtig.«

Kapitel 22

Frederiks Brüder zerlegten noch die letzten Möbel im Schlafzimmer, während Niklas, seine Eltern und Maximilian Vollmer die zahlreichen Umzugskisten und Möbelteile hinunter zum Transporter trugen.

»Das kann ich doch machen. In dieser Kiste sind nur Handtücher.« Freja seufzte, als ihr Niklas' Schwester Stephanie die Umzugskiste aus den Händen nahm.

»Sei nicht sauer.« Niklas schloss seine Frau sanft in die Arme. »Aber ich kann nicht zulassen, dass dir oder Blubbs irgendetwas passiert. Wir sind in der Küche so weit fertig, da müssen nur noch die letzten Regalfächer ausgewischt werden.«

»Putzen darf ich noch? Oder muss ich das auch weiter delegieren?« Freja hob eine Augenbraue und sah Niklas herausfordernd an, doch sie lächelte gleichzeitig.

»Schon verstanden, aber nächstes Mal tauschen wir. Du bekommst Blubbs und ich darf mich ein wenig mit Kisten schleppen austoben.«

»Versprochen.« Niklas küsste sie und löste die Umarmung dann. »So, ich muss weitermachen, damit wir die erste Fuhre zur neuen Wohnung fahren können.«

Gemeinsam mit seinem Vater machte sich Niklas schließlich im Transporter auf den Weg zur neuen Wohnung.

»Das sind ganz schön viele Veränderungen in kurzer

Zeit. Wie geht es dir damit?«, wollte Alexander Thorsen nachdenklich mit Blick auf die Straße wissen.

»Ist schon okay.« Niklas hielt an einer roten Ampel. »Das sind ja durchweg Veränderungen ins Positive, sei es die Hochzeit mit Freja, der Umzug oder das Baby. Ich freue mich auf alles, was da in den nächsten Wochen noch auf uns zu kommt. Wenn jetzt noch Frederik nach Hamburg zurückkehrt, habe ich keine Wünsche mehr offen.«

»Das ist aber nur eine Seite der Medaille, mhm?« Schon hatte ihn sein Vater durchschaut. »Woran hakt es? Was macht dir zu schaffen?«

Niklas warf ihm einen kurzen Seitenblick zu und fuhr wieder an. »Es ist … der Job«, seufzte er. »Ich habe einen ehemaligen Patienten, der mir einen Behandlungsfehler vorwirft. Dabei habe ich gemeinsam mit Kollegen bisher keinen offensichtlichen Fehler finden können. Das ist zermürbend«, gab Niklas schließlich zu. »Dann gibt es da noch einen Kollegen, der mich permanent auf dem Kieker hat und mit dem ich vor kurzem lautstark aneinandergeraten bin. Das hat uns beiden ein Gespräch mit dem Chefarzt eingebracht.«

»Das klingt beides nicht gut.« Sein Vater fuhr sich durch das Haar. »Ist eine Lösung für diese Probleme in Sicht oder wirst du dich damit irgendwie abfinden müssen?«

»Was mein Ex-Patient noch vor hat weiß ich nicht, da kann ich gerade nur abwarten«, meinte Niklas und bog von der Hauptstraße ab. »Es ist sehr wahrscheinlich, dass er Klage einreichen wird. Die Klinik steht mir auch mit Anwälten zur Seite, da bin ich nicht allein.« Er räusperte sich. »Und was meinen Kollegen angeht … ich werde ihm so weit wie möglich aus dem Weg gehen und versuchen, weitere Auseinandersetzungen zu vermeiden. Zuletzt hatten wir komplett gegensätzliche Schichten, da haben wir uns kaum gesehen.«

»Man könnte meinen, euer Job ist fordernd genug, dass für zwischenmenschliche Querelen kaum Zeit bleibt. Scheinbar ist dem nicht so.«

»Gerade deswegen geraten wir ja immer wieder aneinander. Wir stehen den ganzen Tag unter großer Anspannung, die irgendwohin entweichen muss. Am Patienten können wir das schlecht auslassen, also bleiben nur noch die Kollegen.« Niklas ließ den Transporter auf die für den Umzug gesperrten Parkplätze direkt vor dem Haus rollen.

»Ich verstehe.« Alexander Thorsen löste seinen Sicherheitsgurt und öffnete die Beifahrertür. »Packen wir es an, mhm?«

Niklas und sein Vater waren am späten Nachmittag erneut mit einem vollbeladenen Transporter bei der neuen Wohnung angekommen und blieben dann gleich dort, um die ersten Möbel wieder aufzubauen. Frederiks Brüder kamen mit dem kleinen LKW kurz darauf ebenfalls an, nachdem sie zuvor noch Freja und Stephanie bei den letzten Aufräumarbeiten in der alten Wohnung geholfen hatten.

»Dann bleibt euch also nur dieses Wochenende für den Umzug, bevor du wieder in die Klinik musst?«, wollte Niklas' Vater wissen und schraubte die Winkel an das Bettgestell.

»Ich habe von Montag auf Dienstag Bereitschaftsdienst. Der geht bis Dienstag um neun, dann frei bis

Mittwochmittag, pünktlich zur Spätschicht.« Niklas richtete sich keuchend auf, wischte sich den Schweiß von der Stirn und griff nach der Wasserflasche auf dem Fensterbrett. »Bis einschließlich Freitag habe ich Spätschicht, Samstag die Nachtschicht und dann frei bis Mittwoch.«

»Wie hältst du das aus, Niklas?«, wollte Alexander Thorsen kopfschüttelnd wissen. »Jeden Tag eine andere Schicht, manchmal arbeitest du tageweise durch und kannst dich an deinen freien Tagen kaum regenerieren. Das ... wie soll das gutgehen? Wie soll das mit eurem Baby funktionieren?«

»Es gibt genügend Kollegen, die bereits Kinder haben. Also scheint es Mittel und Wege zu geben, trotz dieses absurden Dienstplanes ein Familienleben zu führen.« Niklas seufzte und stellte die Wasserflasche beiseite.

»Und körperlich? Packst du das noch? Die Lungenembolie letztes Jahr ... das war ein Warnschuss.« Ernst sah Alexander Thorsen seinen Sohn an und zog den ersten Lattenrost näher zum Bettgestell.

»Die Lungenembolie war in erster Linie meinem Gendefekt geschuldet. Dagegen nehme ich seit der Operation Medikamente.« Gemeinsam wuchteten sie den Lattenrost auf das Gestell. »Was mir in diesem Kontext mehr zu denken gibt ist das Baby. Ich kann diese Krankheit weitervererben, wenn auch nur mit einer geringen Wahrscheinlichkeit. Freja hat diesen Gendefekt nicht, das haben wir bereits ausschließen lassen.« Er seufzte. »Ein Restrisiko bleibt, aber die Tests werden erst nach der Geburt gemacht.«

»Ich verstehe, dass du dir Gedanken darüber machst. So würde es mir an deiner Stelle wohl auch ergehen.«

Sein Vater musterte ihn nachdenklich. »Dann hoffen wir mal das Beste für euer Baby, mhm? Es muss nicht immer der schlimmstmögliche Fall eintreten. Es kann oft genug gut ausgehen.«

»An diese Hoffnung klammere ich mich.« Niklas lächelte zaghaft und griff dann nach dem zweiten Lattenrost.

»Was sagt denn Freja zu diesem … genetischen Risiko?«, fragte Alexander Thorsen ächzend und nickte zufrieden, als das Bett endlich fertig aufgebaut war. »Die Matratzen stehen im Flur, glaube ich?«

»Äh ja.« Niklas folgte ihm. »Sie kennt meine Diagnose und auch das Risiko für unser Kind. Aber nachdem die Schwangerschaft bisher unauffällig verläuft, hofft sie natürlich genauso wie ich, dass das Baby keinen Gendefekt hat und ihm meine Krankengeschichte erspart bleibt.«

»Das wünsche ich euch sehr. Der Schock von letztem Jahr reicht uns allen noch.« Prüfend musterte Alexander die Matratzen. »Welche gehört auf welche Seite?«

»Hier kommt Abendessen!« Maximilian Vollmer folgte Freja in die Wohnung und trug eine große Wärmebox, die sie vom Restaurant abgeholt hatten.

»Kommen gleich.« Niklas balancierte gerade auf der Leiter und hob gemeinsam mit seinem Vater die große Deckenplatte auf den Kleiderschrank.

»Fallen lassen ist kein guter Ratschlag«, schmunzelte Stephanie beim Blick in das Schlafzimmer.

»Vor allem, weil ich das dann auf den Kopf bekomme«, rief Frederiks Bruder von der Schrankrückseite. »Also lasst solche Wurfübungen bitte bleiben.«

Zehn Minuten später fanden sich alle Helfer in der neuen Wohnküche ein und suchten sich jeder einen halbwegs bequemen Sitzplatz auf Stühlen, Kisten oder dem Sofa.

»Braucht ihr morgen noch ein paar helfende Hände?«, wollte Maximilian zwischen zwei Bissen wissen. »Ich habe außer dem Nachtdienst nichts weiter vor.«

»Wir wollen die restlichen Möbel aufbauen, da kann Niklas bestimmt weitere helfende Hände gebrauchen.« Freja lehnte sich entspannt zurück und ließ den Blick schweifen. »Und die Lampen müssen noch aufgehängt werden.«

Niklas schenkte Maximilian ein dankbares Lächeln. »Für das leibliche Wohl wird natürlich wieder gesorgt, falls du noch einen kleinen zusätzlichen Anreiz benötigst …«, schmunzelte er.

Alle Umzugshelfer hatten sich nach dem gemeinsamen Abendessen verabschiedet. Der Tag war für sie alle lang und anstrengend gewesen.

»Schon komisch, dass das jetzt unser Zuhause ist«, stellte Freja fest und legte das gebrauchte Besteck in die Spülmaschine. »Die andere Wohnung war unser erstes gemeinsames Heim und wir haben da so viel erlebt. Geburtstage, Abschlusszeugnisse oder einfach nur Abende mit Freunden.«

»Es ist nicht nur für dich seltsam.« Niklas trat hinter sie und schlang seine Arme um Frejas Mitte. »Aber wir schlagen in diesen Wochen ein neues Kapitel auf, spätestens wenn Blubbel auf der Welt ist. Und darauf freue ich mich sehr.« Er küsste Freja auf die Wange.

Kapitel 23

Satt und zufrieden streckte sich Frederik nach dem Abendessen auf dem Liegestuhl aus. Die Sonne stand schon recht tief und doch war es noch angenehm warm.

»Du hast es dir ja gemütlich gemacht!« Die Stimme seines Onkels lief Frederik kurz zusammenzucken. »Hast du mir zufällig noch etwas vom Essen übriggelassen oder war der Hunger zu groß?«

»Setz dich, ich hole dir alles.« Ächzend stand Frederik auf und schmunzelte, weil ihm Welpe Baal sofort folgte. Der junge Hund wich ihm kaum von der Seite. »Wie war es auf dem Hof? Hast du alles erledigen können?«, rief Frederik durch die weit geöffnete Terrassentür, während er das Abendessen für seinen Onkel richtete.

»Einer der neuen Besitzer stand zwei Stunden im Stau und hat den Zeitplan etwas durcheinandergebracht. Davon abgesehen lief alles reibungslos, was ich angesichts der Vorbereitung auch nicht anders erwartet habe«, berichtete Karl und setzte sich an den Tisch auf der Terrasse. »Und du? Bist du mit den beiden Rabauken überhaupt zu irgendetwas gekommen, was du dir vorgenommen hast?«

»Du meinst, mir Gedanken über meine Rückkehr nach Hamburg zu machen?« Frederik betrat die Terrasse und stellte den Teller vor seinen Onkel.

»Genau das meine ich.« Karl lächelte und sah zu den beiden Welpen, die wieder nebeneinander auf einer alten Decke lagen.

»Lass es dir schmecken.« Frederik setzte sich ebenfalls und lehnte sich dann entspannt zurück. »Ich habe heute Nachmittag mit mehreren Maklern telefoniert, die interessante Appartements zur Miete im Portfolio haben«, berichtete er schließlich. »Wenn ich wieder in den Job einsteige, werde ich eine Wohnung in der Stadt benötigen. Die Stecke zum Gestüt ist nach den langen Schichten einfach zu weit. Und ich will den Erinnerungen auf dem Hof ein Stück weit aus dem Weg gehen.«

»Nachvollziehbar«, kommentierte Onkel Karl zwischen zwei Bissen.

»Um es kurz zu machen, ich bin bei zwei Appartements jetzt auf der Liste und der Makler meldet sich, ob es zu einem Besichtigungstermin kommt.« Frederik trank einen großen Schluck aus seinem Glas. »Damit bleibt vor allem das Job-Thema offen. Ich meine, dass ich wieder als Neurochirurg arbeiten möchte, daran hat sich nichts geändert. Nur weiß ich nicht, ob ich die gleiche Kraft aufbringe wie Niklas, in die Uniklinik zurückzukehren. Mein Familienname ist mit diesem Skandal verknüpft wie kein zweiter. So gesehen würde mein Wiedereinstieg wohl um ein Vielfaches schwieriger ablaufen als schon bei Niklas. Und er hat sich einiges anhören müssen.«

»Grundsätzlich ist es eine wichtige Erkenntnis, dass du in deinen alten Job zurückkehren möchtest. Da war ich mir in den letzten Wochen nicht immer sicher, so sehr wie du diesem Thema ausgewichen bist.« Onkel Karl lächelte. »Und aus meiner Sicht ist es auch gar nicht erforderlich, dass du wieder in der Uniklinik anfängst. Ich meine, es gibt doch diverse Krankenhäuser in Hamburg, in denen du deine Facharztausbildung fortsetzen kannst.«

»Das schon. Nur mein Nachname wird mich überall mit diesem Skandal in Verbindung bringen.« Frederik seufzte. »In der Neurochirurgie vielleicht weniger als in der Allgemeinchirurgie, aber es wird ein Schatten bleiben, mit dem ich mein Leben lang kämpfen muss. Es sei denn, ich heirate eines Tages und nehme ihren Namen an.«

»Vielleicht gibt es da aber noch eine andere Möglichkeit.« Karl ließ das Besteck sinken. »Ich weiß, dass man den Namen unter bestimmten Voraussetzungen ändern darf. Deinen Fall müsste man mal überprüfen lassen, vielleicht geht es ja.«

»Wenn mich das letzte Jahr eines gelehrt hat, dann immer vom schlimmstmöglichen Fall auszugehen.« Frederik schnitt eine Grimasse. »Aber ich werde mich zumindest beraten lassen und auch mit meinen Brüdern und Mama sprechen, was die davon halten. Vielleicht wäre es ein Ausweg für uns alle.«

»Ich wollte dir auch nur die Möglichkeit aufzeigen. Die Entscheidung für oder gegen diesen Weg liegt bei dir«, bemerkte Onkel Karl lächelnd. »Das gleiche gilt für deine Rückkehr in den Job oder eine Therapie. Als Außenstehende können wir dir nur Ideen liefern oder überlegen, wie wir manches anpacken würden.«

»Das weiß ich.« Dankbar erwiderte Frederik das Lächeln und stand auf. »Trinkst du einen Whisky mit mir?«

Karl nickte und aß die letzten Bissen auf, während Frederik im Wohnzimmer zwei Gläser Whisky eingoss und wieder auf die Terrasse zurückkehrte.

»Zum Wohl!« Sie stießen miteinander an und ließen sich den ersten Schluck wie üblich genießerisch auf der Zunge zergehen.

»Nur zum Therapie-Thema bin ich nicht so recht weitergekommen«, stellte Frederik in die Stille hinein fest. »Ich weiß, dass ich das eigentlich als erstes angehen müsste, aber ich weiche dem immer noch aus.«

»Manche Themen benötigen etwas mehr Reifezeit.« Frederiks Onkel lächelte. »Gib dir die Zeit und versuche, dich nicht zu sehr unter Druck zu setzen. Aus Erfahrung kann ich dir nur sagen, dass du mit Druck nur das Gegenteil erreichst.«

Kapitel 24

Eine weitere Besprechung zum rechtlichen Vorgehen führte Oliver Knappe erneut zum Vereinsgelände.
Mit dem Taxi wurde er bis an den Haupteingang gefahren, wo dieses Mal einige Pressevertreter warteten und das hellgelbe Fahrzeug interessiert musterten.
Der Fahrer stieg aus und holte den Rollstuhl aus dem Kofferraum. Gleichzeitig öffnete Oliver die Beifahrertür und stemmte sich umständlich auf sein gesundes Bein hoch, während er sich an der Tür und Autodach festhielt. Aufatmend ließ er sich in den Rollstuhl sinken, nahm seine kleine Tasche mit Unterlagen auf den Schoß und rollte dann langsam an den Pressevertretern vorbei zum Eingang. Die Amputation war nicht zu übersehen, doch das kam ihm gerade recht. Es sollte jeder sehen, was dieser Doktor Thorsen ihm angetan hatte.
»Oliver! Was ist denn passiert?«
»Herr Knappe?«
»Wie geht es nun für Sie weiter?«
»Nur ein paar Fragen, Herr Knappe!«
Oliver lächelte andeutungsweise und rollte kommentarlos durch die Schiebetür in das weitläufige Foyer.

Doktor Jeske, Anwalt Klinghammer und der Sportvorstand saßen bereits im Besprechungsraum und warteten stumm, bis Oliver Knappe an den Tisch gerollt war.

»Was gibt es?«, fragte Oliver leichter außer Atem und griff sofort nach der Wasserflasche vor sich.

»Wir wollen heute noch einmal das weitere Vorgehen besprechen«, erklärte Sportvorstand Gregor Teuschler und sah dabei vor allem den Rechtsanwalt an. »Im letzten Gespräch wurde ja das Gutachten vorgestellt, das für eine Klage wegen eines fahrlässigen, ärztlichen Behandlungsfehlers kaum Angriffspunkte bietet.«

Unwillig runzelte Oliver Knappe die Stirn, doch er schwieg vorerst.

»Eine Klage aufgrund von Indizien ist natürlich möglich«, fügte Hartmut Klinghammer hinzu. »Falls Sie den Klageweg bestreiten wollen müssen Sie sich aber auf gewisse Dinge einstellen. Der Prozess wird erfahrungsgemäß zwischen einem und zwei Jahren dauern. Es wird ein umfangreiches Gutachten erstellt werden, was allein schon mehrere Monate bis hin zu einem Jahr dauern kann. Dann erst kommt es zur Verhandlung und letztlich ist es auch gut möglich, dass die Gegenseite Revision einlegt, sodass sich der Prozess noch weiter in die Länge ziehen kann.«

»Sie wollen mir also davon abraten?«, vermutete Oliver mit vor Wut bebender Stimme.

»Ich möchte Ihnen klarmachen, worauf Sie sich einlassen«, erklärte der Rechtsanwalt ernst. »Zudem muss Ihnen bewusst sein, Herr Knappe, dass unsere Seite in der Beweispflicht ist. Wir müssen Doktor Thorsen nachweisen, dass er fahrlässig gehandelt und dadurch einen Kunstfehler begangen hat. Im Moment haben wir nur Indizien, jedoch keine unwiderlegbaren Beweise. Damit ist der Ausgang der Klage völlig offen und es ist durchaus realistisch, dass Doktor Thorsen von jeglicher Schuld freigesprochen wird. Dieses Risiko sollten Sie bei Ihrer Entscheidung im Hinterkopf haben, Herr Knappe.«

»Sie raten mir also davon ab, diesen Doktor Thorsen zu verklagen«, stellte Oliver wütend fest. »Ich soll ihn einfach weiter herumpfuschen lassen, ohne dass er Konsequenzen für sein Handeln zu spüren bekommt?«

»Es gibt noch einen weiteren, kürzeren Weg als die Klage.« Hartmut Klinghammer antwortete erneut nicht auf Olivers Frage, was auch Daniel Jeske irritiert die Stirn runzeln ließ. »Sie können ein Schlichtungsverfahren bei einer Schlichtungsstelle der Ärztekammer anstreben. Dort wird Ihr Fall juristisch und medizinisch überprüft, ob alle Standards eingehalten wurden oder ob eine Abweichung davon zu Ihrem Gesundheitsschaden geführt hat.«

Unwillig schob Oliver das Kinn vor. »Und das ist erfolgsversprechender als eine Klage? Ich bezweifle es.«

»Sie können nach dem Schlichtungsverfahren immer noch Klage einreichen. Aber es wäre eine vergleichsweise schnelle Lösung, wobei wir auch hier mit gut einem Jahr rechnen müssen, bevor es zu einem Ergebnis kommt«, versuchte Anwalt Klinghammer ein letztes Mal, Oliver diese Alternative schmackhaft zu machen, doch da biss er auf Granit.

»Ich will diesen Doktor Thorsen vor Gericht sehen«, stellte Oliver Knappe wütend klar. »Ich will, dass seine Unfähigkeit öffentlich diskutiert und damit bekannt wird. Ich will ihn genauso am Boden sehen, wie er das mit mir gemacht hat. Ich will Klage einreichen und meine Zeit nicht mit so einem Unsinn wie diesem Schlichtungsverfahren vergeuden!«

»Wenn das deine endgültige Entscheidung ist, Oliver, werden wir das so umsetzen.« Der Sportvorstand nickte. »Der Verein steht hinter dir und unterstützt dich, wo es möglich ist.«

»Ich bereite alles vor«, versprach der Rechtsanwalt und machte sich Notizen. »Sind Ihnen denn noch irgendwelche Zeugen eingefallen, die uns weiterhelfen und Ihre Position stärken könnten, Herr Knappe?«

»Ich habe ein, zwei Namen und warte noch auf eine Rückmeldung, ob die bereit sind, mir zu helfen.« Oliver verzog keine Miene. »Sobald ich mehr weiß, sage ich Ihnen sofort Bescheid.«

Kapitel 25

Die ersten Nächte in der neuen Wohnung waren geprägt von wenig Schlaf, aber das kannte Niklas noch von den Umzügen in Schweden. Er brauchte einfach etwas Zeit, um sich an die neue Umgebung zu gewöhnen.

»Na? Wie war die Nachtschicht?«, wollte Niklas am Montagmorgen gähnend wissen und setzte sich mit einer Tasse Kaffee in der Hand an den Schreibtisch neben Maximilian Vollmer. »Ging deine Schicht nicht eigentlich bis um Sieben? Es ist viertel nach Neun ...«

»Ein Schockraumpatient hat größten Wert auf meine Gesellschaft gelegt, da konnte ich einfach nicht ablehnen.« Maximilian lachte müde und fuhr sich mit beiden Händen über das Gesicht. »Ich bin gleich auf dem Heimweg und d...« Er brach ab und fischte das klingelnde Telefon aus seiner Kitteltasche. Konzentriert lauschte er und nickte. »Gut, ich sage ihm Bescheid.« Er legte auf. »In fünf Minuten kommt der nächste Schwerverletzte für den Schockraum. Und damit gehört das Telefon für die nächsten Stunden offiziell dir.«

»Gibt es schon nähere Informationen?« Niklas folgte Maximilian aus dem Stationszimmer in Richtung der Notaufnahme.

»Nein, nichts.« Maximilians Müdigkeit schien wie weggeblasen, er war hochkonzentriert.

»Ist dir klar, dass die Umkleide drei Etagen über uns

liegt und du seit zwei Stunden Feierabend hast? Soll ich dir vielleicht noch einmal das Konzept des Feierabends erklären?«, stichelte Niklas schmunzelnd.

»Euch fehlt mindestens ein Unfallchirurg, Mareike hat sich krankgemeldet. Ich will nur sehen, mit was ihr es zu tun habt, damit ich im Zweifel noch weitere Kollegen aus dem Urlaub oder Zeitausgleich fragen kann, ob sie einspringen.« Maximilian ließ Niklas den Vortritt und zog sich ebenfalls eine Bleiweste über.

Lange warten mussten sie nicht, denn schon betrat die Notärztin mit ihrem Team den Schockraum, die Trage mit dem Patienten kam direkt neben der Klinikliege zum Stehen.

»Wir bringen einen Unbekannten ohne Papiere. Zustand nach Schussverletzungen, er war bei unserem Eintreffen bereits bewusstlos.« Sofort begann die Notärztin mit der Übergabe, während Niklas auf den Patienten starrte. Der ganze Oberkörper war blutverschmiert, die beiden Schusswunden waren mit Kompressen versorgt worden. Auch am rechten Oberarm und dem linken Bein war der Mann verletzt und verbunden worden.

»Er wurde während der Erstuntersuchung reanimationspflichtig, nach gut zehn Minuten hatten wir wieder einen stabilen Rhythmus«, fuhr die Notärztin fort, doch Niklas' Gedanken drehten sich immer noch um die Schusswunden.

Vor elf Monaten hätte er um ein Haar genauso ausgesehen. Damals hatte ihn die Kugel am Oberarm nur gestreift, aber mit etwas weniger Glück hätte er sich weitere Kugeln eingefangen. In Kombination mit seinen blutverdünnenden Medikamenten hätte das schnell lebensbedrohlich werden können.

Er schluckte, während seine Kollegen den bewusstlosen Mann umlagerten und mit weiteren Untersuchungen begannen. Die Notärztin und ihr Team hingegen verließen den Schockraum.

»Atemgeräusche links vermindert, rechts frei«, meldete der Herz-Thorax-Chirurg. »Der linke Lungenflügel hat einen Durchschuss, eine zweite Kugel steckt noch in der Brust. Rufen Sie bitte Doktor Wrede für die Operation hinzu.«

In Niklas' Ohren begann es zu rauschen, sodass er seine Kollegen kaum mehr verstehen konnte. Er war wie versteinert und gleichzeitig unfähig, den Blick von den blutigen Wunden zu nehmen.

»Schicken wir ihn durch das CT, dann wissen wir mehr«, entschied der Herz-Thorax-Chirurg und löste die Bremsen der Liege. »Im Moment sieht das sehr nach Unfall- und Herz-Thorax-Chirurgie aus, aber mal sehen, ob es noch Überraschungen gibt und weitere Chirurgen benötigt werden.«

Die Liege wurde aus Niklas' Sichtfeld geschoben, sein Blick ging deswegen ins Leere.

»Niklas? Hey! Geht es dir gut?« Maximilian Vollmer berührte ihn an der Schulter und suchte seinen Blick. »Was ist los?«

Angespannt atmete Niklas ein und aus und versuchte so zu verhindern, dass sich das flaue Gefühl in der Magengegend zu einer richtigen Übelkeit weiterentwickelte. Seine Gedanken drehten sich immer schneller im Kreis um die Schusswunden seines Patienten und die Parallelen zu sich selbst.

»Wir haben hier noch ein Problem!«, rief Maximilian in Richtung der Kollegen, die gerade auf die CT-Aufnahmen warteten.

»Noch ein Problem?« Irritiert sah der Neurochirurg zurück in den Schockraum. »Was ist passiert?«, fragte er und kam rasch näher. Eine Pflegerin unterbrach ihre Aufräumarbeiten und zog eilig eine weitere Liege vom Flur herein.

»Ich habe keine Ahnung. Niklas reagiert auf gar nichts mehr und bei seiner Vorgeschichte …« Maximilian Vollmer schüttelte seufzend den Kopf und legte Niklas gemeinsam mit dem Neurochirurgen auf die Liege.

»Vorgeschichte?«, wiederholte der Neurochirurg verwundert und nahm Niklas' Hände in seine. »Drücken Sie bitte mal meine Hände, Doktor Thorsen«, wies er ihn an, doch Niklas konnte keinen Muskel bewegen. Er war wie versteinert.

»Faktor-V-Leiden. An sich ist er medikamentös eingestellt, aber das heißt nicht, dass sich keine Thrombose gebildet haben kann.« Maximilian rollte Niklas auf die Seite und löste die Klettverschlüsse der Bleiweste.

»Ich verstehe. Dann machen wir einmal komplette Diagnostik, aber im Schockraum nebenan«, entschied der Neurochirurg. »Welche Disziplinen brauchen Sie für die Notoperation?«, rief er in den Nachbarraum.

»Wir beginnen mit dem Brustkorb und holen später die Unfallchirurgen hinzu, sobald wir seinen Zustand stabilisiert haben«, erklärte der Herz-Thorax-Chirurg und starrte auf Niklas. »Was habt ihr? Was ist passiert?«

»Verdacht auf Schlaganfall, wir beginnen sofort mit der Diagnostik.«

Schon setzte sich die Liege in Bewegung und förderte damit das flaue Gefühl in der Magengegend nur weiter. Noch bevor sie den benachbarten Schockraum erreichten, übergab sich Niklas heftig.

Angespannt starrte Maximilian Vollmer auf den Bildschirm und machte sich bereits auf das Schlimmste gefasst. Die Symptome deuteten alle auf eine neue Thrombose hin, die dieses Mal ein Blutgefäß im Gehirn verstopft hatte.
»Die großen Gefäße sind alle offen«, erklärte der Radiologe und vergrößere die Aufnahmen.
»Das ist kein Schlaganfall«, stellte der Neurochirurg fest und atmete kurz auf. »Was ist mit der Brust?«
»Gleiches Bild. Kein Herzinfarkt, keine Lungenembolie.« Der Radiologe lehnte sich in seinem Stuhl zurück.
»Aber was hat er dann?« Maximilian schüttelte den Kopf und folgte der Liege mit Niklas zurück in den Schockraum.
»Das Notfalllabor sollte jeden Moment fertig sein, vielleicht gibt es da einen Hinweis.«
Gedankenverloren betrachtete Doktor Vollmer den Monitor mit Niklas' Vitalwerten darauf. Der Puls war erhöht, der Blutdruck etwas zu niedrig. Aber beides konnte auf verschiedenste Krankheitsbilder hinweisen.

Systematisch wurden weitere akute Krankheitsbilder ausgeschlossen, sodass Niklas schließlich in ein Überwachungszimmer der Notaufnahme verlegt wurde.
»Niklas? Was ist los?«, fragte Maximilian seufzend und steckte eine neue Infusion an den Zugang in Niklas'

Armbeuge. »Verstehst du mich? Kannst du nicken?«
Matt schloss Niklas die Augen und wurde sofort wieder mit dem blutüberströmten Anblick des angeschossenen Patienten konfrontiert. Nur trug der Patient sein eigenes Gesicht und ließ Niklas panisch die Augen aufreißen.
Warum konnte er diesen Bildern nicht entkommen? Was hatte das alles zu bedeuten?
»Was hast du?« Maximilian setzte sich auf die Bettkante. »Kannst du sprechen? Ich will dir helfen.«
Niklas atmete hektisch und warf nur verzweifelt den Kopf hin und her, als könnte er die Bilder so vertreiben.
»Ich rufe Freja an, vielleicht weiß sie einen Rat«, entschied Maximilian und stand wieder auf. »Ich bin gleich wieder bei dir.«

Die darauffolgenden Stunden lagen für Niklas völlig im Nebel. Geplagt von Schüttelfrost und Flashbacks an das Zeugenschutzprogramm hatte er sich im Bett herumgewälzt und kam erst am frühen Nachmittag wieder richtig zu sich.
»Sieh an, du bist wieder da.« Freja streichelte ihm über die Wange. Erleichterung schwang in ihrer Stimme mit. »Hey ...«
Erschöpft blinzelte Niklas und sah sich zaghaft um.
»Sehr schön, du bist wieder wach«, drang Maximilians Stimme an sein Ohr. »Verstehst du mich? Kannst du mir antworten?«
»Ja«, murmelte Niklas und richtete sich langsam auf, das Flügelhemd rutschte ihm dabei teilweise über die Schultern. »Was ... was ist denn passiert?«

Hilfesuchend sah Freja zu Maximilian, der sich noch immer im Hintergrund hielt.

»Erinnerst du dich an den Schockraumpatienten heute Morgen?«, fragte Maximilian Vollmer schließlich und kam einige Schritte näher. »Du hast auf einmal auf nichts mehr reagiert und warst kurz davor, zusammenzubrechen. Doktor Laanger und ich haben dich sofort untersucht und einmal durch das CT geschickt, denn deine Symptome haben eine neue Thrombose vermuten lassen. Zum Glück sind sowohl Kopf als auch Herz und Lunge ohne Befund, deswegen gehen wir im Moment von psychischen Ursachen aus für deinen Zustand. Hattest du letzte Woche noch eine sehr aufwühlende Therapiestunde? Oder hängt es vielleicht mit dem Umzug und den damit einhergehenden Veränderungen zusammen?«

Andeutungsweise schüttelte Niklas den Kopf. »Ich war bei der Therapie, aber da kam nichts … besonders Aufwühlendes an die Oberfläche, ich …« Er schluckte. »Der Patient hatte Schussverletzungen, oder?«

Freja drückte seine Hand. »Wie in deinem Traum letzte Woche?«, vermutete sie.

»Ich muss meine Psychologin erreichen, vielleicht kann sie meinen nächsten Termin vorziehen.« Niklas sah sich hektisch um. »Wo ist denn mein Handy?«

Bei seiner Psychologin erreichte Niklas zunächst nur die Mailbox, sodass er lediglich eine Nachricht mit der Bitte um Rückruf hinterließ.

»So Niklas.« Maximilian kehrte in das Überwachungszimmer zurück und legte Niklas' private Kleidung auf das Bett. »Den Rest kannst du dir ja dann selbst aus dem Spind holen, deinen Kittel habe ich dort eingeschlossen.«

»Danke.« Niklas lächelte matt und drückte Frejas Hand. »Dann darf ich also wieder nach Hause?«

»Du darfst nach Hause, ja.« Bestätigend nickte Maximilian. »Die Kollegen bringen gleich noch deinen Entlassungsbrief für den Hausarzt. Und wenn du die Empfehlung erlaubst, Niklas: Lass dich für ein paar Tage krankschreiben und versuche, ein bisschen … na ja, du weißt schon.«

»Werde ich tun«, versprach Niklas. »Meine Psychologin beziehungsweise der Hausarzt werden das ähnlich sehen. Zumin…« Das Handyklingeln unterbrach ihn. »Oh, das ist die Psychologin, entschuldigt bitte.« Schon nahm er das Gespräch an.

Kapitel 26

Die Reha-Klinik ging Oliver Knappe immer mehr auf die Nerven, denn für ihn drehte sich inzwischen alles nur noch um Doktor Thorsen und wie er diesen Arzt endlich aus dem Verkehr ziehen lassen konnte. Zwar bereitete dieser Anwalt die Klage vor, aber es würde Jahre dauern, bis ein Urteil gefällt wurde. Und so lange wollte Oliver unter keinen Umständen warten.

Ein kurzes, lautes Klopfen an seiner Zimmertür ließ Oliver zusammenzucken.

»Ja?«, rief er fragend und drehte sich mit seinem Rollstuhl zur Tür.

Ein groß gewachsener Mann mittleren Alters trat ein und schloss die Tür leise hinter sich. »Herr Knappe?«, fragte er im Näherkommen.

»Wer sind Sie?« Oliver runzelte die Stirn.

»Ich habe Ihre E-Mail gelesen, auch Ihr Fall ist mir wohlbekannt. Wie kann ich Ihnen helfen?«, fragte der Mann, ohne auf Olivers Frage einzugehen.

»Ich will Doktor Thorsen zur Rechenschaft ziehen für das, was er mir angetan hat. Warum wollen Sie mir helfen?«, fragte Oliver Knappe skeptisch.

»Doktor Thorsen hat auch mir Dinge angetan, die ich so nicht stehen lassen kann«, erklärte der Mann und setzte sich ungefragt auf den einzigen Stuhl am Tisch. »Und ich denke, wir können uns gut ergänzen.«

»Wie meinen Sie das? Was hat Doktor Thorsen mit

Ihnen gemacht? Was hat er Ihnen angetan?«, wollte Oliver skeptisch wissen.

»Wenn ich Ihre E-Mail richtig verstanden habe, wollen Sie Doktor Thorsen verklagen und benötigen dafür Zeugen, die Ihnen eine Fahrlässigkeit von Doktor Thorsen bestätigen. Ansonsten ist Ihre Klage nämlich nur ein Luftschloss aus Indizien, die wohl kaum für eine Verurteilung ausreichen werden.«

»Was? Wo… Woher wissen Sie das alles? Davon habe ich nichts in meiner E-Mail geschrieben.« Oliver verschränkte die Arme vor der Brust. »Wer sind Sie? Wie ist Ihr Name?«

»Zu Ihrem und meinem Schutz werde ich meinen Namen nicht nennen, Oliver«, erklärte der Mann in einem Tonfall, der keine Widerrede duldete. »Ich kann Ihnen nur versichern, dass wir ein gemeinsames Ziel haben. Und ich verfüge über zahlreiche Kontakte, die uns dieses Ziel erreichen lassen können. Die Frage lautet also: sind Sie dabei? Und zu welchem Einsatz sind Sie bereit?«

Oliver blinzelte, doch der Mann saß weiterhin vor ihm. Das war kein Traum, sondern Wirklichkeit. Fast zu schön, um wahr zu sein.

»Wo ist der Haken?«, fragte er deswegen. Das Herz schlug ihm dabei bis zum Hals.

»Kein Haken«, beteuerte der Unbekannte. »Wenn Sie die Augen schließen und an Doktor Thorsen denken. Was wollen Sie mit ihm tun? Was ist Ihr erster Impuls?«

»Ich will ihm am Boden sehen«, antwortete Oliver, ohne zu zögern. »Ich will sein Leben genauso zerstören, wie er das mit meinem getan hat.«

»Eine bessere Motivation hätten Sie mir nicht liefern können.« Der Mann lächelte. »Das Ziel ist also klar, aber haben Sie schon darüber nachgedacht, wie Sie dorthin gelangen? Wie kann ich Ihnen helfen? Was benötigen Sie?«

»Wir sprechen nicht mehr über das Gerichtsverfahren und eine Zeugenaussage, oder?«, vergewisserte sich Oliver nervös.

Sein Gegenüber schüttelte den Kopf. »Wir sprechen darüber, was Sie wirklich wollen.«

Unwillkürlich tauchte ein kleines Lächeln auf Olivers Lippen auf. »Ich will, dass er die gleichen oder noch schlimmere Schmerzen erleidet, die er mir angetan hat«, platzte es aus ihm heraus.

»Wie fügen Sie ihm diese Schmerzen zu? Benötigen Sie Hilfsmittel?«, fragte der unbekannte Mann sachlich, als würden sie über die gestrigen Nachrichten sprechen.

»Es gibt so viele Möglichkeiten. Stichwaffen, Schusswaffen, alte Folterinstrumente ...« Olivers Blick ging ins Leere. »Ich wünschte, man könnte ihn in so eine mittelalterliche Folterkammer einschließen und dort nach allen Regeln der Kunst ...«

»Ich verstehe, das klingt tatsächlich sehr reizvoll.« Der Mann lächelte diabolisch. »Dann machen wir es doch so: Sie überlegen sich, was genau Sie Doktor Thorsen antun wollen und welche Hilfsmittel oder Örtlichkeiten Sie dafür benötigen. Und ich werde mir in der Zwischenzeit Gedanken dazu machen, Doktor Thorsen unauffällig verschwinden zu lassen.«

»Wie erreiche ich Sie denn?«, fragte Oliver nervös. »Per Mail? Oder als Anruf oder ...?«

»Jeglicher schriftlicher Austausch ist zu vermeiden, das kann im Zweifel gegen uns verwendet werden. Und Sie wollen doch nicht mehr Spuren hinterlassen als unbedingt nötig, oder?«

Sofort schüttelte Oliver Knappe den Kopf. »Nein, natürlich nicht«, versicherte er und schluckte, denn vor Aufregung hatte er prompt einen trockenen Mund bekommen.

»Ich weiß, wo ich Sie finden kann, Herr Knappe. Ich werde wieder zu Ihnen kommen«, erklärte der Unbekannte. »Lassen Sie sich nicht zu viel Zeit, Rachepläne zu schmieden. Ich kehre möglicherweise schneller zurück, als Sie es für möglich halten.« Schon stand der Mann auf und verließ das Krankenzimmer ohne einen Gruß. Mit einem leisen Klicken schloss sich die Tür hinter ihm.

»Was zum Teufel war denn das?«, fragte Oliver in die Stille hinein und schüttelte ungläubig den Kopf. Das war eine einmalige Gelegenheit, sich an diesem unfähigen Arzt zu rächen. Nur wartete er immer noch auf den Haken. Warum half ihm der Unbekannte bei diesem Unterfangen und ermutigte ihn auch noch? Was hatte der Mann davon? War das alles nur eine Falle?

Kapitel 27

Nicht nur Freja ließ Niklas in den ersten Tagen nach dem Zusammenbruch in der Klinik nicht aus den Augen. Auch Maximilian Vollmer besuchte ihn mehrmals, um sich zu vergewissern, dass es ihm langsam wieder besser ging.

»Langsam reicht es aber«, stellte Niklas seufzend fest, schnappte sich eine Umzugskiste und schleppte sie in das Schlafzimmer. Stumm sortierte Bettwäsche, Laken und Handtücher wieder in die Schrankfächer.

»Ich weiß, dass du diesen Zusammenbruch am liebsten totschweigen würdest.« Freja folgte ihm in einigem Abstand und setzte sich schließlich auf die Bettkante. »Aber er ist nun einmal passiert und wir alle machen uns große Sorgen um dich, Niklas. Der Jahrestag steht unmittelbar bevor. Dass das unschöne Erinnerungen weckt und dich grübeln lässt, wie manche Szenen letzten Sommer anders hätten ausgehen können ...«

»Mhm ...« Niklas faltete den Karton auseinander.

»Sprichst du wenigstens mit der Psychologin darüber?«, wollte Freja bedrückt wissen.

»Sie hat da schon im ersten Gespräch nach meinem Zusammenbruch hartnäckig nachgebohrt«, gab er zu und holte sich eine weitere Kiste aus dem Kinderzimmer, das im Moment die verbliebenen unausgepackten Umzugskisten beherbergte.

»Ich rede darüber«, versicherte Niklas bei seiner Rückkehr in das Schlafzimmer. »Und ich weiß auch, dass du dir Sorgen machst. Das tut mir leid und war nie meine Absicht, aber irgendwie kommt gerade einiges wieder hoch, wovon ich geglaubt oder gehofft hatte, es endlich mithilfe der Psychologin aufgeräumt zu haben.«

»Das beruhigt mich ein Stück weit.« Freja breitete die Arme aus. »Komm her ...« Sie drückte ihn sanft an sich und streichelte ihm durch das verwuschelte Haar. »Bist du fit genug für die Schicht später?«, fragte sie und gab Niklas einen Kuss auf die Schläfe.

»Das wird sich zeigen. Aber die Psychologin und der Hausarzt sind der Ansicht, dass ich das nur ausprobieren kann. Und ich will gern wieder arbeiten und den Zusammenbruch so etwas in den Hintergrund drängen. Du kennst mich, die Arbeit direkt am Patienten war schon immer eine gute Therapie für mich.« Er lockerte die Umarmung etwas und küsste Freja zärtlich auf den Mund. »Das wichtigste aber seid ihr beiden. Ich will nur, dass es dir und Blubbs gut geht.«

Mit leichtem Widerwillen hatte Niklas Freja schließlich verlassen und war zur Spätschicht in die Klinik gefahren. Nach einer Woche Krankschreibung war das für ihn höchste Zeit, er wollte unbedingt in seinen Job zurückkehren. Alles weitere würde er an den nun wieder dichter gestaffelten Terminen bei der Psychologin aufarbeiten. Er war zuversichtlich, dass ihm das gelingen würde.

»Na? Wer ist denn da wieder gesundet? Haben wir uns gut von unserem Schwächeanfall letzte Woche erholt?«, wollte Christian Jürgen spöttisch wissen.

Niklas verdrehte nur die Augen und sah auf den neuen Dienstplan für die nächsten vier Wochen. Zahlreiche Bereitschaftsdienste wechselten sich mit Früh-, Spät- und Nachtschichten ab. Wenigstens arbeitete Doktor Jürgen weiterhin in anderen Schichten, sodass er mit diesem speziellen Kollegen außer bei Übergabegesprächen nichts zu tun haben würde.

»Wie ich hörte, Thorsen, wird nun Klage gegen Sie erhoben? Scheinbar ist dieser Fußballer empfindlich beleidigt, dass Sie ihn um einen Teil seines Fahrgestells gebracht haben«, provozierte Doktor Jürgen Niklas munter weiter.

»Falls dem so ist werde ich ja noch offiziell darüber informiert«, zeigte sich Niklas nach außen hin unbeeindruckt, wenngleich ihm die Nachricht innerlich wieder einen Stich versetzt hatte. Doch das würde er sich vor diesem Kollegen unter keinen Umständen anmerken lassen. »Woher wollen Sie das alles eigentlich schon wieder wissen?«

»Man wird nicht Oberarzt, in dem man nichts mitbekommt.« Hochnäsig sah Christian Jürgen ihn an. »Aber das werden Sie vielleicht auch noch lernen … je nachdem, wie dieser Prozess ausgeht …«

»Moin!« Maximilian Vollmer betrat das Stationszimmer, ihm folgten Doktor Fuchs und zwei Assistenzärzte. »Fangen wir gleich an?«

Wortlos reichte Doktor Jürgen Niklas das Bereitschaftstelefon und sah ihn provozierend an. »Passen Sie nur auf, dass Sie nicht innerhalb der nächsten beiden Stunden zusammenklappen. Unsere Personaldecke ist weiterhin angespannt und ich werde meinen Feierabend wegen Ihnen sicher nicht verschieben.«

»Könnt ihr das bitte an anderer Stelle klären?«, unterbrach Maximilian Vollmer die beiden Streithähne und deutete auf die Patientenakten. »Was war in der Frühschicht los?«

Doktor Jürgen schüttelte den Kopf und lehnte sich selbstgefällig zurück. »Ein Neuzugang liegt auf der Intensivstation und wird vorrangig von den Neurochirurgen behandelt. Für morgen Früh ist eine weitere OP geplant. Falls er stabil bleibt, können wir im gleichen Eingriff den Beckenbruch stabilisieren, aber das entscheidet sich kurzfristig.« Gelangweilt überflog Christian Jürgen die Namen auf den Akten. »Ellen Burgmaier spricht gut auf Medikamente und Physiotherapie an, die Entlassung ist für morgen geplant. Bei Klaus Berger ein ähnliches Bild, er hält sich an den Therapieplan der Physiotherapeuten. Wenn die Neurochirurgen grünes Licht geben, werden wir auch ihn morgen in die Rehaklinik entlassen können.«

Niklas lehnte sich zurück.

»Unser Unbekannter mit den Schussverletzungen wurde immer noch nicht identifiziert, dafür aber gestern erneut am Oberschenkel operiert. Wir haben einen Fixateur externe angebracht, heute waren weitere neurologische Untersuchungen angesetzt«, berichtete Christian Jürgen und sah dabei vor allem zu Doktor Vollmer.

»Geht es dir gut?«, wollte Maximilian nach der Besprechung von Niklas wissen, nachdem sich Doktor Jürgen endlich auf den Nachhauseweg gemacht hatte. »Hast du dich gut von deinem Zusammenbruch erholt?«

»Weiß mittlerweile das ganze Krankenhaus davon?«

Niklas seufzte genervt.

»Es kommt nicht alle Tage vor, dass jemand vom Personal im Schockraum zusammenbricht«, erinnerte ihn Maximilian ruhig und musterte ihn. »Hast du noch irgendwelche Probleme …?«

Niklas schüttelte den Kopf. »Es geht mir gut, danke der Nachfrage. Und der Hausarzt sieht das ähnlich, ansonsten hätte er meinen Krankenschein wohl noch einmal verlängert.« Sein Blick ging zur Uhr. »Ich glaube, du musst dann langsam in den OP.«

Auch Niklas verließ das Arztzimmer und erreichte das Büro von Professor Schneider einigermaßen pünktlich. Lange warten musste er nicht, dann ließ ihn die Sekretärin eintreten.

»Ah, Doktor Thorsen.« Professor Schneider kam um den großen Schreibtisch herum und bot Niklas einen Platz in der Sitzgruppe an. »Ihnen geht es wieder gut?«

»Sonst wäre ich nicht hier.« Niklas bemühte sich, sich die Genervtheit über diese Frage nicht zu sehr anhören zu lassen. Der Chefarzt hatte keine Miene verzogen, es schien ihm also gelungen zu sein.

»Sehr schön. Sie wissen ja, warum wir uns noch einmal zum Gespräch zusammenfinden, Doktor Thorsen. Und zwar geht es um Ihre Spezialisierung nach der Facharztausbildung.« Wie üblich kam Professor Schneider rasch zur Sache. »Haben Sie eine Entscheidung getroffen, wie es nach der Elternzeit für Sie weitergeht?«

»Meine Kollegen haben mir gute Einblicke in ihre Spezialisierungen gegeben, sodass ich tatsächlich eine Entscheidung getroffen habe.« Niklas lächelte. »Ich möchte mich gern zum Notarzt weiterbilden.«

»Eine große Herausforderung, aber es überrascht
mich nicht.« Professor Schneider lächelte. »Sie sind
nicht der Erste aus dieser Abteilung, der sich für diesen
Weg entscheidet und ich freue mich, dass wir für Sie
einen Platz gefunden haben. Dann werde ich alles Nö-
tige für Ihre Weiterbildung veranlassen.«

Kapitel 28

Oliver Knappe verließ die Reha-Klinik nach vier Wochen, um sich ambulant weiterbehandeln zu lassen. Erste Prothesen hatte er bereits bekommen und das Fitnessprogramm konnte er zu Hause sogar besser angehen, schließlich hatte er in seinem Haus einen voll-ausgestatteten Sportbereich sowie Coaches und Physiotherapeuten, die das Training entsprechend begleiten würden. So gesehen hielt ihn nichts mehr in dieser Klinik, die ihm schon vom ersten Tag an gegen den Strich gegangen war.

Lange allein blieb Oliver nicht, denn der unbekannte Mann stand wieder genauso überraschend vor seiner Tür wie bei dessen ersten Besuch in der Reha-Klinik.
»Sie haben mich gefunden«, stellte Oliver Knappe überflüssigerweise fest und rollte zurück in den groß-zügigen Wohn-Ess-Bereich. Sein Besucher folgte ihm.
»Ganz, wie Sie es angekündigt haben. Welche Neuig-keiten haben Sie für mich?«
»Es gibt verschiedene Möglichkeiten, Doktor Thorsen und Sie zusammenzubringen«, berichtete der Unbe-kannte und setzte sich ungefragt auf das weiße Sofa. »Ich habe hier seinen Dienstplan für die nächsten vier Wochen, da ergeben sich einige Gelegenheiten, ihn al-lein abzupassen. Besonders praktisch sind die Spät-schicht, oder der Morgen nach einer Vierundzwanzig-

Stunden-Bereitschaft. Nach letzterer dürfte von Doktor Thorsen auch keine große Gegenwehr zu erwarten sein.«

»Okay. Und wie oft hat er diese Bereitschaften? Und um wie viel Uhr wird er dann abgepasst?«, fragte Oliver aufgeregt. Seine Rache rückte in immer greifbarere Nähe und flößte ihm neues Leben ein.

»Ablöse ist jeweils um neun Uhr morgens, da ist natürlich auf dem ganzen Klinikgelände viel Betrieb. Daher empfehle ich, Doktor Thorsen in der Nähe seiner Wohnung aufzulauern.« Der Mann sah ebenfalls auf den Ausdruck des Dienstplanes. »Anbieten würde sich diese Woche der Donnerstagmorgen.«

»Und wohin bringen Sie Doktor Thorsen dann? Wo soll ich warten?«, wollte Oliver wissen und trommelte mit den Fingerspitzen auf seinem gesunden Oberschenkel herum.

»Ich kenne einige verlassene Gebäude und Kellerräume, in denen wir ungestört sind und keine Ohrenzeugen befürchten müssen.« Wie schon beim ersten Gespräch spielte der unbekannte Mann seine Informationen äußerst zurückhaltend aus. »Ich hole Sie also ab und bringe Sie direkt zu Doktor Thorsen, darüber brauchen Sie sich also keinen Kopf zu zerbrechen.«

»Okay, das ist gut.« Oliver nickte mehrmals und dachte angestrengt nach, welche Details noch von Bedeutung waren und für deren Umsetzung er die Hilfe dieses Mannes benötigte.

»Haben Sie Ihre Folterwerkzeuge bereits griffbereit? Muss etwas schon vorher transportiert werden? Oder ist alles leicht und handlich?«, fragte der Mann weiter.

»Ich ... ich weiß noch nicht genau, was ...« Nervös befeuchtete Oliver seine Lippen. »Ich habe noch keinen exakten Plan, was ich ihm alles antun möchte.«

»Gut, dass Sie noch drei Tage Zeit haben, um zu überlegen. Sollten Sie weiterhin unentschlossen sein nehmen Sie alles mit und entscheiden dann vor Ort spontan, welches Werkzeug die beste Wahl ist«, riet ihm der Unbekannte. »Falls Sie noch Dinge besorgen müssen, kann ich Ihnen ausnahmsweise behilflich sein und die Bestellung in Ihrem Namen entsprechend tätigen. Vorausgesetzt natürlich, dass Sie die Summen in Bar aufbringen können.«

»Das ist kein Problem«, versicherte Oliver hektisch. »Ich ... dann können Sie mir also jegliche Art von Waffe beschaffen?«

Ungeduldig nickte der Mann. »Sie wollen ein Rundum-Sorglos-Paket für Anfänger?«, vermutete er angesichts von Olivers Zögern. »Enthalten sind diverse Schlag-, Stich- und Schusswaffen. Das eröffnet Ihnen für die Folter von Doktor Thorsen alle nur erdenklichen Möglichkeiten. Falls Sie darüber hinaus mit Feuer oder glühenden Metallen arbeiten wollen, sagen Sie bitte Bescheid.«

Glühende Metalle? Oliver schüttelte den Kopf. Das war ihm dann doch zu extrem.

»Heute Abend erhalten Sie die Waren per Kurier, der auch das Geld in Empfang nimmt«, instruierte ihn der Mann. »Paketpreis zuzüglich eines Aufschlags wegen der kurzen Lieferzeit, das macht zehn Riesen in einem Kuvert.«

Das Herz schlug Oliver heftig in der Brust, doch er nickte. Er steckte jetzt schon so tief in diesem Plan, da konnte er nicht mehr abbrechen. Und das wollte er auch nicht. Nicht, wo er jetzt die einmalige Chance hatte, diesem Arzt gleiches mit gleichem zu vergelten. Sein Schmerz gegen dessen Schmerz. Bein um Bein.

»Ausgezeichnet. Wenn Sie keine weiteren Fragen mehr haben, sehen wir uns am Donnerstagmorgen um Neun. Seien Sie pünktlich abfahrtbereit.« Der unbekannte Mann stand auf und wandte sich zum Gehen. »Ich finde selbst hinaus.«

Kapitel 29

»Du hast was?«, fragte Frederik entgeistert. »Ja, inhaltlich habe ich verstanden, was du gemacht hast, aber bist du vielleicht mal auf die Idee zu kommen, ob so etwas auch für Julian, Oliver oder mich auch infrage gekommen wäre?«

Karl von Gerblung musterte seinen Neffen interessiert.

»Nein, Mama, das ist nicht allein dein Thema. Wir sind alle mit diesem Namen gebrandmarkt«, fuhr Frederik erregt fort. »Ich weiß, dass du einiges durchmachen musstest, aber so geht es uns allen. Und es wäre schön, gemeinsam einen Weg aus diesem Schlamassel zu finden anstatt, dass es jeder einzeln versucht.« Er seufzte.

»Ja, wir können das Gespräch vertragen, bis du von deiner Reise zurück bist«, gab Frederik schließlich nach. »Alles Gute und noch erfolgreiche Konzerte.« Er schluckte. »Ich habe dich lieb, Mama.«

Er beendete das Gespräch und ließ sich auf das Sofa sinken. »Mama hat ihren Mädchennamen angenommen, ich habe es nur durch Zufall erfahren.«

»Nachdem du dich selbst mit dieser Namensthematik beschäftigst, ist das natürlich ein ziemlich unangenehmer Beigeschmack«, stellte Karl fest und betrachtete die beiden spielenden Welpen lächelnd.

»Ich muss mal Julian und Oliver fragen, ob sie ihren Nachnamen ebenfalls ändern möchten. Aber wenn

Mama schon vorgeprescht ist, scheint es ja zu gehen.« Frederik schüttelte den Kopf. »Es wäre nur schön gewesen, wenn sie vorher mit uns gesprochen hätte.«
»Deine Mutter hat auch sehr viel einstecken müssen«, merkte Onkel Karl an. »Nicht nur letztes Jahr, sondern all die Jahre vorher. Maximilian hat sie gedemütigt, wo er nur konnte. Dem konnte sie mit ihren Reisen zumindest zeitweise entfliehen, aber das heißt nicht, dass es für sie einfach war.«
»Das habe ich nie gesagt.« Frustriert rutschte Frederik vom Sofa hinunter auf den Fußboden. Es dauerte nicht lange, da kam Baal schon auf ihn zu getapst.
»Jeder geht mit diesen Schicksalsschlägen anders um. Ich glaube auch, dass deine Flucht zu mir deine Brüder beschäftigt, auch wenn sie es nicht laut aussprechen«, redete Karl in ruhigem Tonfall weiter. »Und wer weiß, welche Mittel und Wege deine Brüder gefunden haben, das alles zu verarbeiten. Die Hauptaufgabe für euch ist, eine Balance zu finden aus gemeinsamem Aufarbeiten und individueller Bewältigung. Das ist eine große Aufgabe, vor der ihr als Familie steht.«
»Du gehörst genauso zur Familie«, stellte Frederik leise fest, ohne den Blick von Baal zu wenden.

Karl und Frederik hatten die schwierigen Themen für den verbliebenen Nachmittag zurückgestellt und lieber mit den Welpen an den nächsten Kommandos und Übungen aus der Welpenschule gearbeitet.
»Baal ist ein ganz großer Streber, da muss ich dem Trainer recht geben«, schmunzelte Karl. »Jarle ist da eher zurückhaltend.«
Frederik lachte und ließ Baal wieder auf seinen Schoß

klettern. »Sie machen beide Fortschritte und darauf kommt es an«, erklärte er, während er dem jungen Hund über das weiche, schwarze Fell streichelte. »Und ich finde es schön, dass sie noch einige Monate gemeinsam aufwachsen, bevor Baal und ich nach Hamburg zurückkehren.«

»Ob sie sich so leicht trennen lassen, ist die andere Frage. Da werden wir beide ganz schön viel kompensieren müssen«, vermutete Karl und sah auf die Uhr. »Zeit für das Abendessen, mein Magen knurrt auch schon.«

Pappsatt ließen Frederik und sein Onkel einen weiteren lauen Sommerabend bei einem Glas Whisky auf der Terrasse ausklingen.

»Hast du eigentlich noch einmal mit Niklas telefoniert?«, wollte Karl gedankenverloren wissen und schwenkte das Glas langsam in seiner Hand. Die bernsteinfarbene Flüssigkeit schwappte träge hin und her.

»Der Umzug hat reibungslos geklappt, da haben meine Brüder auch tatkräftig mit angepackt«, berichtete Frederik. »Ihre neue Wohnung nimmt Gestalt an, aber bis alles seinen endgültigen Platz gefunden hat wird es dauern. Aber das ist ja bei Umzügen meistens der Fall.« Er dachte nach. »Na ja und in der Klinik ist es wohl weiterhin angespannt. Er hat diesen einen Kollegen, der ihn immer noch wegen des Transplantationsskandals auf dem Kieker hat. Der setzt ihm ganz schön zu, weil Niklas wohl von einem ehemaligen Patienten wegen eines Kunstfehlers verklagt wird, und dieser Oberarzt das auch noch lustig findet und versucht, ihn dadurch loszuwerden.«

»Keine schöne Art. Aber das kommt vor. Leider.« Karl musterte seinen Neffen von der Seite. »So wie du deinen Freund beschreibst wird er damit klarkommen. Ihr habt den Transplantationsskandal beide überstanden. Da wird er auch mit diesem Prozess umgehen können.«

»Ich hoffe es. Niklas meint, dass er den Fall dutzende Male von vorne nach hinten und von hinten nach vorne gewälzt hat, aber immer noch nicht herausgefunden hat, wo der Fehler liegt. Das muss ziemlich frustrierend sein und ich bin mir sicher, dass ihn das sehr belastet.« Frederik trank einen großen Schluck Whisky. »Er hat Freja und die Klinik samt ihren Anwälten hinter sich, das ist als Ausgangssituation gut. Und alles andere muss das Gericht klären. Das liegt nicht mehr in seinen Händen.«

»Da kann man ihm nur viel Kraft wünschen. Derartige Prozesse sind langwierig, das weiß ich von einem Freund, der diesen Weg gegangen ist.« Karl legte den Kopf in den Nacken und atmete tief ein und aus.

Kapitel 30

Die Vierundzwanzig-Stunden-Bereitschaft hatte es in sich gehabt. Während er tagsüber fast schon entspannt mitgelaufen war, hatte es nachts gleich mehrere Notfälle gegeben, die sofortige Operationen erforderlich gemacht hatten. Dementsprechend erschöpft und übermüdet verließ Niklas die Uniklinik am Donnerstagmorgen. Er wollte nur noch nach Hause und sich ausschlafen, bevor er später mit Freja das Kinderzimmer fertig einräumen wollte. Die Möbel waren alle schon aufgebaut, doch Kleidung und Zubehör lagen noch in den letzten Umzugskisten.

Der Berufsverkehr war bereits abgeflaut, sodass Niklas sehr gut durchkam und auch von roten Ampeln kaum aufgehalten wurde. Schon fünfzehn Minuten nach Feierabend erreichte er sein Zuhause und seufzte genervt, als er die beiden Transporter einer Handwerksfirma in der Tiefgaragenzufahrt entdeckte.

»Was macht ihr denn hier?«, fragte Niklas aus dem offenen Seitenfenster. »Ihr könnt doch nicht die Zufahrt blockieren!«

»Dauert noch zwei Stunden, dann können Sie wieder unten parken«, erklärte einer der Handwerker mit starkem Akzent. »Das Rolltor muss dringend repariert werden.«

Rolltor reparieren? Niklas schüttelte den Kopf und fuhr zurück auf die Straße. Gut, dass vormittags einige

Parkplätze am Straßenrand frei waren und er nicht mehrere Runden um den Block drehen musste, um eine passende Parklücke für sein Auto zu finden. Mit wenigen Zügen parkte er zwischen zwei Kleinwagen ein, schnappte sich seinen Rucksack vom Beifahrersitz und stieg aus. Nur noch wenige Schritte trennten ihn von seinem Bett. Er lächelte.

»Sind Sie Doktor Thorsen?« Einer der Handwerker kam auf ihn zu.

Irritiert runzelte Niklas die Stirn. »Warum wollen Sie das wissen?«

Der Mann nickte nur.

Im nächsten Moment bekam Niklas einen harten Schlag auf den Hinterkopf, der ihn sofort bewusstlos zu Boden sinken ließ.

Heftig pochende Kopfschmerzen weckten Niklas schließlich aus seiner Bewusstlosigkeit und ließen ihn benommen blinzeln.

Wo war er?

Was war passiert?

Mit einem gequälten Stöhnen versuchte er, sich aufzurichten, doch das war angesichts seiner auf dem Rücken zusammengeschnürten Arme gar nicht so einfach. Hinzu kam der Schwindel, der in direktem Zusammenhang zu seinen Kopfschmerzen zu stehen schien.

»Oh, Sie sind wach.« Eine Männerstimme ließ Niklas aufhorchen. »Sie waren eine ganze Weile weg. Fast hätte ich mich gelangweilt.«

Wer war der Mann?

Und noch wichtiger: was wollte der Mann von ihm?

Die Stimme kam Niklas irgendwoher bekannt vor, doch im Moment konnte er keinen Zusammenhang herstellen.

»Wo … wo bin ich?«, fragte Niklas mit schwerer Zunge.

»Das braucht Sie nicht zu kümmern.« Der Mann saß in einem Rollstuhl und betrachtete Gegenstände auf dem Tisch neben sich, die Niklas aus seiner Position heraus jedoch nicht erkennen konnte.

»Wer sind Sie?«, wollte Niklas wissen.

»Sie kennen nicht einmal mehr meinen Namen?« Ungläubig starrte ihn der Mann an. »Wollen Sie mich vielleicht verarschen? Ich …« Er schnappte sich einen Gegenstand vom Tisch, rollte rasch näher und hieb Niklas mit der rechten Hand ins Gesicht. Erst im letzten Moment erkannte Niklas den glänzenden Schlagring, dann sank er erneut bewusstlos zu Boden.

Das Blut auf seiner Wange war bereits getrocknet, als Niklas wieder zu sich kam und neben dem Hinterkopf nun auch pochende Schmerzen in der linken Wange verspürte. Ob da knöchern etwas kaputt gegangen war? Heil fühlte sich sein Kopf jedenfalls nicht mehr an.

»So, auf ein Neues, *Doktor* Thorsen.« Der Mann saß wieder neben dem Tisch und drehte eine Art Dolch in seinen Händen.

»Was wollen Sie von mir?«, fragte Niklas und mühte sich erneut vom Boden hoch. Im Sitzen kam er sich nicht ganz so unterlegen vor wie im Liegen.

»Ich erwarte Antworten, Doktor Thorsen«, erklärte der Mann. »Ich will wissen, welche Fehler Sie gemacht und wie Sie mein Leben ruiniert haben. Ich will, dass

Sie Ihr Versagen endlich zugeben und sich nicht hinter Ausreden, Kollegen oder Klinik-Anwälten verstecken.«

»Was?«, fragte Niklas fassungslos, dann fiel beim ihm der Groschen. »Sie sind Oliver Knappe.«

»Halleluja«, jubilierte der Mann augenverdrehend und in sarkastischem Tonfall. »Ich hatte schon die Befürchtung, dass der Schlag auf den Kopf das letzte Bisschen Ihres Verstandes vernichtet hätte. Gut, dass dem nicht so ist, dann bekomme ich endlich meine Antworten.«

Niklas schluckte vernehmlich.

Okay, was der Mann wollte, war nun geklärt.

Die Frage war nur, was er mit ihm machte, wenn ihm die Antworten nicht gefielen.

Wie sollte dieser Situation nur entkommen?

Wo war er überhaupt?

»Ich frage Sie also noch einmal, *Doktor* Thorsen. Wie um alles in der Welt führt ein simpler Knochenbruch zu einer Unterschenkelamputation? Was haben Sie mir angetan? Welche Fehler haben Sie begangen?«

»Ich habe Ihr verdammtes Leben gerettet«, stöhnte Niklas unter stärker werdenden Kopfschmerzen. »Ich habe Ihnen überhaupt nichts angetan.«

Sein ehemaliger Patient rollte wieder schwungvoll auf ihn zu und packte ihn grob am Kinn. »Die Beurteilung überlassen Sie mir. Ich kenne meine Akte und ich weiß, was Sie alles offiziell in meinem Fall unternommen haben. Ich will aber den Rest wissen, der nicht in den Protokollen festgehalten wurde.«

»Ich habe alles, was ich gemacht habe, immer schriftlich festgehalten«, beharrte Niklas und schloss in Erwartung des nächsten Schlages die Augen.

»Beginnen wir von vorne«, stellte Oliver Knappe mühsam beherrscht fest und ließ Niklas' Kinn ruckartig los. Schon rollte er zurück zum Tisch und nahm den Dolch wieder in die Hand. »Je länger Sie sich mit Ihrem Bericht Zeit lassen, desto mehr werde ich Ihnen auf die Sprünge helfen. Und glauben Sie mir, *Doktor* Thorsen, ich habe einiges vorbereitet.«

Sein Körper war starr vor Angst, deswegen brachte Niklas nur ein andeutungsweises Nicken zustande. »Eine Assistenzärztin hat Sie in der Notaufnahme vom Rettungsdienst übernommen und mich nach der Erstuntersuchung und den Röntgenaufnahmen hinzugezogen«, begann er mit bebender Stimme.

»Warum eine Assistenzärztin? Warum ausgerechnet diese Assistenzärztin? Wie hat es diese Frau überhaupt in diesen Job geschafft?«

»Solche Entscheidungen fallen nicht in meinen Aufgabenbereich. Ich habe Doktor Lucas nicht eingestellt.« Niklas schloss die Augen, doch er konnte damit nicht verhindern, dass ihm eine Träne aus dem Augenwinkel rann. »Und dass Assistenzärzte ab einem gewissen Ausbildungsstand selbstständig Patienten übernehmen und die Erstuntersuchungen durchführen, ist in der Medizin ein übliches Vorgehen.«

Oliver Knappe blieb stumm und glitt stattdessen mit der flachen Seite der Klinge über Niklas' Wange. »Weiter«, wies er ihn unwirsch an. »Als nächstes kam die OP. Warum haben Sie mich stundenlang auf die Operation warten lassen? Hatten Sie vorher keine Lust auf einen langweiligen Bruch? Hatten Sie Spaß daran, mich mit diesen Schmerzen liegen zu lassen und zu ignorieren? Warum hat das, verdammt nochmal, so lange gedauert?«

»Sie hatten eine vergleichsweise harmlose Verletzung, die im OP-Plan dringenderen, also lebensbedrohlichen Notfällen weichen muss. Ihre Operation wurde wegen mehrerer akuten Fälle verschoben, es gab schlichtweg keinen freien Operationssaal.« Niklas wimmerte, als Oliver Knappe die Klinge drehte und einen feinen Schnitt unterhalb des linken Auges setzte. Ein warmes Rinnsal rann über Niklas' Wange und tropfte auf sein helles Shirt.

»Aha«, kommentierte Oliver sarkastisch und betrachtete das Blut auf der Klinge nachdenklich. Das Skalpell müsste damals ähnlich ausgesehen haben, nur eben mit seinem eigenen Blut.

»Was wollen sie hören?«, wollte Niklas unter Schmerzen wissen. »Dass ich jeden vierten Patienten absichtlich auf die lange Bank schiebe, weil ich mich zwischendurch lieber mit der Pflegepraktikantin in einer Wäschekammer vergnüge, um für die OP so richtig in Stimmung zu kommen? So läuft das vielleicht in diesen beschissenen Fernsehserien ab, aber nicht im realen Leben.«

»Na schön. Dann, bitte, fahren Sie fort. Wie konnte sich diese Verletzung also so weit verschlimmern, dass ich meinen Unterschenkel verloren habe? Was haben Sie vermasselt, damit das Gewebe abgestorben ist beziehungsweise sich entzündet hat? Ohne äußeres Zutun erscheint mir diese Entwicklung äußerst unwahrscheinlich.«

»Der Eingriff verlief nach Plan, es gab keine Anhaltspunkte für Komplikationen«, berichtete Niklas mit zittriger Stimme. Die Kälte des Betonbodens war ihm längst tief in den Körper gekrochen, während das Herz heftig in seinem Brustkorb pochte. Schon wieder mit Waffen verschiedenster Art konfrontiert zu sein, löste in Niklas nackte Angst und Panik aus.

Nie würde er vergessen, wie er in der Tiefgarage angeschossen worden war. Auch da hatte er sich auf den Betonboden gekauert und war vor Angst wie gelähmt gewesen. Todesängste hatte er ausgestanden.

Und diese Erinnerungen mit allen Empfindungen, Gerüchen und Geräuschen drohten ihn nun zu übermannen. In immer größeren Wellen überrollte ihn die Panik. Das Blut rauschte in seinen Ohren, ihm wurde ganz seltsam.

Als würde sein Geist nicht mehr zu seinem Körper gehören. Als wäre das überhaupt nicht sein Körper.

Nur ganz leise hörte er die Stimme von Oliver Knappe, doch er verstand nichts. Zu undeutlich waren die Wortfetzen, die an sein Ohr drangen.

Ein Schuss peitschte durch den leeren Raum und riss Niklas rabiat aus seiner Trance. Der brennende Schmerz an seinem linken Unterschenkel trieb ihm die Tränen in die Augen.

Woher hatte Knappe plötzlich eine Schusswaffe in die Hände bekommen?

Was sollte das alles?

Warum hatte Knappe auf ihn geschossen?

Was hatte dieser Irre noch mit ihm vor?

Konnte er überhaupt lebend entkommen?

»Jetzt spitzen Sie mal die Ohren, Doktor.« Mit erstaunlich festem Griff packte Oliver Knappe Niklas am Kragen, sodass die Nähte des Shirts lautstark knackten. »Glauben Sie, nur weil Sie das Bewusstsein verlieren, ist unser Gespräch beendet? Oh nein, so leicht lasse ich Sie nicht davonkommen. Sie haben mein Leben zerstört und meine Karriere. Sie haben mich in diesen Tagen durch die Hölle gehen lassen mit meinen Schmerzen und Sie haben nichts dagegen unternommen. Heute ist Zahltag, Doktor Thorsen. Ich zahle Ihnen mit gleicher Münze zurück, was Sie mir angetan haben.«

Ruckartig ließ Knappe ihn los, sodass Niklas mit einem gequälten Aufstöhnen zu Boden sank. Der Schmerz wühlte in seinem Unterschenkel. Die Augen fielen Niklas zu, als könnte er sich so dieser unwirklichen Situation entziehen.

»Also, Doktor Thorsen. Ich bin ganz Ohr. Wie ging es weiter? Wann sind Sie endlich auf die Idee gekommen, dass hinter meinen Schmerzen mehr steckt? Warum haben Sie solche Komplikationen nicht früher überprüft? Warum erst, als es zu spät war?« Der kalte Lauf der Pistole berührte Niklas' Stirn und machte den Weg frei für andere Erinnerungen, die sich nun mit aller Macht in Niklas' Bewusstsein drängten.

Die Suite in Göteborg, wo ihn Polizistin Elisabeth Baumgartner mit ihrem Team in Sicherheit gebracht hatte und wo sie dennoch von ihren Verfolgern eingeholt worden waren.

Die Schüsse, die er im Badezimmer gemeinsam mit Freja gehört hatte.

Das Blut im Flur.

Die abgedeckte Leiche von Polizistin Yvonne Schwarzenbrunner.

Immer schneller tauchten die Bilder vor Niklas' innerem Auge auf, bis er wieder das Bewusstsein verlor.

Kapitel 31

Die Uhr zeigte schon halb Elf an, doch von Niklas war noch immer keine Spur. Beunruhigt wanderte Freja in der Wohnung auf und ab und versuchte ein weiteres Mal, ihn telefonisch zu erreichen. Ewig ertönte das Freizeichen, dann schaltete sich die Mailbox ein.

»Niklas? Das ist langsam nicht mehr lustig, wo steckst du? Wo auch immer du gerade bist, ruf mich zurück, ja? Ich … ich könnte deine Unterstützung brauchen, die Vorwehen sind heute ganz schön heftig.« Freja biss sich auf die Unterlippe. »Ich liebe dich.«

Sie legte auf und blieb am Fenster zur Straße stehen. Nachdenklich ließ sie ihren Blick über die Fahrzeuge am Straßenrand gleiten und stutzte dann. Der dunkelblaue Audi zwischen einem weißen Opel und einem silbernen Polo … das war doch ihr Auto.

Warum hatte Niklas denn nicht in der Tiefgarage geparkt?

Warum war er nicht längst hoch in die Wohnung gekommen?

Ging es ihm nicht gut?

Oder war er nach der langen Schicht einfach eingeschlafen?

Ächzend hielt sich Freja den Bauch und wartete mit geschlossenen Augen ab, bis die Vorwehe abgeklungen war. Dann schlüpfte sie in Flipflops und verließ die Wohnung mit Handy und Schlüssel in der Hand.

Es dauerte eine gefühlte Ewigkeit, bis Freja das Auto endlich erreichte und sich während der nächsten Wehe seitlich am Auto abstützte.

»Was wird das, Blubbel?«, fragte Freja und streichelte sich über den runden Bauch. »Ich muss erst deinen Papa finden, bevor du auf die Welt kommen darfst. Außerdem bist du drei Wochen zu früh dran, ja? Du darfst ruhig noch ein paar Tage in meinem Bauch bleiben.«

Sie löste sich wieder vom Auto und zog probehalber am Türgriff der Beifahrerseite. Schon ließ sich die Tür öffnen, was Freja erst recht beunruhigte.

»Niklas?«, fragte sie irritiert und ließ sich auf den Sitz sinken, um sich im Fahrzeuginneren umsehen zu können. Der Schlüssel war nirgends zu sehen, auch Niklas' Rucksack und das Handy schienen verschwunden zu sein. Als wäre Niklas ausgestiegen und hätte sich dann in Luft aufgelöst.

Freja atmete tief durch und versuchte, wieder einen klaren Gedanken zu fassen.

Wer konnte wissen, wo Niklas war?

Wer hatte ihn zuletzt gesehen?

Als erstes kam ihr Maximilian in den Sinn, vielleicht hatte Niklas noch etwas vorgehabt nach Schichtende.

»Vollmer?«, meldete sich Maximilian reserviert.

»Max? Hier ist Freja.« Sie legte den Kopf in den Nacken, doch die Tränen rannen ihr bereits über die Wangen. »Hast du eine Ahnung, wo Niklas ist? Sein Auto steht bei uns vor dem Haus, aber von ihm gibt es keine Spur. Hat er dir noch etwas gesagt, wo er vielleicht hinwollte?«

»Äh, was?« Maximilian Vollmer klang irritiert. »Niklas ist noch nicht zu Hause angekommen? Er hat doch pünktlich um Neun Feierabend gemacht.«

»Und hat er noch etwas gesagt, ob …« Freja brach ab, weil Tränen und die nächste Vorwehe das Weitersprechen kurzfristig unmöglich machten.

»Nein, gar nicht. Er hat die ganze Nacht über operiert, dementsprechend wollte Niklas nur noch ins Bett«, berichtete Maximilian. »Warte, er hat das Auto bei euch abgestellt und ist dann verschwunden? Das passt ja überhaupt nicht zu ihm.«

»Wem sagst du das«, schniefte Freja und versuchte angestrengt, zumindest den kläglichen Rest ihrer Selbstbeherrschung zu bewahren.

»Freja? Bitte, ruf die Polizei an. Da stimmt etwas ganz und gar nicht«, bat Maximilian sie eindringlich.

»Wer könnte Niklas denn etwas Böses wollen?«, schluchzte Freja und verlor schließlich den Kampf um die Selbstbeherrschung. »Ich meine … dieser ganze beschissene Skandal ist Geschichte und …«

»Beruhige dich, Freja.« Maximilian seufzte. »Ich habe nur eine einzige Vermutung, wer Niklas nicht gerade freundlich gestimmt ist im Moment. Und das ist sein ehemaliger Patient Oliver Knappe, der Klage wegen eines vermeintlichen Kunstfehlers eingereicht hat.«

»Und du meinst, er versucht jetzt auf diesem Weg, Gerechtigkeit wiederherzustellen?« Freja schlug die Hand vor das Gesicht. »Das ist nicht dein Ernst, Max. Ich … oh Gott …«

»Geht es dir gut, Freja? Du klingst, als hättest du starke Schmerzen«, stellte Maximilian besorgt fest. » Soll ich einen Rettungswagen rufen?«

»Das sind nur Vorwehen, hat mein Arzt erst gestern bestätigt.« Freja schüttelte den Kopf unter Tränen. »Ich brauche keinen Rettungswagen, ich brauche Niklas. Das ist alles ein ganz beschissener Albtraum, aus dem ich spätestens jetzt bitte aufwachen möchte.«
»Meine Schicht beginnt erst um Zwei, ich mache ich sofort auf den Weg zu dir«, versprach Maximilian. »Dann rufen wir gemeinsam die Polizei an und sehen zu, dass es dir und eurem Baby den Umständen entsprechend gut geht. Für Vorwehen klingen deine Schmerzen nämlich ganz schön heftig.«
»Ich bleibe einfach hier im Auto sitzen und warte auf dich«, murmelte Freja und ließ das Handy sinken.
Wo zur Hölle war Niklas?
War ihm etwas zugestoßen?
Konnte wirklich dieser ehemalige Patient hinter Niklas' Verschwinden stecken?
Nur, was hatte der davon? Was wollte er mit so einer Aktion erreichen?

Kapitel 32

»So, Doktor Thorsen. Das reicht jetzt mit Nickerchen. Sie sollen mir Fragen beantworten und nicht schlafen.« Oliver Knappe saß wie schon mehrmals zuvor neben dem Tisch und hielt sehr zu Niklas' Erleichterung gerade keine Waffe in der Hand.

»Wenn Sie alle Antworten hören möchten, sollten Sie aufhören, mich bis zur Bewusstlosigkeit zu prügeln«, krächzte Niklas und spuckte eine Ladung Blut auf den blanken Betonboden.

»Na schön, Sie haben Schonfrist. Dafür aber antworten Sie zügig und ausführlich«, forderte Oliver Knappe.

»Wir sind vorhin bei den ersten Komplikationen stehengeblieben. Wann sind Sie auf die Idee gekommen, dass hinter meinen Schmerzen mehr steckt? Warum haben Sie solche Komplikationen nicht früher überprüft? Warum erst, als es zu spät war?«

»Schmerzen sind in den ersten Stunden nach traumatischen Verletzungen nicht unüblich, deswegen wird standardmäßig kein Test durchgeführt, solange es keine weiteren Anzeichen gibt«, erklärte Niklas. »So gesehen habe ich mich an die üblichen Leitfäden und Vorschriften gehalten.« Er atmete tief durch und rappelte sich wieder komplett auf. Oliver Knappe hingegen saß immer noch regungslos in sicherer Entfernung, doch Niklas konnte sich dennoch nicht in vollständiger Sicherheit wiegen. Die Schusswaffe konnte ihm immer noch gefährlich werden. Und Knappe hatte bereits einmal gezeigt, wozu er fähig war und dass er keine Scheu hatte, sämtliche Waffen einzusetzen.

»Okay, dann wollen Sie mir also sagen, dass die Vorschriften schuld sind an diesen Komplikationen?« Unwillig schüttelte Oliver Knappe den Kopf. »Was ist mit dieser dämlichen Assistenzärztin? Die haben Sie doch kurz vor der Notoperation noch angeschnauzt, dass sie irgendetwas verbummelt hätte ...«

»Doktor Lucas, ja ...« Niklas räusperte sich. »Sie sollte Ihre erste Physiotherapie überwachen, auf die Blutwerte warten und mich bei jeglichen Auffälligkeiten sofort informieren. Nun ja, was Sie selbst mitbekommen haben, Doktor Lucas hat meinen Anweisungen nur sehr bedingt folgegeleistet, was zu kleineren Verzögerungen geführt hat. Es hat jedoch nichts daran geändert, dass sich ein akutes Kompartmentsyndrom gebildet hat, das sofort entlastet werden musste. Diese Minuten haben am Verlauf nichts mehr verändert.«

Oliver Knappe dachte eine ganze Weile über Niklas' Worte nach. »Sie wollen damit also sagen, dass diese Assistenzärztin Fehler gemacht hat, die keinen gewichtigen Beitrag zu den Komplikationen mehr geliefert haben, weil der Stein schon vorher ins Rollen gekommen ist?«

»So kann man es sagen, ja.« Niklas ließ seinen ehemaligen Patienten nicht aus den Augen. »Nach diesem Vorfall war Doktor Lucas auch nicht mehr direkt an Ihrer Behandlung beteiligt und allenfalls für Verlaufskontrollen während anderer Schichten zuständig.«

»Mhm ...« Oliver Knappe runzelte die Stirn. »Sie können also doch Fehler zugeben, Doktor Thorsen. Nur sind es nicht Ihre eigenen Fehler, sondern die Ihrer Kollegen. Muss ich Ihnen noch einmal auf die Sprünge helfen, damit Sie mir endlich das erzählen, was ich hören will? Oder fahren Sie freiwillig fort?«

»Wir haben Sie nach der ersten Operation engmaschig auf der Intensivstation überwacht. Die Kollegen der Nachtschicht hatten klare Instruktionen von mir zu den Verlaufskontrollen und dass sie mich zu informieren haben, falls sich Ihr Zustand in irgendeiner Weise verändert. Doktor Lucas und Doktor Jürgen hatten in dieser Nacht Dienst und sich nicht gemeldet, sodass mich Ihre Gesamtverfassung am nächsten Morgen stark verwundert hat. Sie hatten über Nacht eine starke Entzündung entwickelt, die sofort operativ gespült werden musste«, berichtete Niklas eilig in der Hoffnung, Oliver Knappe so weiter vom Gebrauch seiner Waffen abhalten zu können.

»Jetzt sind es schon Doktor Lucas und Doktor Jürgen, die nicht auf Ihre Anweisungen reagieren. Kann es sein, dass Sie keine Autorität und kein Durchsetzungsvermögen gegenüber Ihren Kollegen haben?« Knappe legte den Kopf schief. »Welche Vorwürfe haben Sie noch? Dass Ihre Kollegen den Fall absichtlich manipuliert haben? Doktor Thorsen, glauben Sie ja nicht, dass Sie mich damit in die Irre führen können. Es geht immer noch um Ihr Versagen. Kann es also sein, dass Sie den Kollegen gar nicht gesagt haben, worauf sie achten müssen? Kann es nicht eher sein, dass Sie unsteril gearbeitet haben und die Entzündung so erst ermöglicht haben? Sind das nicht die viel wahrscheinlicheren Ursachen?«

»Glauben Sie, was Sie möchten«, murmelte Niklas erschöpft. Er war hundemüde, hinzu kamen die Schmerzen, die ihm massiv zusetzten. Er wollte nach Hause zu Freja. Er wollte doch nur seine Ruhe haben.

Wie hatte er schon wieder in so einen gewalttätigen Albtraum hineingeraten können?

Hatten die Erfahrungen rund um den Transplantationsskandal und das daraus resultierende Zeugenschutzprogramm nicht ausgereicht?

Warum musste das Leben jetzt noch eins draufsetzen?

»Oh nein, Doktor Thorsen, so einfach machen Sie es sich nicht!«, fuhr ihn Oliver Knappe an. »Sie werden mir erst die ganze Wahrheit berichten. Vielleicht muss ich Ihrem Gedächtnis auch erst noch etwas auf die Sprünge helfen.« Schon hielt er wieder die Pistole in der Hand und zielte damit auf Niklas linken Unterschenkel.

Der Knall war ohrenbetäubend und hinterließ ein Pfeifen in Niklas' Ohren. Sofort breitete sich ein vernichtender Schmerz im ganzen Bein aus, Blut färbte den Stoff der dünnen Hose rot. Offenbar war die Kugel stecken geblieben und hatte die großen Blutgefäße verfehlt, andernfalls würde Niklas deutlich schneller deutlich mehr Blut verlieren.

»Wie fühlt sich das an?« Oliver Knappe rollte langsam näher zu Niklas und packte grob ihn am Kragen. Der Stoff des Shirts riss ein, doch das bekam Niklas kaum mit. Stattdessen entfuhr ihm ein lauter Schmerzensschrei, als sein Bein dabei bewegt wurde. Die Schmerzen strahlten ihm bis in den Rücken und drohten ihn zu übermannen, doch Niklas kämpfte verbissen gegen die nächste Ohnmacht an. Er wollte diesem Irren nicht noch hilfloser ausgeliefert sein als er es bereits war.

»Ich sage Ihnen, wie sich der Fall tatsächlich darstellt«, erklärte Oliver Knappe dicht neben Niklas' Ohr. »Sie haben meine Schmerzen und die Entzündung einfach ignoriert und alle Fehler auf Ihre Kollegen abgewälzt. Und erst, als Ihnen mein katastrophaler Zustand keine andere Wahl mehr gelassen hat, haben Sie mir das halbe Bein abgeschnitten. Doktor Thorsen, Sie haben mein Leben zerstört und nicht gerettet. Der Fußball war mein Leben.«

Ruckartig ließ er Niklas los, woraufhin Niklas kraftlos zu Boden sank. Sein Kopf berührte wieder den kalten Betonboden, doch selbst der erschien ihm angesichts seiner Schmerzen als Wohltat. Seine Lider flatterten.

»Sie hätten wesentlich früher reagieren und alle nötigen Untersuchungen durchführen müssen! Sie hätten mein Bein retten können. Sie haben doch die Verantwortung für Menschenleben. Wie kann man da nur so leichtsinnig sein?« Oliver Knappes Stimme wurde leiser, dafür aber verzweifelter. »Ich habe Ihnen vertraut ...«

»Ich habe nichts Unrechtes getan, ich habe nur meinen Job gemacht«, nuschelte Niklas und drehte den Kopf in Richtung seines ehemaligen Patienten. »Sie haben sich da in etwas verrannt, Oliver. Sehen Sie es ein, Oliver, ...«

»Gar nichts sehe ich ein!« Wut blitzte in Oliver Knappes Augen auf, dann richtete er die Waffe erneut auf Niklas. Die Pistole in seinen Händen zitterte kurz, dann feuerte sie einen weiteren Schuss auf Niklas' linken Unterschenkel ab.

Kapitel 33

Kurz nach Maximilian Vollmers Ankunft traf auch eine Streife der Polizei neben Niklas' dunkelblauem Auto ein und nahm die wenigen bekannten Fakten auf.

»Wir werden umgehend eine Suche nach Ihrem Mann und dem mutmaßlichen Täter einleiten«, erklärte der Polizeihauptmeister, doch Freja nahm ihn kaum wahr. Stattdessen nickte Maximilian und gab noch seine Handynummer an, um bei Sucherfolgen gemeinsam mit Freja sofort informiert zu werden.

»So, jetzt kommen wir zu dir«, stellte er fest, nachdem die Polizisten wieder davongefahren waren. »Bist du sicher, dass das nur Vorwehen sind? Die Intensität und die Häufigkeit lassen mich vielmehr vermuten, dass das schon richtige Wehen sind und sich das Baby längst auf den Weg macht hat.«

»Das kann sich das Baby ganz schnell aus dem Kopf schlagen. Ich mache das nicht ohne Niklas«, blieb Freja stur und ließ sich umständlich aus dem Auto helfen.

»In welcher Klinik bist du denn für die Geburt angemeldet? Wo sind deine Kliniktasche und der Mutterpass? Gab es während der Schwangerschaft Komplikationen, die für die Geburt wichtig sind?«, blieb Maximilian hartnäckig und führte Freja langsam zurück zum Haus.

»Es ist ja lieb, dass du dir Sorgen machst, aber mir geht es gut«, beharrte Freja und fischte den Schlüsselbund aus ihrer Jackentasche. »Und der Termin ist erst in drei Wochen, das Baby hat also noch eine Menge Zeit.«

»Seit wann hast du die Vorwehen in dieser Stärke?«, fragte Maximilian weiter, ohne auf Frejas Proteste einzugehen.

»Vorwehen habe ich schon seit zwei oder drei Wochen immer mal wieder.« Ungeduldig wartete Freja auf den Aufzug und stützte sich in der Kabine wieder mit beiden Händen an der Wand ab. »Und heute … seit heute Morgen immer mal wieder«, gab sie schließlich zu. In diesem Moment öffneten sich die Aufzugtüren im ersten Stockwerk.

Maximilian Vollmer blieb stumm und folgte Freja in ihre Wohnung. »Kliniktasche? Mutterpass?«, fragte er erneut.

»Die Tasche wollte ich am Wochenende packen, es ist doch noch Zeit.« Freja verzog das Gesicht und hielt sich abermals den Bauch. »Verdammt, die war heftig.«

»Ich rufe jetzt einen Rettungswagen, Freja, der wird dich in die Klinik bringen. Ich kann das schlichtweg nicht verantworten, dass dir oder dem Baby irgendetwas passiert. Wo ist dein Mutterpass?«

»Handtasche.« Freja schob sich an ihm vorbei in Richtung des Badezimmers. »Oh … verdammt …«

»Ich bin gleich bei dir«, versicherte Maximilian. »Versuch, keine Dummheiten zu machen.« Er wählte den Notruf und entfernte sich wenige Schritte in das Wohnzimmer, um Freja etwas Freiraum zu geben. In wenigen Worten erklärte er die Situation und atmete erleichtert auf, dass Hilfe nun unterwegs war. Dass sich jemand um Freja und das Baby kümmern würde.

»Max?« Frejas wacklige Stimme ließ ihn dann jedoch

sofort auf dem Absatz umdrehen und zurück in den Flur stürzen. Dort war Freja nirgends zu sehen, dafür stand die Badtür weit offen und es brannte Licht. Schlagartig schoss Maximilians Puls in die Höhe.

»Freja?«, fragte er und sah langsam in das Bad.

»Du hattest wohl doch recht.« Freja kniete auf einem Handtuch und hielt das Baby in beiden Händen, das in diesem Moment seinen ersten, kräftigen Schrei ausstieß. »Oh Gott.«

Langsam ging Maximilian in die Hocke und musterte sowohl Freja als auch das Neugeborene besorgt.

»Es ist ein Mädchen, Max«, fügte Freja hinzu und drückte das Baby sanft an ihre Brust. »Ist das zu glauben? Sie hat nicht auf Niklas gewartet, das …«

Das Klingeln an der Tür unterbrach Freja.

»Ich glaube das ist der Rettungsdienst. Ich bin sofort wieder bei dir.« Maximilian sprang wieder auf und eilte zur Gegensprechanlage. »Erstes Obergeschoss«, fügte er noch hinzu und öffnete die Wohnungstür.

Während die Rettungsassistenten Frejas Vitalwerte bestimmten suchte Maximilian Frejas Geldbörse und den Mutterpass, damit zumindest die wichtigsten Dokumente für die Klinik zur Hand waren.

»Wir nehmen Sie mit in die Universitätsklinik«, erklärte der Fahrer.

Andeutungsweise nickte Freja und konnte kaum den Blick von ihrer Tochter wenden. »Wo ist dein Papa?«, fragte sie flüsternd. »Wohin, verdammt nochmal, ist dein Papa verschwunden?«

»Wir finden das heraus«, versprach Maximilian und nahm auch den Wohnungsschlüssel an sich. »Alles, was du noch brauchst, bringe ich dir später in die Klinik, ja?« Er folgte der Trage in das Treppenhaus und schloss die Wohnung ab.

»Kommst du mit?«, wollte Freja wissen, als sie auf der Trage in den Rettungswagen geschoben wurde.

»Klar.« Maximilian sah auf die Uhr. Seine Schicht fing in zehn Minuten an, das war nicht mehr zu schaffen. Und so wollte er Freja auch nicht allein lassen.

»Sie können vorne mitfahren«, wies ihn der Rettungsassistent an und schloss die hinteren Türen.

Unterwegs hatte Maximilian seinen Kollegen Bescheid gegeben, dass er erst eine Stunde später anfangen würde. Das gab ihm Zeit, Freja und das Baby in der Frauenklinik versorgen zu lassen. Und hoffentlich gab es bis dahin auch schon Nachrichten von Niklas.

»Hat die Polizei schon angerufen?«, wollte Freja wissen, sobald Maximilian wieder in ihr Blickfeld kam.

Seufzend schüttelte den Kopf. »Ich rufe gleich an und gebe dir Bescheid, ja? Du kümmerst dich bitte erstmal um dich und die Kleine.«

»Okay.« Freja sah ihn flehend an. »Bitte, bitte finde irgendeinen Hinweis, wo Niklas stecken könnte. Ich halte diese Ungewissheit nicht mehr lange aus.«

»Versprochen.« Maximilian zog das klingelnde Handy aus seiner Hosentasche. Die angezeigte Rufnummer ließ auf seine Kollegen hier aus der Klinik schließen.

»Doktor Vollmer? Sind Sie inzwischen im Haus?«, wollte Assistenzarzt Alexander Dobner ernst wissen.

»Die Kollegen sind alle im OP und wir bekommen gleich ein Polytrauma vom Notarzt, Verdacht auf diverse Frakturen.«

»Ich bin gleich da«, versicherte Maximilian und eilte von der Frauenklinik zur chirurgischen Nothilfe. Er hatte noch nicht einmal einen Kittel an, doch das konnte er für den Moment nicht ändern.

»Ah, da sind Sie ja.« Alexander Dobner wartete bereits mit dem Schockraumteam auf das Eintreffen des Patienten. »Wir wissen noch nicht viel, der Notarzt hat kaum etwas über Funk durchgegeben.«

»Heißt, der Zustand des Patienten ist vermutlich äußerst kritisch.« Schon schlüpfte Maximilian Vollmer in Bleiweste und Plastikschürze.

»So, guten Mittag!« Der Notarzt folgte der Trage mit dem Patienten und sah auf sein Protokoll. »Wir haben einen unbekannten Patienten nach massiver Gewalteinwirkung, wurde erst von der Polizei aus der Gefahrensituation befreit. Wir haben diverse kleine Schnitt- und Platzwunden, hinzu kommt eine massive Prellung am Stirnbein links und mehrere Schüsse in den linken Unterschenkel.«

»Niklas«, entfuhr es Maximilian und starrte auf die Trage. »Ich kenne den Patienten, das ist Niklas Thorsen. Er arbeitet hier als Unfallchirurg.«

Der Notarzt nickte. »Er hat Blut verloren, ist nach Flüssigkeitsgabe jedoch kreislaufstabil. Atmung ist unauffällig. Er war bei unserem Eintreffen bewusstlos, phasenweise ist er jetzt gut ansprechbar.«

»Okay, dann lagern wir ihn um und sehen uns die Verletzungen an. Kopf und Unterschenkel müssen auf jeden Fall geröntgt werden.« Alexander Dobner übernahm den Part der Unfallchirurgen, während Maximilian noch einen Moment brauchte, um den ersten Schock zu verdauen.

Auch die Röntgen- und CT-Untersuchung brachte keine weiteren Überraschungen zutage, sodass Maximilian der Liege mit Niklas in den Aufzug zum OP-Bereich folgte.

»Es wird alles gut«, versicherte Maximilian, als Niklas ihn matt anblinzelte. »Ich werde mich um dein Bein kümmern, das ist alles halb so wild. Du darfst jetzt nur keine weiteren Dummheiten machen. Nicht, wo du vorhin eine Tochter bekommen hast. Deine kleine Prinzessin braucht ihren Papa.«

»Papa ...«, nuschelte Niklas und schloss schon wieder die Augen.

»Genau, du bist jetzt Papa. Daran musst du denken, Niklas«, schärfte Maximilian seinem Freund ein und verließ den Aufzug als Erster. »Wir sehen uns gleich wieder.«

Kapitel 34

Nur langsam verschwand der Nebel, der sich auf Niklas' Sinne gelegt hatte. Mühsam schlug er die Augen auf und blinzelte, obwohl es im Zimmer gar nicht so hell war.

Er war auf jeden Fall nicht mehr in diesem merkwürdigen Raum mit dem Betonboden, stellte er erleichtert und verwirrt zugleich fest. Stattdessen sah um ihn herum alles nach einem Krankenhaus aus.

Wie war er hierhergekommen?

Wer hatte ihm geholfen, Knappe zu entkommen?

Wo war Oliver Knappe jetzt?

Sein Blick wanderte durch den Raum. Zu seiner Rechten stand ein Infusionsständer mit zwei Beuteln daran, deren Flüssigkeiten über durchsichtige Schläuche zur Braunüle in seiner Armbeuge liefen. Dahinter war ein scheußlich gemusterter Vorhang zu sehen.

»Du bist wach.«

Ruckartig drehte Niklas den Kopf auf seine linke Seite und schloss kurz die Augen, als ihm schwindlig wurde. Scheinbar hatte sein Kopf etwas abbekommen. Zumindest pochten die linke Gesichtshälfte und sein Hinterkopf prompt im Rhythmus seines Herzens.

Maximilian Vollmer trug blaue OP-Kleidung und kam langsam näher. »Wie fühlst du dich?«

»Als hätte mich jemand überfahren«, brachte Niklas mit rauer Stimme hervor. Er war offensichtlich operiert worden, denn sein Hals war ganz gereizt. Und das gleiche Gefühl hatte er damals nach der Intubation wegen seiner Lungenembolie gehabt.

»Was machst du hier?«, wollte Niklas zaghaft wissen. »Was ist passiert?«

Maximilian stützte sich mit den Unterarmen auf das seitliche Bettgitter und wich Niklas' fragenden Blicken nicht aus. »Offenbar hat dich Oliver Knappe heute Morgen in seine Gewalt gebracht und dich über Stunden hinweg misshandelt. Dein Stirnbein links ist stark geprellt, aber der Knochen ist nicht gebrochen. Dafür aber hat dein linker Unterschenkel gleich drei Kugeln abbekommen, die dir das Wadenbein zertrümmert haben. Ich habe die Brüche vorhin gemeinsam mit Doktor Dobner gerichtet. Hast du im Moment Schmerzen?«

»Es geht …« Langsam wanderte Niklas' Blick über die Bettdecke und blieb an seinem linken Bein hängen, das erhöht gelagert worden war. »Wo … wo ist Freja? Weiß sie schon Bescheid?«

Maximilian nickte. »Ich habe ihr alles nach der Operation erklärt. Du kannst sie sehen, sobald wir dich auf Station verlegt haben.«

»Mhm …« Niklas räusperte sich und betastete dann mit schmerzverzerrter Miene seine linke Gesichtshälfte. »Was ist das? Ein Cut?«

»Das ist richtig. Du hast unter dem linken Auge eine Schnittwunde, darum haben sich die plastischen Chirurgen schon gekümmert.« Maximilian musterte seinen Freund eine Weile und sah noch einmal auf die Überwachungsprotokolle. »Dein Kreislauf ist so weit stabil, dann nehme ich dich gleich mit auf Station«, entschied er. »Dort bekommst du auch noch eine große Überraschung. Also ein paar Minuten solltest du versuchen, noch wach zu bleiben.«

»Mein Bedarf an Überraschungen ist für heute gedeckt«, gähnte Niklas. »Für den Moment will ich einfach nur schlafen.«

»Danach schläfst du noch viel besser«, versicherte Maximilian und löste die Kabel des EKG-Monitors von Niklas' Brust.

Niklas ließ seinen Freund und Kollegen nicht aus den Augen, als dieser die Infusionen am Bettbügel befestigte und das Krankenbett schließlich aus dem Aufwachraum bugsierte.

Warum war er schon wieder in so einem Albtraum gelandet?

Warum war er zum zweiten Mal in seinem Leben innerhalb eines Jahres angeschossen worden?

Warum musste so etwas ausgerechnet ihm passieren?

Hatte er nicht genug gelitten nach dem Zeugenschutzprogramm und des ganzen Transplantationsskandals?

Warum immer wieder er?

Wann bekam er sein langweiliges Leben endlich dauerhaft zurück?

»Wir sind gleich da«, versicherte Maximilian und schob das Bett in den Aufzug. »Wenn die Wunden gut aussehen können wir dich in ein paar Tagen schon wieder nach Hause entlassen.«

»Mhm …« Niklas unterdrückte ein Gähnen. »Mit was willst du mich denn überraschen?«, fragte er matt.

»Einen Moment noch.« Maximilian öffnete die Tür zum Patientenzimmer nach kurzem Klopfen und schob dann wieder am Fußteil des Bettes an. »So, da ist er.«

Da war wer? Irritiert runzelte Niklas die Stirn.
Mit wem redete Maximilian da?
Und warum war er in einem Zweibettzimmer?
»Niklas! Oh Gott …« Frejas Stimme ließ Niklas den Kopf zur Seite drehen. Dieses Mal jedoch deutlich langsamer als zuvor auf der Intensivstation. »Was hat man dir denn angetan?«
»Freja?«, murmelte Niklas müde. »Was? Warum liegst du in einem Bett? Was …?« Die Nachwirkungen der Narkose drohten ihn zu übermannen.
»Vorhin ist unsere Tochter auf die Welt gekommen.« Freja nahm seine Hand, nachdem die Betten direkt nebeneinander zum Stehen gekommen waren.
»Das ist schön …« Niklas lächelte andeutungsweise und wurde dann endgültig zurück in die Dunkelheit gezogen.

»In ein paar Stunden ist er wieder richtig ansprechbar«, war sich Maximilian Vollmer sicher. »Aber so seid ihr wenigstens zusammen und könnt später über alles sprechen.«
»Danke.« Freja lächelte und sah dann auf das kleine Bettchen auf ihrer anderen Seite, in dem das Baby schlief. »Danke für alles, Max. Und es tut mir leid, dass ich dich bei uns in der Wohnung so angegangen bin. Ich wollte einfach nicht wahrhaben, dass so ein wichtiger Moment ohne Niklas stattfindet.«
»Schon gut, ich verstehe das.« Maximilian sah auf das kleine Mädchen. »Hat sie schon einen Namen oder fällt die finale Entscheidung erst gemeinsam mit Niklas?«
»Wir wussten ja nicht, worauf wir uns einstellen müs-

sen und haben deswegen ein paar Favoriten-Namen«, erklärte Freja. »Ich will Niklas unbedingt in die Entscheidung mit einbeziehen, nachdem er schon die Geburt verpasst hat.« Sie seufzte und sah an sich herunter. »Ich muss gleich noch Niklas' Eltern anrufen, dass sie uns beiden ein paar Sachen mitbringen. Wir haben ja gar nichts da.«

»Ich kann später auch noch einmal in eure Wohnung fahren, das ist kein Problem«, bot Maximilian an. »Aber versucht für heute erst einmal, zur Ruhe zu kommen und eure Kleine kennenzulernen. Alles weitere genügt morgen.«

Mit Blick auf die Uhr verließ Maximilian Vollmer das Patientenzimmer seiner Freunde, um vor der Schichtübergabe noch den OP-Bericht fertigzustellen.

»Dann stimmt es also, was ich in der Umkleide gehört habe? Thorsen wurde angeschossen und liegt nach einer Operation hier auf Station?« Christian Jürgen betrat das Arztzimmer zehn Minuten nach seinem Kollegen und musterte diesen interessiert.

»Ja, Niklas wurde angeschossen«, bestätigte Maximilian und nahm die Hände von der Tastatur. »Die Kugeln haben ihm das Wadenbein zertrümmert, aber das habe ich wieder gerichtet.«

»Eine Fraktur des Wadenbeins?« Doktor Jürgens Mundwinkel zuckten. »Welch Ironie des Schicksals, das klingt sehr ähnlich zu Oliver Knappes Verletzung.«

»Das liegt vielleicht auch daran, dass ihm Knappe diese Verletzung zugefügt hat.« Genervt seufzte Maximilian Vollmer. »Lass mich bitte in Ruhe den Bericht fertigschreiben, sonst komme ich nie in den Feierabend.«

»Klar, klar. Dann sehe ich mal nach Thorsen und …«

»Niklas schläft. Tu euch beiden einen Gefallen, indem du ihm heute nicht mehr mit deinen Sprüchen auf die Nerven gehst.« Maximilian sah seinen Kollegen eindringlich an. »Bitte.«

»Na schön …« Doktor Jürgen verdrehte nur vielsagend die Augen.

Kapitel 35

Nach der Feststellung seiner Personalien und einer Durchsuchung, dass er keine gefährlichen Gegenstände mehr am Körper trug, hatte man Oliver Knappe für eine Weile im Vernehmungszimmer des Hamburger Polizeipräsidiums alleingelassen.

Nach einer gefühlten Ewigkeit betraten schließlich zwei Männer in ziviler Kleidung den kahlen Raum und setzten sich Oliver gegenüber an den Tisch.

»So, Herr Knappe. Sie stehen im Verdacht der Freiheitsberaubung und gefährlichen Körperverletzung von Doktor Niklas Thorsen. Dies stellt eine Straftat dar, derer wir Sie beschuldigen. Es steht Ihnen frei, sich dazu zu äußern. Sie müssen sich jedoch nicht selbst belasten. Zudem haben Sie die Möglichkeit, einen Verteidiger hinzuzuziehen. Haben Sie die Belehrung verstanden?« Der Ermittler sah Oliver ernst an.

Oliver nickte andeutungsweise.

»Bitte antworten Sie mit *Ja*, wenn Sie die Belehrung verstanden und keine weiteren Fragen haben«, bat ihn der Polizist.

»Ja«, antwortete Oliver folgsam und sah wieder auf die Tischplatte vor sich.

»Möchten Sie einen Verteidiger hinzuziehen?«, wollte der Mann wissen.

»Nein.« Oliver atmete langsam aus. Er fühlte sich ausgelaugt, erschöpft und wollte nur seine Ruhe haben.

»Okay. Dann beginnen wir. Die Befragung leitet Kriminaloberkommissar Franz Möller in Anwesenheit von Kriminalhauptkommissar Michael Hunverde«, fuhr der Ermittler fort. »Herr Knappe, Sie werden beschuldigt, Doktor Niklas Thorsen der Freiheit beraubt und schwer verletzt zu haben. Was sagen Sie zu den Vorwürfen?«

»Das ist nur zur Hälfte korrekt.« Noch immer starrte Oliver angestrengt auf die Tischplatte. »Mit der Freiheitsberaubung habe ich nichts zu tun. Die Körperverletzung habe ich begangen«, gab er mit leiser, aber fester Stimme zu.

»Sie gestehen also einen der beiden Tatvorwürfe«, wiederholte der Kriminaloberkommissar überrascht. »Warum haben Sie das getan? Warum haben Sie Doktor Thorsen verletzt?«

»Weil er mein Leben zerstört hat. Ich wollte ihm mit gleicher Münze zurückzahlen, was er mir angetan hat.« Oliver Knappes Tonfall veränderte sich kaum, doch der glasige Blick verriet seine Emotionen. »Er hat meine Behandlung total verpfuscht und hinterher alles abgestritten. Und nachdem der rechtliche Weg Jahre dauert und alles andere als erfolgsversprechend zu sein scheint, habe ich diese Sache selbst in die Hand genommen.«

Die beiden Polizisten tauschten einen langen Blick.

»Wie genau haben Sie Doktor Thorsen verletzt? Wie sind Sie an die Waffen gekommen, die wir sichergestellt haben?«, fragte Oberkommissar Möller weiter.

»Ich habe ihn geschlagen, mit einem Messer verletzt und mehrmals auf ihn geschossen«, zählte Oliver äußerlich wieder regungslos auf.

Er fühlte sich wie betäubt. Als wäre ein Teil von ihm abgestorben und würde nicht mehr zu ihm gehören.

»Woher hatten Sie die Pistole? Auf Ihren Namen ist keine Waffe registriert.«

»Ein Mann hat mich vor einigen Wochen in der Reha-Klinik besucht, als ich auf der Suche nach Zeugen für die Klage war. Er schien Doktor Thorsen ebenfalls nicht besonders gut leiden zu können. Und da hat er mir angeboten, mir diese Form der Rache quasi auf dem Silbertablett zu servieren. Ich sollte mir nur überlegen, was ich tun will und welche Hilfsmittel ich dafür benötige. Um alles weitere würde er sich kümmern«, berichtete Oliver weiter und schloss erschöpft die Augen.

»Dann hat er Ihnen die Pistole besorgt?«, vermutete Polizist Möller.

»Wie hat er es genannt? Ein Anfänger-Rundum-Sorg-los-Paket? Ja, ich glaube, so hat er es formuliert. Und da war die Pistole wohl enthalten.« Oliver schlug die Augen wieder auf.

»Und was ist mit der Freiheitsberaubung?«

»Damit hatte ich nichts zu tun. Ich habe nur Zeit und Abholort genannt bekommen, um dann zu Doktor Thorsen gebracht zu werden.« Oliver schüttelte den Kopf.

»Wie heißt Ihr Komplize, der sich um alles gekümmert hat?«

»Ich kenne seinen Namen nicht. Er hat mich aufgesucht, ich habe nicht einmal eine Telefonnummer.« Oliver verschränkte die Arme und schaukelte leicht vor und zurück.

Die beiden Ermittler tauschten einen erneut langen Blick.

»Haben Sie sonst noch etwas zu sagen, Herr Knappe? Möchten Sie mit einem Rechtsbeistand sprechen? Soll jemand von Ihrer Familie informiert werden?«
»Nein.« Oliver räusperte sich. »Das heißt, doch. Wie geht es denn jetzt weiter? Was geschieht mit mir?«
»Wir werden Ihre Aussage mit den Kollegen auswerten und uns auf die Suche nach Ihrem Komplizen machen«, erklärte Kriminalhauptkommissar Hunverde, nachdem er bis jetzt geschwiegen hatte. »Aber im Moment sieht es ganz danach aus, dass wir Ihre Unterbringung in Untersuchungshaft beantragen werden.«

Die Polizisten verließen das Vernehmungszimmer mit gerunzelter Stirn.
»Irgendetwas passt da überhaupt nicht zusammen«, stellte Franz Möller nachdenklich fest. »Dieser Mann ist verzweifelt und am Ende. Aber dass er sich zu so einer Tat hinreißen oder anstiften lässt ...«
»Er galt als eines der größten Nachwuchstalente im deutschen Fußball. Dass die Karriere so abrupt nach einer vermeintlich harmlosen Verletzung beendet wird, muss schon hart sein«, gab Michael Hunverde zu bedenken. »Er hatte nichts mehr zu verlieren. Diese Tatsache in Kombination mit Verzweiflung ist eine gefährliche Mischung, die nicht selten in einem Blutbad endet.«
»Mhm ... Aber was ist mit diesem Unbekannten, der einen Teil der Arbeit für ihn erledigt haben soll? Auf der einen Seite macht es Sinn, denn dass Knappe sein Opfer selbst in dieses Abrissgebäude verschleppt haben soll, erscheint mir allein aufgrund körperlicher Voraus-setzungen abwegig. Aber was hat der andere da-

von? Warum geht er auf Knappe zu und macht ihm dieses unmoralische Angebot? Warum? Weil er selbst noch eine Rechnung mit Doktor Thorsen offen hat? In welcher Beziehung steht er zum Opfer?«

»Wir sollten morgen unbedingt mit Doktor Thorsen sprechen. Vielleicht wurde er bedroht. Vielleicht hat er sogar einen Namen oder ein Gesicht für uns.« Kriminalhauptkommissar Hunverde unterdrückte ein Gähnen. »Lass uns noch den Papierkram erledigen, damit der Haftbefehl gleich morgen Vormittag ausgestellt werden kann.«

»Spätestens dann wird Knappe auch psychiatrisch begutachtet werden«, fügte Franz Möller hinzu. »Dringend nötig, denn der steht im Moment komplett neben sich. Ich meine, warum hält er keine Rücksprache mit einem Anwalt und gesteht rundheraus die Hälfte der Vorwürfe? Entweder ist ihm nicht klar, in welcher Bredouille er sitzt, oder es ist ihm völlig egal.«

»Wir werden es herausfinden.« Michael Hunverde öffnete die Bürotür und setzte sich an seinen Schreibtisch. »Wir werden es herausfinden …«

Kapitel 36

Geweckt wurde Niklas erst am nächsten Morgen von einem der Pfleger, nachdem er die ganze Nacht traumlos durchgeschlafen hatte. Nur schemenhaft erinnerte sich an den gestrigen Abend.

»Wie fühlst du dich?«, wollte Freja zaghaft wissen.

Niklas setzte sich langsam auf und zog die Bettdecke von seinem hochgelagerten linken Unterschenkel. Seine linke Hand glitt über den Verband.

»Hast du Schmerzen?«, fragte Freja weiter.

»Es geht schon.« Niklas räusperte sich. »Der Kopf ist schlimmer.« Schon betastete er seine stark geschwollene linke Gesichtshälfte. »Ich glaube, dafür muss ich mir von den Pflegern Eis bringen lassen.«

»Das sollte das geringste Problem sein«, versicherte Freja und musterte ihren Mann im Profil.

»Warum bist du stationär hier?« Endlich wandte ihr Niklas den Blick zu. »Was ist gestern noch alles passiert? Ich habe nur Bruchstücke mitbekommen, von denen ich mir nicht einmal sicher bin, ob sie real sind oder ein wirrer Traum.«

»Wir haben eine Tochter bekommen, Niklas.« Freja hielt unbewusst die Luft an. »Die Kleine wollte einfach nicht mehr warten. Max ist dann nichts anderes übriggeblieben, als den Rettungsdienst zu rufen. Und bis die da waren, war sie auch schon auf der Welt.«

»Du ...« Niklas schluckte. »Du musstest das ganz allein

schaffen?« Sein Blick ging an Freja vorbei zum Beistellbettchen. »Wie … wie geht es dir damit? Und seid ihr beide okay? Was sagen die Ärzte?«

»Wir sind ausgiebig durchgecheckt worden, es geht uns beiden gut«, versicherte Freja und hob ihre Tochter aus dem Bettchen. »Sieh sie dir an, Niklas, sie ist perfekt.«

Stumm starrte Niklas auf das kleine Wesen in Frejas Armen, während sein Herz einen gewaltigen Satz machte. Mit einem Mal war er so von Liebe erfüllt, dass er gar nicht wusste, wohin damit. Als könnte er die ganze Welt umarmen.

»Sie ist perfekt«, wiederholte er und berührte das kleine Händchen mit dem Zeigefinger. Sofort hielt seine Tochter den Finger fest. »Ich bin so stolz auf dich, das kann ich mit Worten gar nicht ausdrücken. Und ich bin untröstlich, dass ich dich in diesem entscheidenden Moment im Stich gelassen habe.«

»Du hast dich nicht dafür entschieden, nicht nach Hause zu kommen und dich von diesem Mann … bearbeiten zu lassen.« Freja schluckte. »Du hast durchgehalten und wirst wieder ganz gesund, das ist das wichtigste für mich. Auch wenn ich diesen Moment wirklich gern mit dir geteilt hätte. Das ist auch für mich ein Wehrmutstropfen.«

»Darf ich sie nehmen?« Niklas sah sie unsicher an, doch Freja legte ihm ihre gemeinsame Tochter lächelnd in die Arme.

»Da ist dein Papa, kleine Prinzessin«, flüsterte sie.

»Unglaublich«, murmelte Niklas und konnte den Blick gar nicht mehr vom Gesicht der Kleinen wenden. »Und, hast du dich schon für einen Namen entschie-

den? Ich finde, von unseren beiden Favoritennamen für ein Mädchen passt einer perfekt: Elina.«
»Genau das habe ich auch gedacht.« Freja rutschte noch ein Stückchen näher und lehnte den Kopf leicht an Niklas' Schulter.

Die Frühstücksrunde und Visiten der Unfallchirurgen beziehungsweise Frauenärzte brachten etwas Unruhe in das Patientenzimmer, die sich gegen Neun jedoch wieder legte. Stattdessen kehrte Maximilian Vollmer mit einer kleinen Reisetasche in das Krankenzimmer zurück.
»Wie geht es euch?«, fragte er und stellte die Tasche leise auf einen der Stühle am Tisch.
»Die Schmerzen sind auszuhalten und ich will einfach nur nach Hause«, stellte Niklas fest. »Aber so wie ich dich kenne wirst du mich für mindestens zwei Nächte hierbehalten?«
»Angesichts deiner Kopfverletzungen würde ich von drei Nächten ausgehen«, korrigierte Maximilian und sah weiter zu Freja. »Ich vermute, dass dich die Frauenärzte ähnlich lange hierbehalten wollen?«
Sie nickte. »Das letzte Wort haben die Kinderärzte, aber bisher macht Elina wohl einen guten Eindruck, obwohl sie etwas zu früh gekommen ist.«
»Und das ist die Hauptsache.« Maximilian Vollmer deutete auf die Tasche. »Ich habe dein Handy samt Ladekabel eingepackt, Freja, dazu für euch beide frische Kleidung und auch etwas für eure Kleine. Den Kindersitz bringe ich euch dann zur Entlassung mit, der muss hier ja nicht herumstehen.«
»Danke.« Niklas stützte sich auf die Unterarme. »Muss

ich zu meinem Bein eigentlich noch etwas wissen? Drohende Komplikationen? Wie ist die OP genau verlaufen?«

»Wir haben die Kugeln problemlos entfernen können und dann die Bruchstücke mit Schrauben und Platten fixiert. Die ersten Tests haben zudem ergeben, dass keine großen Nerven geschädigt wurden. Möglicherweise bleiben dir anfangs Gefühlsstörungen erhalten, die sich dann jedoch mit der Zeit zurückbilden.« Sein Kollege deutete mit dem Kinn auf die Hochlagerung. »Lass es heute nach Möglichkeit im Liegen angehen, ab morgen helfen dir die Physiotherapeuten wieder auf die Beine.«

»Schon verstanden.« Niklas lächelte andeutungsweise. »Danke für alles, was du gestern für meine Familie und mich getan hast, Max.«

»Das war selbstverständlich«, stellte Maximilian Vollmer klar und lächelte. »Ich will nur, dass es euch gut geht.«

Nach dem Mittagessen kamen dann noch Kriminalpolizisten in das Krankenzimmer, um Niklas' Aussage aufzunehmen.

»Bevor wir beginnen: Haben Sie Oliver Knappe festgenommen?«, wollte Niklas nervös wissen. »Haben Sie ihn erwischt?«

»Das haben wir«, bestätigte Kriminaloberkommissar Möller. »Wir haben ihn gestern bereits ausführlich zum Tathergang befragt.«

»Dann ist er jetzt in Haft?«, vergewisserte sich Niklas weiterhin angespannt. »Nicht, dass der später mit einer neuen Waffe hier im Krankenhaus auftaucht und dort weitermacht, womit er zuletzt aufgehört hat.« Panik schwang in seiner Stimme mit.

»Herr Knappe ist dringend tatverdächtig, zudem bestehen Flucht- und Wiederholungsgefahr. Es wurde also Untersuchungshaft angeordnet.«

Niklas atmete tief durch. Das war gut. Knappe konnte ihm so schnell nicht mehr zu nahe kommen und ihm noch mehr schaden, als er es ohnehin schon getan hatte.

»Hat er gestanden?«, wollte Niklas nachdenklich wissen. »Oder versteckt er sich schweigend hinter Anwälten?«

»Dazu darf ich nichts sagen, Doktor Thorsen.« Der Kriminaloberkommissar zog ein Notizbuch aus seiner Jackentasche. »Wir müssen Ihnen einige Fragen zum Tathergang stellen, fühlen Sie sich dazu in der Lage?«

»Machen Sie nur.« Niklas sah zu seiner Tochter, die in Frejas Armen lag und eifrig an ihrem Schnuller nuckelte. »Es wird nicht besser, wenn wir es ewig vor uns her schieben. Was wollen Sie wissen?«

»Haben Sie gesehen, wer Sie an Ihrem Auto angegriffen hat?«, wollte Michael Möller wissen.

Niklas deutete ein Kopfschütteln an. »Ich erinnere mich nur daran, dass ich die Uniklinik verlassen habe. Und dann war ich plötzlich gefesselt in diesem ... Raum mit dem Betonboden. Wie ich dorthin gekommen bin, weiß ich beim besten Willen nicht mehr.«

»Wir wissen bisher nur, dass Oliver Knappe wohl nicht allein gehandelt hat. Sind Sie in letzter Zeit bedroht worden?«, fragte Oberkommissar Möller weiter.

»Bedroht?«, wiederholte Niklas mit brüchiger Stimme. »Sie meinen ... da gibt es weitere Täter, die hinter mir her sind? Und die es möglicherweise erneut versuchen?«

»Wir müssen in alle Richtung ermitteln«, entschuldigte sich der Kriminalpolizist und ließ das Notizbuch sinken.

»Bitte sagen Sie nicht, dass sich der ganze Zirkus mit Polizeischutz wiederholt. Letztes Jahr mit dem Transplantationsskandal war es ja irgendwie nachvollziehbar, aber ich kann doch nicht schon wieder ...« Niklas brach ab und schloss ergeben die Augen. »Bitte, sagen Sie nicht, dass wir schon wieder aus unserem Leben gerissen werden und permanent auf der Flucht sein müssen.«

»Sie waren einer der beiden Kronzeugen im Prozess rund um den gewaltigen Transplantationsskandal?« Der zweite Polizist hob die Augenbrauen.

»Da haben Sie gleich eine ganze Liste an Verdächtigen, die mir wehtun wollen, was?« Niklas schüttelte andeutungsweise den Kopf. »Das muss endlich ein Ende haben. Wir haben gestern unsere Tochter bekommen. Sie braucht ein ruhiges, stabiles Umfeld und nicht das Chaos von letztem Jahr, als der Skandal ans Licht gekommen ist.«

»Wir werden überprüfen, ob es Verbindungen zu den damaligen Tätern gibt. Bis dahin seien Sie wachsam, Doktor Thorsen. Und rufen Sie uns an, falls Ihnen noch Hinweise oder Namen einfallen, die mit Ihrem Verschwinden heute zu tun haben könnten.«

Kapitel 37

Die siebzehnstündige Reise steckte dem Mann in den Knochen, als er schließlich den Flughafen in Manila auf den Philippinen verließ und gemütlich zum Shuttle schlenderte, das ihn schließlich zur Hotelanlage bringen würde. Gut, dass er seinen Jahresurlaub bisher kaum in Anspruch genommen hatte und zusätzlich dutzende seiner Überstunden absetzen konnte. Somit konnte er sich nun auf den achtwöchigen Aufenthalt in dieser Traumgegend freuen. Zwar reiste er in der Regenzeit, doch das hatte für ihn den Vorteil, dass weniger Touristen hier waren.

»Sind Sie zum ersten Mal hier?«, fragte der Fahrer in schlechtem Englisch, der Reisende verstand ihn dennoch.

»Es ist mein zweiter Besuch«, erklärte der Mann und korrigierte den Sitz seiner Sonnenbrille. Nicht, dass er erwartete, hier verfolgt zu werden. Doch es gab ihm das Gefühl von Sicherheit.

»Schönes Land«, schwärmte der Fahrer und verstummte wieder, da sein Fahrgast nicht auf seine Worte reagierte.

Erst im Eingangsbereich der Hotelanlage brach der Reisende sein Schweigen und gab dem Fahrer ein üppiges Trinkgeld, bevor er sich mit seinem großen Koffer zur Rezeption begab, um einzuchecken.

Nach einer ausgiebigen kühlen Dusche legte sich der Mann nur mit dem Handtuch um die Hüften auf das breite Doppelbett und schloss erschöpft die Augen.
Die letzten Wochen waren anstrengend gewesen und doch war das Resultat äußerst unbefriedigend.
Angesichts des Aufwands, den er betrieben hatte, hätte er deutlich bessere Ergebnisse erzielen müssen. Nur hatte sein Gegenspieler wohl nach wie vor das Glück auf seiner Seite – wie auch immer das möglich war.
»Noch ist nicht alles verloren«, sprach er sich selbst Mut zu. »Irgendwann wird ihn dieses unverschämte Glück, in letzter Sekunde gerettet zu werden, schon noch verlassen. Du musst nur geduldig auf deine nächste Chance warten. Gib nicht auf.«
Langsam wich die Anspannung aus seinem Körper, die ihn die ganzen letzten Tage über permanent begleitet hatte. Die gesamte Situation erinnerte ihn sehr an seinen letzten Aufenthalt in dieser Hotelanlage vor ziemlich genau zwei Jahren. Auch da hatte er seinen angesammelten Urlaub kurzfristig genommen und in Summe sechs Wochen auf den Philippinen verbracht. Damals allerdings auf Anordnung von Professor Hendriksson, um innerhalb der unfallchirurgischen Abteilung keinen Verdacht aufkommen zu lassen, dass er bei einigen hirntoten Patienten nachgeholfen hatte. Das waren noch andere Zeiten gewesen. Schöne Zeiten, in denen er ein stabiles Zweitgehalt bezogen hatte und sich einen luxuriösen Lebensstil finanzieren konnte. Zwar lebte er nun nicht gerade in Armut, doch verglichen mit dieser Zeit musste er seit einem Jahr deutliche Abstriche machen.

Gut vierundzwanzig Stunden später fühlte sich der Reisende wieder voller Energie und Tatendrang. Bevor er jedoch sein Hotelzimmer in Richtung der Restaurants verließ, musste er sich auf den neusten Stand der Nachrichten bringen. Dieses Vorgehen war ihm in all den Jahren in der verdeckten Organisation in Fleisch und Blut übergegangen. Immer informiert zu sein, das hatte sich ausgezahlt. So ließen sich immerhin einige Überraschungen vermeiden.

»Der tiefe Fall von Oliver Knappe. Wie konnte es nur so weit kommen?«, titelte eine große deutsche Tageszeitung und ließ den Mann unwillkürlich lächeln.
»Fußballtalent entführt und foltert Unfallchirurgen.«
»Rund ein Jahr nach dem großen Transplantationsskandal erschüttert ein weiterer Skandal das UKE. Unfallchirurg wird nach mutmaßlichem Behandlungsfehler gefoltert und nur mit viel Glück lebend gerettet.«
Die Medien rissen sich um diesen Fall und schlachteten jede Spekulation genüsslich aus, wie sie es im Jahr zuvor bereits mit dem Skandal um die manipulierten Organtransplantationen getan hatten. Für den Mann nichts Neues, im Gegenteil: er amüsierte sich darüber ähnlich wie über das Schicksal von Niklas Thorsen. Noch stand Thorsen immer wieder auf und machte weiter. Doch irgendwann war der angerichtete Schaden groß genug und würde ihn am Boden festnageln. Dann würde Niklas Thorsen nicht wieder aufstehen und weitermachen. Erst dann war das große Ziel erreicht. Christian Jürgen konnte diesem Moment kaum erwarten.

Frederik Hendriksson verließ die U-Bahn-Station Sankt Pauli gemütlich und steuerte mit geschulterter Reisetasche den Hamburger Michel an. Direkt hinter der Kirche lag das Wohngebiet, in dem Niklas und Freja trotz ihres Umzuges weiterhin wohnten. Sie waren nur an das andere Ende des Blocks gezogen.

Ein Lächeln zeigte sich in Frederiks Gesicht, als er am Michel vorbeiging und den Blick über die zahlreichen Familien auf der benachbarten Grünfläche schweifen ließ. Alle genossen nach den vergangenen Regentagen das sonnige Herbstwetter.

Gut eine Viertelstunde war Frederik zu Fuß unterwegs gewesen, dann fand er die neue Wohnung seiner besten Freunde problemlos. Fast, als wäre er nie weggewesen.

»Hallo Fremder!« Freja umarmte Frederik in der weit geöffneten Wohnungstür und drückte ihn an sich. »Ich freue mich sehr, dich endlich wiederzusehen. Wie lange ist dein letzter Besuch her? Monate?«

»Eure Hochzeit war Mitte Juni. Also sind es jetzt fast acht Wochen.« Frederik lächelte und löste sich dann sanft aus der Umarmung. »Gut siehst du aus, du strahlst richtig. Das gefällt mir.«

»Nur, weil du über meine Augenringe hinwegsiehst.« Freja lachte und ließ ihn eintreten. »Elina hatte letzte

Nacht keine große Lust, länger als eine halbe Stunde am Stück zu schlafen. Wenigstens konnte ich mich mit Niklas abwechseln.«

»Zu zweit ist eben manches leichter«, bestätigte Niklas und kam mit seiner Tochter auf dem Arm in den Flur. »Bist du gut angekommen? Wie war der Flug?«

»Alles lief bestens.« Frederik zog seine Schuhe aus und stellte die Tasche daneben auf den Boden. Dann folgte er seinen Freunden in das Wohnzimmer. »Seht sie euch an, sie ist wunderschön«, stellte er mit Blick auf das Baby fest und lächelte. »Kaum zu glauben, dass sie euch die ganze Nacht wachgehalten hat. Sie sieht so unschuldig aus.«

»Ich fürchte, das hören wir nicht zum letzten Mal«, vermutete Niklas und setzte sich langsam auf das Sofa, um Elina durch einen plötzlichen Positionswechseln nicht zu wecken. Er war froh, dass sie seit zwanzig Minuten schlummerte.

»Dann habt ihr euch als Familie also gefunden und eingegroovt, wer hätte das gedacht? Also, dass du deinen Job freiwillig so lange hintenanstellst«, bemerkte Frederik und musterte seinen besten Freund nachdenklich.

»Dass ich Elternzeit nehme stand außer Frage. Sie ist schließlich meine Tochter und ich will sie nicht nur im Halbschlaf zwischen zwei Bereitschaftsdiensten sehen und kennenlernen.« Niklas schmunzelte.

»Er ist ein richtiger Softie geworden«, warf Freja dazwischen. »Auch wenn er es ungern zugibt.«

»Ich habe es mir auch schon gedacht«, pflichtete Frederik ihr bei und sah dann wieder zu Niklas. »Wie geht es dir denn inzwischen körperlich?«

Augenblicklich verfinsterte sich Niklas' Miene, wenngleich sie bereits zuvor telefonisch über die Ereignisse von Ende Juli gesprochen hatten. »Die Operation verlief offensichtlich erfolgreich und die Physiotherapie hat mich wieder ganz gut auf die Beine gebracht. Nächste Woche ist in der Klinik Röntgenkontrolle, aber ich erwarte da im Moment keine größeren Überraschungen.«

»Wenigstens etwas.« Schon wieder blieb Frederiks Blick an Elina hängen. »Und ... wie geht es in dieser Hinsicht rechtlich weiter? Kommt es zum Prozess gegen Knappe?«

»Allein das ist ja schon eine gewaltige Ironie des Schicksals. Ursprünglich wollte er mich verklagen und endet jetzt selbst auf der Anklagebank. Na ja, aber er hat es nicht anders verdient.« Niklas räusperte sich leise. »Der Prozess beginnt nach aktuellem Stand Ende November, aber ich habe keine großen Erwartungen, da Knappe aufgrund psychischer Auffälligkeiten wohl nur vermindert schuldfähig ist.«

»Das ist Mist, aber sie können ihn dennoch wegsperren, dass er so einen Unsinn kein zweites Mal macht. Das hilft ja auch schon mal.« Frederik nickte dankbar, als Freja eine Flasche Wasser aus der Küche holte und ihnen jeweils ein Glas eingoss. »War nicht mal die Rede von möglichen Mittätern? Was haben denn die Ermittlungen in dieser Hinsicht ergeben?«

»Mein Anwalt hat da mal ein bisschen nachgebohrt und gemeint, dass Knappe nichts dazu sagen kann oder will. Und ansonsten gibt es auch keine Hinweise, wer dieser mysteriöse Unbekannte sein könnte.«

»Wie geht es dir damit?«, fragte Frederik ernst.

»Die Angst ist etwas weniger geworden, nachdem bisher niemand mehr versucht hat, mir wehzutun. Aber solange es keine handfesten Ermittlungsergebnisse gibt, bleibt die Furcht, wieder in so eine Situation hineinzugeraten.« Niklas schluckte und strich sich mit der freien Hand eine wirre Haarsträhne zurück. »Meine Psychologin hat mir in den letzten Wochen ganz gut geholfen, mit dieser Ungewissheit ein Stück weit zu leben. Und alles weitere wird sich zeigen.« Er lächelte zaghaft und sah auf seine Tochter.

»Wie geht es eigentlich für dich weiter?«, wollte Freja neugierig wissen und trank einen großen Schluck Wasser aus ihrem Glas. »Wann kehrst du dauerhaft nach Hamburg zurück? Hast du beruflich schon ... Pläne?«

Frederik griff ebenfalls nach seinem Glas. »Ich bin jetzt eine Woche hier und habe mehrere Wohnungsbesichtigungen. Ein Vorstellungsgespräch ist in der Schwebe, vielleicht klappt das noch vor meinem Abflug.« Er deutete ein Schulterzucken an. »Meine Pläne nehmen also langsam konkretere Formen an, aber ich werde wohl noch bis Ende November oder Anfang Dezember bei Onkel Karl in München bleiben. Auf dem Gestüt ist eine Menge zu tun und irgendwie bringen wir es noch nicht über das Herz, unsere Welpen voneinander zu trennen.«

»Stimmt, davon hattest du ja schon mehrmals erzählt. Jarle und ...?«, erinnerte sich Niklas.

»Baal.« Frederiks Lächeln wurde eine Spur breiter. »Er hat mir zuletzt emotional echt den Allerwertesten gerettet und ich glaube, dass er mir gerade hilft, einen Zugang zur Therapie zu finden. Ich stelle mich langsam der Vergangenheit und übe mich nicht mehr nur in

Verdrängung. Das passiert zwar alles noch in kaum sichtbaren Babyschritten, aber ich habe endlich das Gefühl, dass ich mich vorwärtsbewege.«

»Und darauf kommt es an«, versicherte Freja. »Dann lernen wir Baal also kennen, wenn du Ende des Jahres wieder hierher ziehst?«

»Das ist der Plan. Ich werde ihn vermutlich teilweise bei Julian und Oliver auf dem Gestüt lassen müssen. Ich kann den Kleinen ja kaum zwölf Stunden lang allein in der Wohnung lassen.« Frederik lehnte sich im Sessel zurück. »Aber das wird sich alles regeln, sobald ich weiß, wie es für mich beruflich weitergeht.«

»Sieh dir in Ruhe deine Möglichkeiten an und entscheide dann«, riet ihm Niklas entspannt. »Was auch kommt, wir sind da, falls du jemanden außerhalb deiner Familie brauchst.«

Hinweis: Die Erklärungen wurden nach bestem Wissen und Gewissen erstellt und erheben keinen Anspruch auf Vollständigkeit

Amputation	Abtrennung eines Körperteils, z.B. eines Arms
Braunüle	Andere Bezeichnung für einen Venenverweilkatheter
CT	Computertomografie
Elektrolytlösung	Infusionslösung
Embolie	Verstopfung eines Blutgefäßes durch körpereigene oder körperfremde Substanzen in der Blutbahn
Endoprothese	Künstliches Implantat, das dauerhaft im Körper bleibt
Faktor-V-Leiden	Gendefekt, der die Blutgerinnung stört und somit das Risiko für Thrombosen deutlich erhöht

Fixateur externe	äußere Haltevorrichtung aus Stäben zur Fixierung von Bruchstücken, eine Form der Ruhigstellung bei Knochenbrüchen
Fraktur	(Knochen-) Bruch
Immobilisieren	Ruhig stellen
Indikation	Grund für die Durchführung von ärztlichen Maßnahmen, z.B. von Operationen
Initial	Anfänglich
Intramuskulär	In den Muskel hinein
Intubation	Einführen eines Beatmungsschlauches in die Luftröhre
Irreparabel	Nicht wiederherstellbar
Kompartmentsyndrom (akutes)	Krankhafte Druckerhöhung in den Muskellogen, die zur Mangeldurchblutung des Gewebes führt
Lungenembolie	Verstopftes Blutgefäß in der Lunge

Mikrozirkulation	Durchblutung der kleinsten Blutgefäße im Körper
Multiorganversagen	Gleichzeitiger Ausfall mehrerer lebenswichtiger Organe
Multipel	Vielfach
Muskelloge	Gruppe von Muskeln, die durch festes Bindegewebe abgegrenzt wird
Nekrose	Absterben von Zellen in einem lebenden Organismus
Neuromuskulär	Die Nerven und Muskeln betreffend
OP	Operation
Postoperativ	Nach einer Operation
Prothese	Künstlich geschaffene Körperteile (meist Gliedmaßen), die die Funktion des fehlenden Körperteils übernehmen sollen

Refixierung	Chirurgische Wiederbefestigung von abgelöstem Gewebe an seiner ursprünglichen Stelle
Rehabilitation	Wiederherstellung
Reposition	Ein Körperteil wird wieder in seine vorherige Position oder Lage gebracht
Schockraum	Dient der Erstversorgung schwerverletzter Patienten
Stirnbein	Vorderer Knochen im Schädel
Synthetisch	Künstlich
Temporär	Vorübergehend
TEP	Total-Endoprothese, ersetzt das (kaputte) Gelenk vollständig
Thrombose	Gefäßverschluss durch einen Blutpfropfen
Trauma	Schädigung des Gewebes durch äußere Gewalteinwirkung

UKE	Universitätsklinikum Eppendorf
Vitalparameter	Puls, Blutdruck, Sauerstoffsättigung
Zugang, venöser	Venenverweilkatheter, über den Medikamente direkt in den Blutkreislauf verabreicht werden können

Ich möchte mich von Herzen noch bei einigen, wichtigen Menschen bedanken, ohne die dieses Buch nicht möglich gewesen wäre.

Allen voran möchte ich mich bei meinem Mann bedanken. Ohne deine Geduld und die langen Schreibabende würde ich wohl heute noch tippen.

Ein großer Dank geht zudem an meine langjährige Schreibbegleiterin Lena. Danke für den Gedankenaustausch, die Kritik und die Inspiration.

Meine Testleser: Andrea, Claudia und Evi – ich weiß, ihr bekommt manchmal die abenteuerlichsten Entwürfe auf den Tisch. Danke für eure Unterstützung, Geduld und die langen Gespräche.

Das größte Dankeschön geht aber an Bernhard. Du gibst jedem Fehler sein eigenes Gesicht und schaffst es, meine Ideen sinnvoll umzusetzen.

Und nicht zuletzt gilt ein großer Dank allen Lesern und Buchbloggern, die nicht nur meiner Fehlerreihe eine Plattform geben und neue Ideen und Schreibansätze begleiten.

Bisher erschienen

Die spannende FEHLER-Reihe rund um die Assistenz-ärzte Niklas Thorsen und Frederik Hendriksson

Anfängerfehler und **Folgefehler**: Zum Auftakt der Reihe geraten Niklas und Frederik in den Sog eines gewaltigen Medizinskandals, der sie in akute Lebensgefahr bringt. Skrupellose Gegenspieler jagen die Freunde, die schon bald niemandem mehr vertrauen können.

Kunstfehler: Niklas' erster Fall nach seiner Rückkehr in die Uniklinik lässt ihn nicht mehr los. Die Behandlung nimmt eine dramatische Wendung und schon bald wird Niklas selbst zum Angeklagten: Ist ihm etwa ein Kunstfehler unterlaufen?

Systemfehler und **Rachefehler**: Eine noch offene Rechnung mit einem alten Bekannten bringt Frederik in große Gefahr, denn seinem Gegenspieler ist jedes Mittel recht, um Gerechtigkeit wiederherzustellen. Doch ausgerechnet jetzt hat Niklas ganz andere Sorgen. Auf wen kann Frederik jetzt noch zählen?

Weitere **Fehler-Krimis** sind in Arbeit!

Die dramatische BÜHNENFIEBER-Reihe rund um Musicaldarsteller Christian Rückert

Herzenssache: Christian könnte wunschlos glücklich sein: er darf seine Traumrolle verkörpern, feiert beruflich Erfolge in ganz Deutschland und hat obendrein seine große Liebe gefunden. Doch ein einziger Telefonanruf stellt Christians Leben auf den Kopf. Es entwickelt sich ein Kampf um Leben und Tod und auf einmal sind es für Christian nicht mehr die Bühnenbretter, die die Welt bedeuten.

Blutsbande (in Vorbereitung): Die Beziehung von Christian und Nicole hängt am seidenen Faden. Die ungeklärte Vaterschaftsfrage, zahlreiche Affären und Nickis Krankheit belasten die Partnerschaft. Können sie Baby Leon zuliebe wieder gemeinsam an einem Strang ziehen oder ist eine Trennung der einzige Ausweg?

Weitere **Bühnenfieber-Bände** sind in Arbeit!